花未眠

莫言题

花未眠

花は眠らない

Kawabata Yasunari

Flower

Sleepless

[日] 川端康成 著

陈德文 译

北京联合出版公司
Beijing United Publishing Co.,Ltd.

图书在版编目（CIP）数据

花未眠 / (日) 川端康成著 ; 陈德文译 . — 北京 :
北京联合出版公司, 2023.1 (2023.2 重印)
ISBN 978-7-5596-6313-9

Ⅰ. ①花… Ⅱ. ①川… ②陈… Ⅲ. ①散文集－日本
－现代 Ⅳ. ①I313.65

中国版本图书馆 CIP 数据核字 (2022) 第 119104 号

花未眠

作　　者：（日）川端康成　　译　　者：陈德文
出 品 人：赵红仕　　出版监制：辛海峰　陈　江
责任编辑：龚　将　　特约编辑：丛龙艳
产品经理：穆　晨　陈隽萱　　选题策划：张其鑫
封面设计：别境 Lab　　内文排版：任尚洁

北京联合出版公司出版
（北京市西城区德外大街 83 号楼 9 层　100088）
北京联合天畅文化传播公司发行
三河市信达兴印刷有限公司印刷　新华书店经销
字数 220 千字　787 毫米 × 1092 毫米　1/32　13.125 印张
2023 年 1 月第 1 版　2023 年 2 月第 2 次印刷
ISBN 978-7-5596-6313-9
定价：59.80 元

目 录

Contents

花未眠

我时常对一些司空见惯的事情感到不理解。昨天，一到热海旅馆，侍者就送来一束和壁龛里不一样的海棠花。因为太累，及早睡了。夜间四时醒来，海棠花未眠。

发现花儿没睡觉，这使我感到惊讶。既有葫芦花和夜来香，也有牵牛花和合欢花。普通的花儿都是昼夜开放的。花儿夜间不睡觉，这是不言自明的事，而我却是初次听闻。夜间四时观察海棠花，觉得更加美丽。它舍尽生命开放，凄艳无比。

花儿不睡觉，人人都明白，这事忽然成为我重新看待花儿的机缘。自然的美是无限的，但人感觉的美是有限的。正因为人感受美的力量是无限的，可以说人们感受的美是有限的，也可以说自然的美是无限的。至少一个人的一生所感到的美是有限的，是有一定局限的。这是我的实感，我的哀叹。

人的感受美的能力，并非同时代一道前进，并非随着年龄而增加。夜间四时的海棠也是应该珍视的。我有时自言自语：“一朵花若是美的，就要生存下去。”

画家雷诺阿[1]说过，只要稍稍进步些，就会接近死亡一步。这是多么悲惨的事啊！但他最后说：“我还是相信进步。”米开朗琪罗最后的话语是，早晚该来的事情一如所愿出现的时候，那就是死亡。米开朗琪罗活到八十九岁。我喜欢他那一幅石膏制作的头像。

我以为，感受美的能力是很容易达到某种程度的。单凭头脑想象是困难的，还要与美邂逅，与美亲近。虽说需要重复训练，但往往一件古美术品即成美的启示、美的开眼。这样的事例很多很多。一朵花儿也是好的。

望着壁龛里的一枝插花，我曾这样想过：与此一样的花儿自然绽放的时候，我如此仔细观望过没有？截其一枝，插入花瓶，摆进壁龛，我才开始凝神注视。这不限于花朵，就文学而言，大致说来，今日的小说家，就像今日的歌人，从来不认真观察自然。全神贯注的时机太少了。再说，养在壁龛里的插花，上头挂着花的绘画。画面之美不逊于真花之美。

---

1. 雷诺阿（1841–1919），法国印象派画家。作品有《包厢》《舞会》《游船上的午餐》等。

当然不用说了，这种场合，若绘画拙劣，能反衬出真花的美丽。若花的画面美丽，更能衬托出真花的美艳无比。然而，平素我们仅仅仔细注目于花的绘画，没有认真观察过真花会是什么样子。

李迪[1]、钱舜举[2]、宗达[3]、光琳[4]、御舟[5]和古径[6]等人，他们多是从花卉的绘画中领悟到真花的美丽的。这不仅限于花木。

---

1. 李迪，南宋画家。河阳（今河南孟州市）人。供职于孝宗、光宗、宁宗三朝（1162–1224），长于写生，工于花鸟、竹石、走兽，亦作山水小景。作品有《雪树寒禽》《鹰雉》《风雨归牧》等。

2. 钱选（约1239–1299），宋末元初画家。字舜举，号玉潭。湖州（今浙江吴兴）人。擅长人物、花鸟、蔬果和山水。笔致柔劲，着色清丽，有装饰味儿。

3. 俵屋宗达，生卒年不详。日本桃山至江户初期画家。俵屋为其家号。宗达光琳派，所谓琳派之祖。京都上层町众出身。有《风神雷神图》等屏风大作。

4. 尾形光琳（1658–1716），江户中期画家，工艺美术家。京都人。初学狩野派，后受光悦、宗达影响，画风大胆而轻妙，注重造型美，确立琳派艺术。代表作有《燕子花图屏风》《红白梅图屏风》等。泥金画多有秀作。

5. 速水御舟（1894–1935），日本大正、昭和初期画家。

6. 小林古径（1883–1957），现代画家。新潟人。早年专赴大英博物馆临摹东晋《女史箴图》，苦练中国画蚕吐丝般的线条技法。代表作有《头发》等。

如今，我的书桌上放置两件东西：罗丹[1]的《女人的手》和玛伊约尔[2]的《莱达》这两小件青铜雕刻。单凭这两件制作，就能看出罗丹和玛伊约尔迥然不同的艺术风格。然而，我们却能从罗丹的手的姿势和玛伊约尔的女体的筋肉学到好多东西。仔细一看，深感惊讶。

我家的狗产崽了。小狗蹒跚学步的时候，我无意中望着一只小狗的样子，心中猛然一惊，那姿态同某种东西完全一致。想起来了，它酷似宗达笔下的崽犬。宗达画的是水墨画的小狗，那是一只在春草上的小狗。我家的小狗是无法与之相比的杂种狗，但我充分理解宗达高雅的写实风格。

去年岁暮，我在京都观赏晚霞。我觉得那就像长次郎[3]使用的名为“赤乐”的颜色。长次郎表达夕暮的名品茶碗，我以前看到过。茶碗上渗进黄色的红釉，很好地表现出日本夕暮的天色，深深印入我的心里。在京都，我从真正的天空联

---

1. 罗丹（1840–1917），法国雕塑家。青年时代游意大利，深受米开朗琪罗作品启发，从而确立现实主义创作手法。善于用丰富多彩的绘画手法塑造艺术形象，意态生动，具有力感。作品有《青铜时代》《思想者》《雨果》《巴尔扎克》等。

2. 玛伊约尔（1861–1944），法国雕刻家。

3. 长次郎（Chojiro），也就是初代乐吉左卫门，是日本“茶圣”千利休（Sen no Rikyu）的御用茶碗匠，在千利休的引导下首创“乐茶碗”，是今日的日本“乐烧”陶器的首创者。

想到那茶碗。当我再次看到那只茶碗时，我又想起坂本繁二郎的绘画，遂不能自已。寂寞荒村，傍晚的天空犹如切开的面包，飘浮着十字形的云彩，这是小幅的绘画。这种日本夕暮黄昏的天色，是如何深深地渗入我的心底里的啊！坂本繁二郎绘制的夕暮的天色，和长次郎制作的茶碗的颜色，同是日本之色。我在夕暮的京都，也想起了这幅绘画。于是，繁二郎的绘画和长次郎的茶碗，还有真正的夕暮的天空，三者在我心中互相呼应，越发显得艳丽无比。

这是我当时前往本能寺拜谒浦上玉堂墓，回来的路上看到的夕暮景色。第二天，我去岚山参拜赖山阳所作的玉堂碑。冬日，岚山没有游客，我却觉得仿佛初次发现岚山之美。虽然以前也多次来过，但寻常的名胜，未能认识到它的好处。岚山一直是美丽的，大自然一直是美丽的。不过，这种美丽，只是有时被某些人发现罢了。

我发现花未眠，或许因为我独住一室，夜间四时醒来的缘故吧。

昭和二十五年（一九五〇）五月

虽为女人

日莲[1]上人的信，初见起来，爽然可诵。首先感到的是，优秀抽象画般流动的线条，音波跳跃似的韵律的声音。至于文章之高妙、传承之优秀，其后听他的话，静心观之，便可明白。有关日莲的书道中，伪劣和可疑者无限，但即使对于日莲墨迹尚不熟悉的我来说，只要一眼瞥见，即成为进入胸中的第一印象。一休禅师的《心字和歌》，作为一休之书，真诚、朴实，没有显露出那种奔放峻厉之风，大字的“心”字

1. 日莲（1222–1282），大日莲（Great Nichiren），日本佛教日莲宗创始人。俗姓贯名，幼名善日。祖籍远江国（今静冈县），生于安房国（今千叶县）小湊。

十分沉静，歌的假名字母部分，笔墨细腻，郑重、柔和。据田山方南[1]氏的解说，大德寺珍珠庵传承的《法堂再兴书状之假名消息》两幅，以及一休情人《森盲女画像赞》和歌一首等，书风、笔意相通。而且原书骑缝钤有紫金印，底色为浓萌黄地波形唐草销金纸[2]，天头为白茶地脚牡丹花纹彩底，上下浓灰色，全幅端然整饬，色调高雅，一如方南氏所言。

日莲上人的《四条金吾殿复女房书》内文第十一页，也附有方南氏的解读。

> 身为女人，眼见当舍弃之时，若大将军心软，而从之亦无益。弓弱则弦松，风静则浪小，自然之理也。然左卫门殿，身为法华经之信徒，乃于俗界中全日本无与比肩者也。与之相随者，日本第一女人，乃为法华经中佛称龙女也。

这一段中间有省略，“佛称”应为“佛陀称之”。开头

---

1. 田山方南（1903–1980），日本文部省国宝鉴查官。三重县出身。名信郎。中日禅僧墨迹研究专家。编著《禅林墨迹》等。

2. 用雕刻各种彩色纹路的纸印制在丝绸绫罗表面，并饰以金粉以供书写绘画的彩色用纸。流行于元明、室町时代。

的“身为女人”，则前当接“佛称龙女也”。当然，日莲遗文集中自应全文收录。此遗文集乃为我十月二十八日于古美术商处所亲见。自那日至十一月之今日，因处于受奖通知期间，匆忙无暇。此乃因属我个人名誉而忘乎所以（妻卧病不起，下人皆疲惫不堪），未及亲自见证前十枚是否存于遗文集中。据说书简一枚之后，即接以第十二枚而终结。日期为“正月二十七日”，署名“日莲”，有花押。年当为文永十二年，日莲五十四岁。

据闻乃为镰仓高松寺所传，幅后则载有数名日莲宗僧人之鉴定文字，且附有本阿弥光悦所书日莲《如修行抄》之释文。此乃光悦之旧藏，光悦或于十二枚中取走最好之一枚，但具体情况不得而知。此外还附有不知是小堀远州[1]还是松平不昧[2]公的题字的函盖。光悦所书《如说修行抄》之行文如下：

（当其时）日莲蒙佛敕受生于此土，虽时刻不祥，

1. 小堀远州（1579–1647），近江人，名政一。江户初期茶人，造园家。远州流茶道之祖。

2. 松平治乡（1751–1818），江户后期大名。出云县松江藩主，号不昧。茶人，著有《赘言》等。

因难于背离法王之宣旨，遂听任经文，起权实二教之军，着忍辱之铠，提妙教之剑，高举一部八卷中心妙法五字之旌，张未显真实之弓，搭正直舍权之箭，乘大白牛车，猛破权门，处处追击念佛、真言、禅律等，谴责八宗十宗之敌人；或逃亡，或引退，或以被俘者做我子弟。或虽攻陷，但敌方势盛，法王一人则无势。至今，（军）无止息。法华折伏破权门理之金言，退而独自一人攻陷权教权门之辈，成为法王之家人，天下万民，皆成诸乘一佛乘，得以妙法独……

此处中断了。“妙法独”下面应接“将繁昌之时，万民一同唱诵南无妙法华经”。这幅附加挂轴，据方南氏解说：“京都市本法寺，有相同笔墨的光悦《如说修行抄》一卷（被鉴定为重要美术品）。此书亦为光悦亲笔，或许是写上述本法寺之前的稿本，或者是前言，句读、假名字母皆省略，且于正文不该终了之处而搁笔。”光悦是日莲信徒，当不会将自己书写的“正文不该终了之处而搁笔”这幅字亲自附载于宗祖之书。而且，因是信徒，更应谨慎书写才是。看起来很像“前言”。

十一月十三日，我偕妻子游光悦会，同大佛次郎氏夫妇、狩野近雄氏夫妇、水上勉氏夫妇，以及古美术商们，坐在光悦墙前边的马扎上，一边欢谈，一边将“片片时雨，光悦墙上的红叶啊”，或者“胡枝子红叶”等盗作，送给狩野夫人看。当谈起日莲的书简时，鉴于光悦寺自然也是日莲宗，遂将日莲的这幅书简挂在壁龛里，并附以光悦之书，这也是颇有意思的事。为日莲所称言“于俗界中全日本无与比肩之法华经信徒”四条金吾的旧邸，就在镰仓我家附近，我经常到那里拜访。

昭和四十四年（一九六九）一月

不灭的美

美一旦出现于这个世界，绝不会灭亡。诗人高村光太郎（一八八三—一九五六）这样写道：“美，虽然连续不断地演变，但以前的美不会死去。”民族的命运，兴亡乃无常，其兴亡之后所保留下来的，就是这个民族所具有的美。其他东西，只留存于传承与记录之中。“崇尚美的民族，就是崇尚人的灵魂与生命的民族。”

这些话皆因写的人与写的时代的关系，而渗入我胸中。那是昭和二十八年（一九五三）日本投降八年、和平条约生效翌年，日本战败的虚脱、荒废与混迷尚未治愈的时代。写下这些话的老诗人，因战时高唱战争赞歌，因战败而作为战犯受到世间指责，诗人自我忏悔为“暗愚”，遂隐遁于东北寒冷地带的小屋，自谓“流窜”而终其一生。这是他晚年的话。

高村作为雕刻家，曾游学西洋，且具有广泛东西古今美术之教养，其人所说“民族具有的美”，自然是世界众多民族的美往来于心中的反应。然而，他说这话时，这个民族已经处于衰亡，但至今仍保留和生存着民族之美。其中，一部分由其强势，为高村所记起。我以为，高村将战败背负于自身，几乎看作亡国而伤悲。在此基础之上，而想起日本民族之美来，认为这种美不会灭亡，并为之发言。受挫折的老诗人，确信日本美的不灭，从而寻出自我救赎和更生之路。

而我只能为日本的悲哀唱赞歌。战败后不久，我曾经写过。日语中所说的“悲哀”，是与美相同的语言，不过，我当时认为写作“悲哀”，更加审慎而又符合时宜。高村光太郎的言语，按照我的理解而渗入我心。战时的岁月，我赢得了亲近日本古典文学的时间。现在文学的自由与生动被剥夺了，古典的国粹获得倡导，对我来说，多少也有些诱惑。然而，我所亲近的《源氏物语》（十一世纪初）与室町时代（一三三八或一三三六——一五七三）的文学，既使我忘记战争，又是使我凌驾于战时以上的美。

在那个室町时代，自金阁寺（一三九七）的足利义满将军起，至后来的银阁寺（一四八三）的义政（一四三五——一四九〇）所谓东山时代的文学、艺术也引起我的兴趣。长期战乱所造成的荒废、悲惨、穷困的京都，对于美的传统的保存、渴望与创造，都是和战时的我一脉相通的。芭蕉（一六四四——一六九四）说过：“西行的和歌、宗祇的连歌、雪舟的绘画、利休的茶道，始终以一而贯之。且风雅中物，遂造化而与四时为友。所见，无处不花；所思，无事不月。”他阐述自己的风雅美学，所举先人宗祇（一四二一——一五〇二）与雪舟（一四二〇——一五〇六），皆为乱世中人。芭蕉有句云：

俗世淹留久，更思宗祇庵。

此句因联想起宗祇“下东国时作于庵室”的俳句而作成。宗祇的原句是：

俗世久居苦，时雨草庵时。

芭蕉还在《奥州小道》写道：“古人亦多有死于行旅之中者。”不用说，他当时心中一定想起宗祇这个倒毙于旅途的老诗人吧。

对于循着宗祇的生涯、熟知宗祇等人连歌的我来说，弟子宗长（一四四八——一五三二）的《宗祇终焉记》，也存留于心中。八十岁赴越后，八十二岁踏上归途，经信浓、武藏，入相模，明日栖汤本欲越箱根山。“夜半过后，苦不堪言。推儿醒之，言其刚于梦中见定家卿，遂受命吟诵一首和歌：‘玉串啊，当绝则绝。’闻者则曰：‘此乃式子内亲王御歌也。’于是又于千句中寻得一前句，沉吟道：‘仰望明月光，遍洒立雕像。’我难于作答，他说：‘大家都来作答吧。’随之气绝如灯灭。”

宗祇刚才说，梦中会见藤原定家（一一六二—一二四一），尤使我感动。作为古典学者、歌人、连歌先达的定家，室町时代，以神一般的宗师，宗祇崇慕亦深。此外，我于战争期间，亲近产生于定家时代亦即后鸟羽院（一一八〇—一二三九）的《新古今集》时代的文学。尤其是后鸟羽院于承久之乱中失败，而为北条氏流放隐岐后，依旧继续修订《新古今集》，著有《远岛百首》《远岛御歌赛》等，特别令我感动。流放于佐渡的顺德院（一一九七—一二四二），也有补订《八云御抄》以及《顺德院百首》等著作。《增镜》（成书于一三六八—一三七六），抒发了后鸟羽天皇于发配之所的悲愁。

后鸟羽院、定家的镰仓前期，樱花歌人，羁旅歌人西行（一一一八—一一九〇），还有或比定家更为优秀的女歌人式子内亲王（？—一二〇一）、将军歌人源实朝（一一九二—一二一九）等人。镰仓禅宗兴起，京都高山寺有明惠上人（一一七三—一二三二），定家留下五十六年间日记《明月记》，东山时代的三条西实隆（一四五五—一五三七）留下六十二年间日记《实隆公记》。寻读这些日记，即可发现各人的苦难与时代的纷乱，从中窥见对于文学传统的护持、复兴、创造之志与努力。然而，我在战败的岁月，所想的是，例如应仁之乱时的战乱与苛政，早已不留痕迹，只有当时的美流传至今日。

我于静冈县荒村寒舍访问了宗长草庵的旧迹吐月峰柴屋轩，那里有《伊势物语》的业平东下时，在宇津山脚吟咏的和歌：

骏河宇津山，现时与梦幻，未与人相见。

还有西行的歌：

老命身骨顽健，喜越小夜中山。

他竟也走近小夜中山。三条西家之墓，位于京都二尊院后方小仓山脚下。我经常往访。内大臣实隆墓实在朴实谦恭，布满苔藓。我也将这里写进小说之中。小仓山也是与定家有缘的山。这里距《源氏物语》中的野野宫很近。而且，将定家、宗祇、实隆等，最紧密地结合成一体的古典名著当数《源氏物语》。我思念这一源流。

于檀香山卡哈拉·希尔顿饭店

昭和四十四年（一九六九）四月

日本文学的美

任凭黑发乱，伤心伏地哭，
为我理鬓者，如今知何处？

和泉式部（生卒年未详，推定九七六或九七九年生）。“伏地”，言其悲伤之状。“伏地哭”，即团缩哭泣，不可仰视。遥想当年为我梳理鬓发的那个人儿，到哪儿去了？一千年前的一首和歌，如今读起来，仍能立即感到女子热烈的情怀，传达出女子官能的温润。这是一首官能性的歌。

朝寝发蓬乱，我自懒梳妆，
丝丝触素腕，缠绵情意长。

《万叶集》(成书于八世纪)中的这首歌，同和泉式部的歌相比较，虽然写的都是女人的头发触及男人的腕子，或男人的肌肤之上，但感觉到的是朴素的万叶之女的楚楚可怜与纯真，而不像和泉式部那样散发着官能的馨香。当今的人如是说。

另外，藤原定家(一一六二——二四一)的歌:

我为卿梳妆，根根青丝长，
鬓云伏地飘，面影立身旁。

正如和泉式部研究家青木生子指出的那样，定家写这首歌时，头脑里定是有着和泉式部那首黑发的歌吧？与和泉式部女性的歌相对应，定家从男人方面发出歌唱。而且，青木从定家的歌中读出了一个“甚至连黑发那种寒凉的感触都生动体现出来的妖艳的感觉世界”。我的理解还没有达到这样的境界。我对这类优秀的和歌还不甚明白。我难以进入定家的秀作之中。当然，哪怕只有一人觉得这首歌很优秀，我都不能随便忽略而轻视之。艺术作品经常有这种情况，只要一人发现其中之美并且有所感悟，那么不久就会通达万人。

然而，青木生子认为定家的歌依旧没有失去和泉式部歌中那种“恋爱的活生生呼吸般的感动”。我也这么认为。和泉式部同《源氏物语》的紫式部以及《枕草子》的清少纳言并列而被称为“王朝三才女”，因为有这首歌，便以《拾遗和歌集》（一〇〇五左右）为起始，以《后拾遗和歌集》（一〇七五）为主，再加上《金叶和歌集》（一一二七）、《词花和歌集》（一一四四）、《千载和歌集》（一一八七左右）、《新古今和歌集》（一二〇五）等敕撰和歌集，作为女子，采集了数量众多的和歌共二百四十七首，自古以来当数王朝第一女歌人，其地位不可动摇。

往昔历来称作王朝的是，自一〇〇五年左右成书的《拾遗和歌集》至一二〇五年的《新古今和歌集》之奏览为止，其间流逝二百年岁月，也就是两个世纪。十一世纪和现在的二十世纪，时光流转的速度完全不同，我们现代文学的作品，自今二百年之后又将如何呢？现代能写出多少部到那时依然能传达出“活生生呼吸般的感动”的作品呢？我认为艺术作品未必永远不朽才算好，例如，像时事政治一般鲜活的作品，只对当时当年起作用，自有其存在的意义。再说，永远不朽的艺术，也可看作临时的形态。而且，在这个世界没有不灭的东西。

我心中有着这样的想法，永远不朽的即空、虚，还有否定之肯定，这些姑且不论，艺术应该保有永远不朽的灵魂。我自少年时代起，多少研读了一些日本的古典文学，虽然只是浏览，尽管年轻时代，那些东西只是朦胧地留在头脑，薄薄地濡染于心头，当阅读今天的文学时，总感到千年或千二百年来，日本的古典与传统回荡于我们心间。我们大约千年之前的《古今和歌集》《源氏物语》《枕草子》等，以及大约千二百年前《古事记》《万叶集》等，这些不逊于今日或者比今日更为优秀的文学——诗歌和散文，我们保有这些，这时的我们无论在现代文学的创作与鉴赏上，无疑会得到表象上的促进力和内里的推动力。熟知日本的古典和传统，然后在此基础上，也可以加以否定和排除，也可以不很了解或近于漠不关心。

自《拾遗和歌集》至《新古今和歌集》的二百年间，政治有了重大的移转，公家政治的平安时代，变成武家政治的镰仓时代。《拾遗和歌集》成书的年份似乎不很明确，大体上是一条天皇（九八〇—一〇一一）在位、藤原道长（九六六—一〇二七）的“荣华”时代，也是《枕草子》《源氏物语》《紫式部日记》《和泉式部日记》等百花盛开的时代。而且，和泉式部与紫式部、赤染卫门和伊势大辅等一起，侍奉一条天皇的东宫、道长的女儿彰子，可以说她们是共同生活的伙伴。不论是《紫式部日记》，还是赤染卫门的《荣花物语》，都写到了和泉式部。

她和伊藤大辅的赠答歌：

相思思人人更思，思来思去思无已。——和泉式部

我不思君君思我，君不思我我思君。——伊藤大辅

这样的赠答歌，等于亲密的语言游戏。她和侍奉同一位一条天皇的皇后定子的清少纳言也有赠答歌。

平安王朝的和文文学，在道长之前，就有了《竹取物语》《伊势物语》、纪贯之（八七二左右一九四五）的《土佐日记》（九三五）、藤原道纲之母的《蜻蛉日记》（有九五四一九七四的记事）及《宇津保物语》《落洼物语》。歌人有在原业平（八二五一八八〇）以及小野小町等。歌集有《古今和歌集》（九〇五）等。这些皆早于道长时代而引导道长时代。尽管如此，道长时代却达到了令人惊奇的烂熟的顶峰。而且，这在日本文学史上，都是前后所没有的女流的繁荣时期。以后的镰仓、室町、江户时代，女流文学的潮流也未断绝。但是，我以为，如果举出继道长时代之后女性文学的盛时，那就是我们所处的现代。

道长时代女流文学之卓越是有原因的。今日女流文学的繁多也有其自身的原因。明治时代（一八六八——九一二）写作小说的樋口一叶（一八七二——八九六）、创作和歌的与谢野晶子（一八七八——九四二）等人，就像平安时代的先驱者和开拓者小野小町。一叶只活了二十四岁，芳年早逝。晶子养了十多个孩子，相当长寿，起初，她在文学方面将《源氏物语》《荣花物语》《紫式部日记》《和泉式部日记》

翻译成现代日语，完成许多烦劳的事业。紧接着，她又进行《源氏物语》以及平安朝文学的研究和论述，亦不乏卓见，她还写了和泉式部的传记，晶子对和泉式部抱有亲爱之情。

在古典文学方面，晶子尤其尊重平安王朝的文学，而对于奈良朝的《万叶集》、江户元禄（一六八八—一七〇四）的文学似乎不太推崇。这也是有道理的。《源氏物语》的集大成王朝之美，后来形成美的潮流。我在年轻的时候曾经说过，《源氏物语》灭了藤原氏，灭了平家，灭了北条氏，灭了足利氏，灭了德川氏。这话似乎相当粗暴，但并非完全没有根据。如果说《源氏物语》因过于烂熟的宫廷生活而必然招致衰亡，那么“烂熟”这个词儿，已经包含具有衰亡的征兆这层意思。因烂熟之极而走向衰退，可以说，一种文化发展到极点就要走下坡路，不，看起来是继续向上，但实际上已经下滑，《源氏物语》就产生于这种危险的时代。纵观古今东西，几乎所有艺术的巅峰之作，都出现于此种危险的时代。这是艺术的宿命，也是文化的宿命。

“沙罗双树的花色，显示了盛者必衰之理。豪奢的人不会长久，一如春宵之梦。威猛之人终必败亡，一如风前尘土扬。”这是《平家物语》（成书于十三世纪初）的开头一段。这不仅是佛教的无常观，也不仅是日式的虚无观。一种文化，一种文化中的艺术，其极盛之时也不会持续一百年或二百年。盛极必衰。紫式部、清少纳言、和泉式部的道长的时代也很短，井原西鹤（一六四二——一六九三）的元禄时代也很短。文化烂熟，必然衰败，一旦向颓废而衰落，艺术一味随之衰落而失去生命力。

日本，今天已是明治百年、战败二十五周年，说成是“昭和元禄”，自然是基于国际的发展与繁荣，随之而来，文化也将变得丰富多彩、热烈和繁荣起来。但是，今天果真是艺术文化的兴隆时期吗？如今自己厕身其中，很难看得明白，或者说不可能。只能指望将来历史的判断。我曾听到一位目前还健在的某大画家说过这样的话：希望自己的葬礼在自己死后十年之后举办。自己死后十年，绘画的价值和评价大体也会稳定下来，十年之后举办葬礼，参加者大都是认同和热爱自己的人。他的话一直保留在我的心里。死后仅仅十年，其作品真正还活着的艺术家，实际上也不会太多。但那是艺术家作为个人的事，而实际上似乎并非个人的事。就是说，艺术家生活的国家、艺术家生活的时代，便是艺术家不可逃脱的命运。

十一世纪初假若不是日本的道长时代，就不可能产生紫式部。十七世纪过半，假若不是日本的元禄时代，也不可能产生芭蕉。我总是想，紫式部之前或之后，在文学素质与才能方面，不见得没有同紫式部不相上下的日本人，但因为他们未能生活在紫式部的时代，所以写不出和《源氏物语》媲美的小说来。还有，紫式部时代宫廷的男人并不比宫廷的女人更差，只是因为男人们不大情愿运用和文体或日语的散文体写作。纪贯之的《土佐日记》开头有一句奇怪的话：“女人们也想像男人那样写日记。”因为当时的男人们都习惯于用汉语写日记。而且，纪贯之之所以托女人之笔撰写用假名书写的和文体日记，有人说是因为他是当时的大歌人，为了同唐风的汉诗、汉文相抗衡，以图振兴国风的和歌、和文；也有人说，他是借此抒发失去女儿的悲叹与缅怀之情。众说纷纭。但《土佐日记》作为文学作品之所以优秀，自然是因为运用和文体和日本文体所作成的缘故。《古今和歌集》里有真名序和假名序，就是说有汉文体与和文体两种序文。假名序文是纪贯之写的，因为是和歌集，故以刊出和、汉两种序文。然而，和文体序虽然基于汉文体序，但凡带有国风的写作方法的地方，较之汉文序优秀，这就传达了国风潮流高涨的趋势，给后世以巨大影响。由此使人认识到，此种敕撰和歌集，正是不久到来的和文繁荣时代的先驱之作。平安王朝的男人们，并不逊于宫廷文学的女人们，甚至可以说他们很卓越，他们的创作可以超越女人们，这在今天一目了然，比如说书道。平安王朝男性的书法流传相当多，有时在茶室里就能看到挂在壁龛内的珍贵的和歌断片。

被称为“三笔”的嵯峨天皇、橘逸势和空海弘法大师，还有称为“三迹”的小野道风、藤原佐理和藤原行成等，皆为平安王朝的善书者。而且，日本古今，没有出现过超越这些人的书道家。但是，与平安王朝开始时的“三笔”相比较，接近于王朝文学极盛时期的“三迹”之书，一变成为明显的和风与日本风格。纪贯之、藤原公任等，也是善书者，其笔迹多有流传。连绵体的假名书写，可以称之为日本美的极限，出现了众多这样的善书家。平安王朝出现了易于表达日本语发音的假名，或者说假名体已经定型，并且使得和文文学走向极盛，同时也使得假名书道走向极盛。然而，文学方面，女性多有优秀之作，但值得一观的女性书道作品却不见流传下来。虽有称为紫式部之笔的和歌断片，但总觉得有些可疑。抑或正因为没有平安王朝女流之书，才会姑且保留紫式部之书吧。

平安王朝姑且不论，紧接着奈良朝，随着中国文化的进入，开始模仿唐朝文化。正如明治百年后的今日日本文化，借助于西方文化一样，平安王朝的文化，也借助于中国唐朝文化。不过，这里值得考虑的是，平安王朝的文化是如何移入或如何模仿中国文化的。我因为关于中国文化的知识太贫乏，只能有赖于学者和研究家的见解，但是，即便基于我的直接的感触，对于中国的庄严、伟大的文化，是真正日本式地吸收、移入了吗？是真正日本式地模拟、仿制了吗？对此，我抱有极大的怀疑。从一开始就加以日本风格地吸入，就是说按照日本之喜好而学习，不久就将变得日本化起来。看看平安王朝的美术，就会很快明白，建筑、雕刻、工艺、绘画，尽皆如此。例如书道，那些三笔之书，虽然不及中国大书家，但已经创造出日本式的美感来了，这是确定无疑的。到了连绵体假名书写形式之盛行时期，所表达的日本之美已为古今东西无可类比。

平安王朝的假名书体，优雅典丽，纤细至极，但不可忽视那种流动的文字线条中所蕴含的崇高的品格和苍劲的力量。随着时代的推移，或出现形态走样之癖而品格低下，或固守于窠臼，绵软无力。平安王朝之后，也有禅僧等写的精神崇高的书，但是，日本风格的书体之美，大致于千年之间，终未能赶上平安王朝时代。我每有机会，阅读平安王朝的文学，也曾这样想过，也想过女子的头发。日本女人的头发既黑且长又丰盛，但女人头发最长者，当是平安王朝宫廷的女子。

因此，想一想平安王朝对中国文化的移入与模仿，仅次于“明治百年”对西方文化的移入与模仿。不，正相反，我们反思今日对西方文化的接受，再看看过去对中国文化的接受，由于时代显著不同，也许不足以用来参考。也有可以参考的。西方庄严而伟大的文化，尤其是精神方面，“明治百年”真正移入，真正模仿了吗？这个问题不是依旧大可怀疑吗？从一开始就进行日本风格的吸收，按照日本风格的爱好而学习了吗？我想强调的是，吸收也好，学习也好，实际上，有些方面都未能彻底做到。

不过，西方一部分的确加以日本化了。例如，观看现存的西方前辈名家的绘画，虽说是西洋画，但却使人联想到日本文人的画风。还有，关于西方自然主义文学的影响，在日本，有田山花袋（一八七一一九三〇）、岛崎藤村（一八七二——九四三）、德田秋声（一八七一——九四三）的作品。日本是翻译大国，西方新文学，及早被介绍过来，可以说，如今仍然活跃的文学家们，是同西方文学一起一步步走过来的。然而在外国人眼里，或许是日本式的，再过些时候，这类西方风格的文学，也就成为日本风格的了。明治、大正，还有战前的文学，今日回头看看，明显就是这样。这或许就是日本人的命运吧。这个民族的命运不在世界别处，它同日本的创造有何联系，这就是我们重大的问题。

大约千年前的往昔，日本民族按照自我需要吸收、消化中国唐朝文化，由此产生了平安王朝之美。“明治百年”，吸收西洋文化的日本人，果真产生出可以同平安王朝相比较的美了吗？纵令不是王朝，即便像镰仓时代的文化、江户时代的文化，总之，这些世界上独特的文化，究竟产生过没有呢？因为在过去的时代曾创造出日本独特的文化，在民族力量绝没有衰败的今日，我在想，能否为世界文化贡献日本的新的创造呢？也许正在创造着什么，我因为厕身于这个时代之中，不容易闹明白。不，或者这是今后的事。即使稍稍晚于经济与生产的隆盛，文化的隆盛终将会到来的。

明治是明显勃兴的时代。“明治百年”的今日，究竟是勃兴的时代，还是正在步入烂熟的时代，同样因为自己身处其

冨嶽三十六景
神奈川沖
浪裏

冨嶽三十六景
凱風快晴

中，很难做出判断；但我觉得似乎是个未熟的时代，既没有充分吸收西洋文化，也没有经过消化而变成日本风格。平安王朝，自从八九四年废止遣唐使约过百年之后，迎来道长时代。江户时期，一六三九年实行锁国五十年之后，迎来元禄时代。由于断绝了同外国的交通，确实使得文化实现了纯粹的日本风格，但不光是这个原因，道长和元禄是烂熟时期。时至今日，当然不会梦想实现什么锁国，但与海外诸国的文化交流逐渐繁荣的时侯，宛若世界博览会一般存在，必须树立自己本国的文化，并且，必须怀着创造世界文化的目的而创造民族文化，同样也怀着创造民族文化的目的而创造世界文化。

或许，这就好比跨越文化交通的地狱，将今日同往昔相对比，我有时会突发这样的奇想，例如，十一世纪开头的紫式部、清少纳言与和泉式部，她们和十七世纪后半的松尾芭蕉所学习和推崇的古典，都是共通的，其数量很少。不仅是日本的古典，中国的古典也是如此。十三世纪的藤原定家、十五世纪的世阿弥和宗祇也都一样。自平安至江户的古典世界，相同的古典相互交流，相互呼应和相互组合。这是日本文学传统的脉络。这些皆因明治西方文学的移入而被分流，别的血脉混合进来，因而遭遇巨大的变革。但是随着时光的推移，我依旧感到古典的传统继续流通。

昭和四十四年（一九六九）九月

日本美的展开

我曾经问一位来日本学习日本文学的意大利人："你对日本最深的印象是什么？"他即刻回答："树木很多。"经他这么一说，我便想，日本比起意大利，比起西方诸国来，的确树木很多。日本这些树木，不如南方诸国树木那般明亮、鲜丽，颜色较为素朴、滞涩；但静心观之，日本的树木色彩丰富、多种多样、微妙纤细等，而为世界所仅有。春天的绿叶那般明艳，秋天的红叶也同样如此。日本这个国家，树木种类之繁多，花草种类之繁多，很少见于别国。不仅是树木花草，山川海滨之景观、四季之气象，也是如此。在这样的风土、这样的自然之中，培育了日本精神和生活，培育了艺术和宗教。

其规模之大足以同埃及金字塔媲美的仁德天皇的皇陵

(五世纪)，前方后圆，环绕着外壕与一排排绿树，形成一个树木林立的小岛。这里是没有建筑的森林。九州西都原的古坟群，也是一群小丘陵，作为日本清净简素的象征的建筑伊势神宫（八世纪以前)，还有华丽精巧的标本日光东照宫（一六三六年建立）等，一律都在山中林间，即位于自然之中。周围广阔的自然，可以说，就是神域，就是社寺。古代的日本，高山、深山、瀑布、泉水、岩石，乃至于古老的树木，皆为神或神的姿态。其民俗之信仰，至今依然作为传统而富有活力。例如，伊势的二见浦岩，熊野的那智瀑布。宛若漂浮于濑户内海的宫岛的严岛神社（十二世纪)、中尊寺的所有金色的光堂（一一二四)，由王朝政治的平安时代（七九四——一九二）进入武家政治的镰仓时代之际（一一九二——三三三)，这些从都城到遥远地方表现王朝风雅的著名建筑，都是工艺的宝库。还有，平家的灭亡（一一八五）和源义经（一一五九——一八九）的死，都是日本人最为痛惜的历史悲剧。而这些地方，在文学上都成为《平家物语》(十三世纪)、《义经记》(十五世纪）散文叙事诗的名胜遗迹。在日本，历史、传说、文学的遗迹称为歌枕，写入和歌与俳句，被纪行文学所经常光顾。例如，《伊势物语》、芭蕉（一六四四——六九四）的《奥州小道》(一六八九)，都产生了文学上的歌枕。日本国土狭窄，开发很早，历史、传说、美术的名胜分散于全国，多存于自然之中。近几年建成的京都国际会议场，也完全包裹于古都山林之中。我认为，日本就存在于优美而典雅的大自然之中。

比起平泉的金色堂和日光东照宫巧致细密的工艺装饰，龙安寺的石庭（十五世纪）、桂离宫（十七世纪），还有众多的茶室、茶亭的简净的象征之中，发现自然之生命、读出人生之哲理、吸收宗教之精神的，更是热爱日本文化的西洋人的感觉，他们或许正要接受今天日本人的传统。能剧比歌舞伎；水墨画比大和绘；瓷器方面，志野、唐津比锅岛、伊万里；捻线绸比友禅织：作为日本之美，未必只是禅或茶道的影响，而是自古以来的精神。绘画方面的雪舟（一四二〇—一四〇六）、连歌方面的宗祇（一四二一—一五〇三）、茶道方面的利休（一五二一—一五九一），对此芭蕉说过“一以贯之”的话。确乎如此。我也很害怕这个词儿。水墨画，雪舟达于极致；连歌，宗祇达于极致；茶道，利休达于极致；还有，俳谐，芭蕉达于极致。日本的小说，十一世纪初的《源氏物语》贯绝古今。和歌当数《万叶集》（八世纪）、《古今集》（十世纪）、《新古今集》（十三世纪）等。佛像雕刻，自飞鸟（五九二—七一〇）、天平时代（七二九—七九四），佛画和金工，天平时代为最高，禅当数镰仓时代，陶瓷当数桃山时代（十六至十七世纪）。此外，不用说，世界最古的木造建筑法隆寺（七世纪）是最高超的佛教建筑。再向前推，弥生时代（公元前二三世纪至公元二三世纪）的陶器、土器和埴轮[1]具有女性的素朴温雅，在此之前就有数千年的土器、土偶，其男性的强烈和妖怪的造型，超过了今日的抽象雕刻。自绳文至弥生，由男性威猛的奈良时代到女性婀娜多姿的平安时代，两者极为相似。平安的优雅和物哀，形成日本美的潮流。还有，经过镰仓的苍劲、室町的沉滞、桃山和元禄（一六八八—一七〇四）的华丽，迎来了西洋文化进入百年的今天。

昭和四十四年（一九六九）执笔

1. 埴轮，日本古坟顶部和坟丘四周排列的素陶器。

鹞鹰飞舞的西天

我有时想，《源氏物语》的作者有《紫式部日记》的好，还是没有的好呢？我有时认为还是没有的好。有的好还是没有的好，千年后的今天，此种怀疑和提问，或许被列为标新立异之类。有的就是有，已经传承近千年了。但是有时候，此种怀疑和问题，突然涌上心间，这是因为我自己毕竟是"源氏"一个笨拙的读者，同时又是一个作家的缘故。

刚刚读完伊万·莫里斯氏的《光源氏的世界》(斋藤和明氏译)，看到引用《紫式部日记》里的文字，我顺便又找来《日记》读了。我之所以说又读一遍，那是去年春天我住在夏威夷饭店时也读过这部日记。我从三月至六月拉拉杂杂读了一些与《源氏物语》有关的书籍、参考书和研究资料等，虽然有时也会想到，这样一来，难免将"物语"本文忽略掉，但这样做有这样做的乐趣。不过，好多书都引用《紫式部日记》，每每相互重复，令人心烦。然而，此中引用的正确性和必要性也不容否认。故而引起我的疑惑：《源氏物语》的作者到底是有《紫式部日记》好呢，还是没有《紫式部日记》好呢？莫里斯氏的《光源氏的世界》第九章“紫式部”也以引用《日记》而结束全文。

“世上的人对我的看法是，美固然美，但性格内敛之人，逃避人眼、无感情之人，喜欢古代故事而备加珍爱之人，整天醉心于和歌、无视他人存在之人，以憎恶之目光蔑视世上一切之人——世人认为这就是我。尽管如此，大凡见到我的人都众口一词地说：‘你是个极其沉稳的人，是过去不曾想到的人。’本来人们以为我是个被社会抛弃的可怜的人，而且，我自己也已习惯于这种看法。我经常用这样的话提醒自己：‘这样的性格，就只能这样，别无他法。’”

> 羞于艳丽，不被别人所注意，对人不亲不疏，喜欢故事，有恃无恐，在和歌中不把人看成人……所以像我这样的人，不可能使你认为是能推心置腹的人。[1]

---

1. 参见《紫式部日记》第五十六章“才女评价：清少纳言，自己”。

对照原文，这里所看到的解释鲜明、娴熟，如现代语言一样易读。这对于尝试用现代语言翻译《源氏物语》的我来说，给予了宝贵的启示。用现代语言翻译自始至终的迷乱、无法解决的迷乱，自不必说；到底是尽量逐字逐句，忠实于原文呢，还是依据现代自己的理解而自由翻译，就是说，容许自我鉴赏、省略和补足，制造出属于我的《源氏物语》呢？从愿望上说，我真想创造两种译作来，供人们各取所需。然而，为我留下的时光毕竟不多了。

所谓逐字逐句翻译和自由翻译，不用说，还是自由翻译困难，容易出错；但逐字逐句翻译真正实行起来，几乎绝对是不可能的，对此我深有所感。原因种种，十分复杂。其中之一在于现代日语，也在于现代日语词汇。我自打写文章时，就对现代的词汇以及词汇的美感一直抱有怀疑与不满。然而，对于我来说，《源氏》的词汇不仅限于“满意”，例如，少数相同形容词的罗列、重复等，给所有的人在理解上造成麻烦，更给翻译带来困难。还有，我出身于京都和大阪之间的乡村，常常为词汇、语感和出生地的偏鄙而怀隐忧。对于“简体”“敬体”还有“谦让体”等，感到迷乱而拿不定主意。曾经想过以京都方言为基调进行翻译。“谷崎源氏”对照原文阅读，虽说是忠实的逐字逐句的翻译，但同时也忠实于谷崎氏自身的“创作风格”和自己的文章作法，怀着敬意重新阅读。但谷崎润一郎生长于明治时代的东京，是个保有江户遗风的人，其词汇与语感怎能不带有江户语调和特色呢？怎能不带有江户风格呢？这就是我读《谷崎源氏》时的疑问。

日本古典的现代语言翻译，既无用亦无益，或者是有害的，但却出自真诚的对古典的热爱与尊重。事实上，严格地说，现代语译是不可能的。对此我有亲身的体会。依据《湖月抄》阅读《源氏》，同小小的活字印刷本相比，在感觉上似乎很不一样。这使我很感惊讶。我的诺贝尔奖，假如因翻译受到审查而被取消资格又将怎么办呢？我极力不朝这方面想，并且强忍着不说出口，但这种想法一直在我脑子里盘旋，直到我前往瑞典。在斯德哥尔摩旅馆，一位瑞典科学院会员同我谈话，其中一项内容就是：我的作品通过英译、法译和德译等，并在一起阅读、讨论，认为各个篇章最优秀部分的翻译都很好地传达了原文的内容。因此，我半开玩笑地说，比起实际水平，我倒是占了便宜啊！我知道会员们付出了常年未有过的辛劳，凭借一颗感谢的内心的功德，突破了翻译审查的局限。

“今天接触《源氏物语》之际，大部分日本人都读过杰出的作家谷崎润一郎现代语版的译本。一些读者，包括那位大名鼎鼎的正宗白鸟，却认为亚瑟·威利的英译本较之原典更容易理解。”莫里斯说，“亚瑟·威利的英译版本《源氏物语》是自由翻译的范本。这是一种几乎达于自由翻译极限的翻译。我认为，实际上这是驱使‘再创造’的语言而获得的好处。之所以这么说，是因为他把紫式部的小说纯粹当作英国文学的伟大作品，加以卓越的活用。威利简直就像魔术师一样，将紫式部的文章结构随心所欲地加以灵活运用。而且，在必要的地方，加入他自己的说明词语或文字，将原文简洁的表现延长开来。”但是，“对照原文阅读，你就会明白，恰好在此处感受到译者凭着细致的神经，慎重、严密地译出了紫式部想要表达的东西。书中时常出现这类情况。”而且，“威利为了将紫式部的文章提高到最美境界，进行了左右纵横的加工。”

莫里斯氏的《光源氏的世界》一文，涉及威利英译文的地方比较多，而且，同是英语圈文学家的语言，但却很善于鼓动人心，对威利氏做了颇为深情的回忆。我一边眺望书斋西窗外面山上飞舞的一群鹞鹰，一时陷入同威利氏仅有一次的邂逅。十多年前，在伦敦国际笔会盛大的晚宴席上，我的左侧座位上，坐着外表寻常的老年男士和老年女士。狐疑良久，至此右侧座席上的人才告诉我，他就是亚瑟·威利。“哦，是威利先生吗？”我首先亲切地跟他打招呼。唯有威利氏一人将餐桌边的座席的座椅明显地撤向后面，我对此感到有些疑惑。为了协商和招待各国代表前来东京参加国际笔会的事宜，我们前往伦敦，这样的欢迎晚宴，日本的西大使和我们自是当然的主宾。

虽说我和威利氏开始亲切交谈，但我几乎不会用英语对话，自然说起来拖泥带水，只为表达亲切感而已。就连能够熟练翻译《源氏》等日本古典文学的威利氏，其日语会话和写作都不甚可靠。同行的著名翻译家松冈洋子坐得很远，不过，英语和日语的三言两语，加上英、日两种语言的笔谈，有时，威利氏也越过餐桌，探过身来同我交谈。笔谈使用的是我的笔记本，所以如今还应该在我家里。下回一旦找到，还是烧掉为好。例如，我的《十六岁日记》原稿，发表时的誊抄稿不知是撕毁了还是烧掉了，所以使得川岛至氏在《川端康成的世界》文章中，凭想象说《十六岁日记》有的是二十六岁时发表时的“添加修正”，即使遭到如此的臆测和妄评，也失去了予以否定这部作品的确凿物证。

《十六岁日记》被确认是十六岁执笔时的原作原貌也罢，或者有人怀疑掺进了二十六岁发表时的“创作”也罢，对我来说都无所谓。更有甚者，熟读我的作品的川岛氏在推论之中，也指出了一些被我忽略的地方。然而，另一方面，对我的所谓“人情味儿”，过于狂热的猜疑与误判，即使对于这些观点，我也接受了。例如，写作《十六岁日记》的书桌，“我从桌边转过身来（当时，我在榻榻米上摆着一张大书桌）”。在那张大桌子上，写完了《十六岁日记》的一部分。昭和十三年（一九三八），三十九岁时，在改造社出版的《川端康成选集》的后记里写道：“靠近祖父的病床边，放着一只脚凳代替桌子，脚凳上立着一根蜡烛，我就在这上头写完了《十六岁日记》。”川岛氏说“这不符合逻辑”，确实是这样。正像川岛氏所推断的那样，“如果说先生用过两张桌子，才比较合理”。

那个榻榻米房间，我今天已经记不清了。那房子内部属于乡下租房的布局，客厅八铺席，佛坛两到三铺席，南北并联。这是西侧，东侧有玄关和餐厅，还有一个房间。我在客厅放一张桌子，祖父的病床铺在稍远的卧室内。在《十六岁日记》中，我为了更生动地描写祖父，尤其要记录祖父说些什么，所以写成是在“靠近病床”旁边写完了《十六岁日记》。我没有将客厅里的大书桌搬入病房，而是利用脚凳代替书桌。那篇给人仅仅在脚凳上完成写作这一印象的后记，虽然有些修饰，但多是在脚凳上完成倒是事实。祖父患白内障，眼睛几乎看不见，他不会注意到我写《十六岁日记》的事。祖父的头脑已经犯糊涂了。雇佣的女佣御美代老婆子也根本不关心我在写什么。我不记得她提到过什么有关我写作的事。即使稍有人关心，我也会因羞愧而停笔。因为这是属于我个人的秘密行为。

即使我说“记下了祖父的一些话”，因为我不懂速记法，尽管祖父舌头不灵，他在不停地述说的时候，我不可能全都记录下来。祖父的话难免或多或少有些遗漏，不能称作完整的写生或写实文字，但作为一个十四岁的孩子，却是完成了一篇速写。我写了《十六岁日记》，后来，我再找出这篇文稿的时候，连我自己都感到惊奇。发表时，我加了不太高明的解说与后记，我有些后悔，觉得还是不加为好。然而，“竟然忘记了写日记这件事（选集第六卷后记）”，对于川岛氏所说的“先生不会着意当时写作动机的”，这样的看法似乎不像是川岛氏做出的认同。尽管忘记了写日记这件事，一旦发现，还是泛起好多记忆。要是再阅读一遍，还会想起各种各样的事来。再次遇见已经忘却的人与事，还有场景，对以往总要做一番回忆。这是人之常情。我有时认为，这些被我忘却的部分，也是人生的绝大部分。同《十六岁日记》没有关系，忘却，既是我人生的恐怖，也是我人生的恩宠。

《十六岁日记》的发现和发表之间的时间，我在后记一里记述“发现”，“十年后”的后记二中又说“发表日十年后”。实际上是十一年后。就是说，从发现到发表，“确实经过了一年多的时间。这期间，也曾将日记作为素材从新加工”。川岛氏的这番推测，我没有办法消除，但从未有过“作为素材从新加工”的想法。不过，所谓发现在“十年后”，便是后记的虚构，是我的“小说”。《日记》很早以前就在我手里，正如川岛氏所明确指出的那样。但是，我在哪篇文章里曾说过“大正十三年（一九二四）三月大学毕业后没有回过家乡”的话，被川岛氏引用，指出这里说的“家乡”是原籍所在地的乡村，而并非保存装有《日记》提包的伯父的家乡。这类随笔和感想文等，被众多的评论家和研究家当作证据或关键材料加以运用，我对这类东西一直抱着怀疑的态度。所以，才会联想到没有《紫式部日记》反而更好。

昭和四十五年（一九七〇）三月

为保卫和平

因为这个战争的原因，今日世界已经变得空前模糊。我怀疑原因就在于战争或者战争带来的巨大变动，继前一次战争之后，成为后一次战争的一个原因。眼下还在进行中。此次战争明确的原因，战争和战争境界的模糊，这里似乎更加存在着我们的绝望，也存在着希望。战争已经开始，或尚未开始，虽然是矛盾，又不是矛盾。于此，我相信善意和理性。

下次战争的原因不仅存在于国家与国家、民族与民族之间，还存在于更加广泛的范围之间，一方面更加狭窄的范围之间，亦即一国之内，一个人的生活或内心里。那里，我们的不安更加深刻，同一种不安，更加明如灯火。不是暴力问题，相信一切都是个人良知的问题。

日本主要是被美国占领、保护而艰难存在，并非独立。

日本没有军队，宪法舍弃战争。虽说没有发动战争的力量，也几乎无力防止战争。存在挑起战争的危险，一旦战争发生更加令人怀疑软弱无力。但不管哪方面，如果将日本的软弱误认为是人类的软弱或世界的软弱，那将是不幸的。

今天，和平论也许被看作空想，是感伤，但战争确实有许多空想和感伤的分子。观察前次战争的结果就会明白。我并不认为下次战争就是世界最后一次战争。战争还会继续下去，哪怕一天。但还是可以称作最终战的。

昭和二十四年（一九四九）三月

我的思考

日本战败，使我更加切实地感到我生活在现在的日本。对于我来说，较之政治方面的愤恨，更多来自内心的哀伤。我的工作逃脱不掉这样的哀伤。

还有，稍稍观察古美术，关于时代艺术的命运，有了更加明确的感触。自打明治三十二年即一八九九年我出生以来，就一直逃脱不掉。能说是作家幸福的时代吗？对此我很怀疑。

我们年轻时候，通过翻译阅读了十九世纪至二十世纪初的小说。其后，可以认为现在小说已经开始颓废而崩溃。抑或美术也是如此。明治以后，由于不同传统的西方文学的传入，日本的文学获得急速的发展和变化，但时至今日尚未成熟，所以还没有诞生伟大的天才作家。虽说具有天才资质者或许大有人在，但作为作品没有结成硕果，这就是时代的命运吧。

在日本，从自然主义作家以后，小说就开始显现出颓废与崩溃。白桦派作家以后，小说依旧受挫，也许可以看作解体。此时，正处于战时和战败时期，从锁国到欧化的日本小说，尚未走过西方那般进入现代的历史，没有负载传统，所以即使回应今日西方小说的不安与苦闷，仍然保持不同的日本的基础。因为败战而意外地确定了日本文学的基础。因此，日本文学加入西方文学还有待于将来。这是显而易见的事，但作为现实作家的一员考虑，那就只能认为是奇矫的命运造成的。

然而，我们并不想遵照这样的命运生存下去。站在西方小说同一出发点上考虑，自然淡薄起来了。被引入西方文学精神的悲剧，对于我来说并不深刻，我还没有真实地掌握。也没有渗透到我身上。明治以后的作家，虽然不能一概看作西方文学未成熟的牺牲者，但能称作真正牺牲者的人实在很少。

优秀的艺术作品，大多产生于一种文化烂熟并趋于颓废一步之前的时期。镰仓时代与室町时代，或许也有作家的天分并不逊于紫式部的人，但并没有出现一部赶得上《源氏物语》的小说。这或许是时代的命运吧。

必须有待于江户的西鹤[1]等时代，但直到今天，谁也没有

1. 井原西鹤（1642–1693），大坂人。江户前期浮世草子（通俗小说）作者、俳句诗人。代表作有《好色一代男》《日本永代藏》《世间胸算用》等。

写出可以企及《源氏物语》的小说来。

自藤原末至镰仓、室町，小说都在模仿《源氏物语》，这种衰弱的景况使我黯然神伤。源氏物语时代日本人写小说的才能到哪儿去了？然而，这却是历史事实。即使在一个时代，这样的事实也存在。源氏物语的时代，写汉文的男人们，其文学的天分，未必都不如紫式部。还有，假如没有自上一代起唐文化持续不断地反复传入，也就不可能产生《源氏物语》。不过，紫式部因为对唐文化的接受很肤浅，所以才能写出一部《源氏物语》来。后世也不是没有人看到这一点。

镰仓、室町时代的小说，较之藤原时代更加严重了。然而，就其镰仓、室町时代各自的文化来说，新形式的文学虽然不够完善，也兴起来了。另外，日本文学的潮流也许应该走和歌之路。纵然如此，镰仓的《新古今集》，却似乎描述了和歌传统与时代生活其间的阴暗一面。继《新古今集》之后，至芭蕉俳谐，或许是一段飞跃。东山时代宗祇等人的连歌，又是如何一番景象！

因当时国家与时代差别，作家的才能不少地方同命运结合在一起，甚至作家使用的语言都是如此。明治以后，日本语获得生气与自由，变得更加丰富多彩，但也逐渐变得麻烦了。我们真不知为此吃了多少苦头。我在读高中时，曾经亲近罗马字运动。直到如今，有时候还利用罗马字理论解决日本语的难点。我并非一概反对日语用罗马字书写。对于现今使用的新假名以及限制汉字不一定反对。但使用新假名和限制汉字，不是改良国语，只不过是使其平庸化，而且是极大的破坏。

限制汉字，倒是可以限制一些新造的词语，但是如果使用罗马字，更可以限制新造词语，从而实行全部词汇改革。明治以后，我们受到那些拆拼汉字而造出新词语的不幸统治，为了尽量躲避汉语汉字，我深为写作文章而苦恼，丧失了众多的美感，为此付出了牺牲。至于术语、名称，还是不能完全避免使用汉字。当时规定不能时常使用古风的文体和异样的文体。很早以前，汉字就成了日本字，然而将西方术语翻译为汉字的日语，我们虽然吃尽苦头，但也不足为怪了。

初中时代，我按照发音读了藤原等人的文章。这些一生都不会离开头脑。我既想过用一听就明白的语言写作文章，也曾想过用罗马字写作文章。我想尽可能使用纯粹的日语。使用罗马字，实际上只能出自对国语的爱。但国语混乱，污浊，令人迷惘，或者说充满粗野的活气。就是如此状态的国语，凌驾于今日作家的头上。

我没有学好外语，我的文章或许找不出欧美的脉络。今后，我依旧会倾向于日本风格的传统主义和古典主义。战败反而强化了这番心情。作为一名日本作家，这是当然的趋向。

昭和二十六年（一九五一）八月

东西文化的桥梁

我国今日的政治、经济和文化的实质，是过去一个世纪欧美以及亚洲两种文明融合的产物。日本，在某种意义上，可以作为东西的桥梁。——这是日本获准加入联合国时，重光[1]外相在联合国大会上发表演说中的一句话。

虽说是“演说的语言”，但确实如此。我认为，这话大体上是正确的。

即使单从文化方面来说，东西文化是如何在日本融合的，

1. 重光葵（Shigemitsu Mamoru，1887–1957），日本大正、昭和时期外交官，甲级战犯之一。1911年从东京帝国大学毕业后任职于日本外务省，1929年起历任日本驻上海总领事、日本驻中国大使。

这种日本文化到底是怎样的文化，目前的我并不清楚。还有，日本文化在何种意义上可以成为“东西的桥梁”，这些我也不清楚。平素，我也没怎么想要搞清楚。但思考是必要的，人们需要思考这个问题，而且是应该思考的时候了。

为之思考的人们，不仅国内需要，国外也需要。不仅是西方，在亚洲各国中，也很有必要。为了请人家思考日本文化，首先就需要让人看看，有所感觉，从而喜欢，乐于了解。这种众所周知的道理，过去很少，现在也很少，不过还是明显增多起来。文化的交流，亦即作品的交流、人物的交流，近年增多了，新的一年里更加兴旺。这里所说的交流，同过去相反，有日本发出作品，再将人物迎进日本。例如文学，日本的作品，如今在美国、欧洲翻译出版盛况空前。还有，今年九月，因为国际笔会大会在日本举行，届时东京将迎来数十个国家的文学家。

关于日本文学的翻译出版，仅就我所知道的，这里是述说不尽的。出版《回乡》《食蓼虫》《潮骚》《雪国》的纽约克诺普夫出版社，对这一事业斯特劳斯先生尤其热心。他们近来还要出版谷崎氏的《细雪》、吉川氏的《新平家物语》等。接着，还在继续搜求可意的作品。太宰氏的《斜阳》由金氏[1]

1. 唐纳德·金（Donald Keene，1922—2019），日本文化学者，美国哥伦比亚大学教授，英文翻译家。2011年加入日籍。

翻译，一旦在新方向出版社出版，欧洲便有四五个国家的出版社争先恐后给我发航空信，询问购买著作权问题。这让我进一步想到了日语版和英语版的不同。我的《千羽鹤》经八代佐地子氏译成德语，由慕尼黑汉莎社出版，不久就被邻国的维也纳电台作为广播书评采用，又应约在巴黎出版。日本的文学作品，一旦被翻译成西方某种语言，就会立即在各国之间“交流”起来。

即便如此，较之欧美各国间的文化交流，回顾一下日本和西方的文化交流，极为稀少而又困难。日本和东方各国的文化交流，比起西方更少。中国邀请的日本人数量很多，不久前，日本和印度签订了文化协定，但关于文学，只有被介绍到日本的中国作品，所以亚洲各国并不像欧美那样十分了解现代日本的文学（能读懂日本语的朝鲜和中国台湾另当别论）。我们将在国际笔会东京大会上共同迎接亚洲各国文学家和欧美各国文学家，我考虑以此作为可喜的开端，这次大会可以为亚洲各国间的交流开辟道路。只限于亚洲文学家集会固然好，但世界文学家集中在一国开会期间，同时也是亚洲各国文学家相聚的最初机会。

国际笔会大会已经召开了二十九届，今年是首次在欧洲之外的国家日本举行。一向偏重于欧洲的文学会议，第一次转移到遥远的日本来，仍然是有推动力的，也是转移的好时机。因为是最初在东方召开的大会，大会的议题也是关于东西文化交流的事。东西文化交流是联合国教科文组织的一项重大任务之一。同外国的文化交流，自动产生对于本国文化的自觉和反省，接着就必须加上创造。在建筑、美术、工艺和戏剧等方面，如今依然鲜明地体现了日本古典或东方古典的特色，也对西方文学做出了贡献。今天的日本文学被译为西方语言会怎么样呢？我以为，比起对外国人准确理解的肯定，还是一时弄不明白他们的意外批评，更有利于我们对现在日本文学的自觉、反省与创造。这不仅限于文学，对于目前日本的各个方面也是如此。

对于出席笔会大会的众多远方来客来说，陌生的日本恐怕对他们是出于意表。文化交流近来虽说比较频繁，但日本的文化外交、文化宣传还颇为微弱。国家对于介绍日本文化的外国人不太重视。根据黑田秀俊氏来自布拉格的信笺，波兰的华沙大学也有日本文学科，有九名学生。春阳堂出版的《明治大正文学全集》是他们的唯一财产，由此可以促使那里的教授和学生想象当年高野长英[1]学习兰学的那番苦心。捷克的布拉格大学，也设立了日本文学科，据说也有以芥川文学为课题写作毕业论文的女学生。国际笔会以东京大会为契机，

1. 高野长英（1804–1850），日本江户时代末期著名兰学学者。

也正在考虑向各国大学的日本文学专业寄送资料。

去年出版的金氏主编的《日本文学选集》二卷等，是使用英语的绝好资料。教科文组织也计划出版一套二三十册英译和法译日本文学系列。法译本《雨月物语》也出来了。照目前情况，日本优秀的长篇小说大体上都会被译成欧美语言。同时也将出版几本短篇小说选集的译本。不久前，中河[1]氏的《天的夕颜》以及最近芹泽氏的《死于巴黎》，成功地翻译成法语，芥川、太宰等人也获得好评。在这样的时候，日本迎来数十个国家的文学家，这将给日本一个路径，不仅文学，就连日本的一切方面，都将置于世界范围内重新审视。宾客们对于日本那些日本以及东方风格的东西一定感到惊讶，也会对西方的风格感到惊讶。但这并不妨碍寻找出东西“融合”或作为桥梁的共同立场。

昭和三十二年（一九五七）一月

1. 中河与一（1897–1994），香川县人，就读于早稻田大学英文科。日本新感觉派作家，作品有《天的夕颜》等。

纯粹的声音

这是盲人音乐家宫城道雄氏成为上野音乐学校的一名教师之后不久发生的事。

“有一天，我（宫城氏）在音乐学校教唱筝曲专业学生我所创作的作品。她们都是女校的毕业生，或者年龄相仿的女孩子。且不说她们声音的好坏，一概都是非常纯粹的声音在我心头回荡。歌曲形式属于朗诵风格，我一边教唱，一边自己仿佛去了天国，好似倾听仙女们的合唱，感到一种无法形容的激动。我曾经在一张唱片上听过巴赫[1]康塔塔。这种康塔塔合唱，特别邀请少女们演出，曲子也是如此，同一般的演出比起来别有一番味道。但并未被那次演出所打动。我当时正在构思一首以少女们声音为主的曲子。”

这是洋溢着美丽实感的话语。宫城氏将这篇文章题为“纯粹的声音”，他正因为盲目，才把当时的喜悦也称作一种纯粹。这一点，我们也很明白。自己的作品为天国的仙女所歌唱，我欣喜地倾听着，陶醉于迷失自我的幸福之中。这真是个纯洁的时刻。

不是音乐家的我们，听到少女“纯粹的声音”，也想闭上眼睛，陶醉于世外桃源的梦幻之中，这样的事并非稀少。我上小学时，比我低一级的一位美少女的声音也很悦耳。她大声阅读课文，声音清丽，我从她们班的窗下通过，听到了她的嗓音，至今依然萦绕于我的耳底。还有，阅读宫城氏《纯粹的声音》这篇文章，联想起不知何时的一次广播。好像是女学生辩论大会的实况。就是说，东京几所女校，各校推选

---

1. Johann Sebastian Bach (1685–1750)，德国作曲家。祖辈是乐师，精通管风琴演奏技术。早年在魏玛、科腾任宫廷乐长。1723年起，在莱比锡圣托马斯教堂及附近歌唱学校任乐长和教师，直至逝世。主要声乐作品有《b小调弥撒曲》《马太受难曲》《圣约翰受难曲》以及二百三十余部世俗及宗教康塔塔。主要器乐作品有：《平均律钢琴曲集》，古钢琴《法国组曲》《英国组曲》等。对海顿、贝多芬有直接影响。

一人组成少女团队，并一一播送她们简短的演说。都是少女，言语幼稚，内容肤浅，多是朗读的口气，自然不是什么演唱。不过，我为女学生们的优美的声音感到惊奇。那声音洋溢着甘美的青春的气息，较之眼前她们的倩姿，更加切实感觉到少女的生命。正因为盲目只能倾听声音的缘故。如果一次次放松的不是音乐，也不是演剧，而是少女日常的“纯粹的声音”，那多么叫人高兴！幼儿时代还是西方人小孩子的声音更可爱，我听到那些住在帝国饭店或夏天的镰仓宾馆西方人小孩唤母的声音，我也返老还童很想吸一口母亲的奶水了。

少女和孩子们优美的合唱，借助舒伯特音乐影片《未完成的交响乐》等广为人知。然而，且不说特别的合唱，作为一名独立的声乐家，又是一名少女，也是一名处女，首先难于达到优秀。甜润与丰富均显不足。这不仅限于音乐，所有的艺术，都被处女歌唱，而不能自行歌唱。演剧尽管也如此，但在文学中，尤其是成年人女性，以及并非女人的男性，比起处女自身反而更能描绘出处女的纯洁来。这固然是可悲的事，但一切艺术不外乎宣扬人性走向完美之道，此乃并非可叹。当今日本社会的种种事项，样样阻碍着女性艺术家的成长，这才是可悲叹的事。——写到这里，我想起那位胖头、厚胸，还有拳击手或大力士的膀子，以及野兽般矫健的法国老女子勒妮·舍梅[1]，我听过她同宫城氏一起的合奏。

当时的印象，我在一篇小说中这样写道：

“第二场开幕时，就看到那架充满冷淡力学的巨型钢琴不见了，取而代之的是色泽悦目的桐木花纹的竖琴，舞台上摆着一圈儿金屏风。舍梅将宫城道雄作曲的《春之海》和尺八的音调改编为小提琴曲，在原作者伴奏下，演奏了这首乐曲。”

一位是法兰西女子，世界级的音乐家，少女时代，她每日徒步走过乡间八英里泥土路去音乐教室；一位是天才的日本音乐家，七岁盲目，为支撑全家生计，流落朝鲜京城，开始成为琴师时，仅仅十四岁。这两位超越人种与性别相互合作共演的艺术，今夜通过和、洋两种琴的和谐演奏，出现于舞台上的唯有印着黑纹家徽羽织外褂和玄色晚礼服的男女二人，他们的表演自然赢得满场暴风雨般的掌声。

乐曲描写了波音、橹声、往来交飞的海鸥的晴朗春之海的景观。而且，西住（小说中的人物）也在心目中描绘了春天的海洋。小提琴奏出了甘美、澄澈的弦音，在倾听日本旋律的时候，他想起了初恋时的纯情。尽管几乎没见过那样的

---

1. Renée chemet (1888–?)，法国小提琴家。——编者注

少女，依旧浮现出日本式少女的幻影，邀他回到幼年时代心灵的梦境。

有时，小提琴奏出尺八的声音，有时琴弦似乎变成了钢琴，同重奏者的呼吸和谐一致。

勒妮强劲的臂腕之下，道雄细瘦的手指，犹如神经质的虫子，在纤细的琴弦上震颤。

“男女简直颠倒过来了。”西住小声嘀咕着。演奏结束于完美的时刻，他们接受了鲜花，回应了喝彩。退场时，犹如骑士伴随病态少女，法兰西女子给予日本盲人温暖的慰藉。

道雄也抑制不住喜悦，但尽可能不露声色。他就像一位侧耳静听的人，洋溢着沉静的微笑，但却不免漂浮着盲目的迷惘和日本人的谨慎。细弱的臂膀被强健的臂膀所牵引，稍稍前屈的瘦小的肩膀，被粗大的臂膀紧紧抱住，那种缓缓前行的身姿，人们见了无不泛起日本古典琴曲般的哀愁。

勒妮男人般的性情，道雄少女般的真情，一点儿也不讨人厌烦，而是通达崇高艺术之心灵的人们美好同情的展露。听众对于音乐的感性又增加二倍，不停地响起暴风雨般的欢呼之声。

不用说，《春之海》谢幕再演一遍。这回，勒妮退而做道雄的配角儿，我主动牵着盲乐人的手出现在舞台上，让他坐在七弦琴前。

有的观众流泪了。此时的宫城氏纯粹的喜悦，诚然可称之为艺术家的冥加[1]。宫城氏在自己撰写的题为《春之海》的文章里称："不论我离开如何遥远，艺术的精神永远不变，我为之深感高兴。"根据这文章透露，舍梅回到法国后，她也说自己做了一项很好的工作。她憧憬于日本的古筝，她聆听了宫城氏弹奏的好几支曲子，将她最满意的《春之海》，一夜之间改变为小提琴曲。第二天便到原作曲者的家中访问，演奏。

"仅一次就表达了我想要表达的感情。虽然语言不通，但舍梅和我的心情是一致的。"宫城氏说。

这支曲子，舍梅希望作为礼物留在日本，因而灌入唱片。这张唱片上的舞蹈，我看过两三遍。

不过，为了宫城氏的名誉，我把我小说中的印象记重新修改一下，那是因为现实中的宫城氏未必用"病弱的少女""日本古老的琴歌伴的哀愁"等词语所能形容。暹罗[2]舞蹈团来日公演时，我就近第一次见到了宫城氏，纤细的神经质的身影中，充溢着格外强劲的力量。当他同暹罗舞团并排站在舞台上的时候，给我留下了迥然不同的印象。

当晚，暹罗公使举行宴会，秩父宫、高松宫，及其他皇

1. 冥加（myouga），神祇的护佑。

2. 泰国的旧称。

族出席。妃殿下等为了向远来舞姬尽一份心意，携带鲜花莅临。国务大臣、朝野名士，齐集一堂。但是会场并未戒备森严，此种场合很少机会出席的我辈，眼里闪过许多动人的画面：冈田首相的头颅酷似芋头，是个老好人，林陆相比起照片更加和颜悦色。倘若他们对自己国家的艺术家也很敬重，那该是多么令人高兴！暹罗舞蹈团的女演员们，大多是女学生年龄段的少女。

为了发扬暹罗舞蹈的传统，还须进一步花功夫。身体似我国少女而更加贫弱，然而总有可爱之处。少女的声音如果说是“纯粹的声音”，那么少女的肉体也就是“纯粹的肉体”。在表现整个身体的舞蹈中，尤其是众多露骨解放肉体的西洋风格舞蹈，这种“纯粹的肉体”之美，便是最大感动的源泉。不能不指出，女人之美在舞蹈中获得极致的表现。只要女性将肉体之美看作生命，或许只有舞蹈才是女人最渴望的展露。

现今，唯有舞蹈最能直接尊重处女之美。然而，舞蹈亦受限于少女或处女演员之不足。舞女的矛盾横在眼前，苦恼已扎下根来。这个暂不必说，既有“纯粹的声音”“纯粹的肉体”，就会有“纯粹的精神”。这是当然的，古往今来，文学上赞美不绝，但少女或年轻姑娘家被称为杰出的作家几乎为零，不仅女人，就连我们男人也颇感遗憾。女学生即便成为诗人，成为散文家，也赶不上小学女生，这是为什么？少女

“纯粹的声音”的歌，以及少女“纯粹的肉体”的舞蹈，其美丽大都不见于文学作品中。

一般说来，女人比男人会写信。女人的信笺洋洋洒洒，是邈远的真情流露，是活生生的肉体的展现。即便写一篇人物印象记，女人的文笔也大多是亲身捕捉被描摹的对象，毫无阻隔地贴近彼方。阅读无名青年女作者的小说，越是蹩脚，越发充满女人味儿。可以看作“纯粹的精神”的表现。至于少女的纯洁和艺术的关系，对于女性来说，或许是个难解的问题。

昭和十年（一九三五）七月

大正十四年春
深水

往事漫忆

一

我出生于大阪市天满此花町，孩童时代听闻了一些事情，我光知道天满天神附近有一条街，但我从未去过那里。

去年，大阪的桝井寿郎氏对我说，他为了调查一下我家过去老户籍簿上的记载，去了一趟我老家所在地，看到了那块土地的现状。他还说很想带我去看看。我和m等人一起参谒了西鹤墓，在前往京都的道路上，m劝我去走一趟，说眼下正是个好时机，但我还是谢绝了。我们从老家附近经过，m指着说：“就在那里。”我总感到不好意思，虽然没有人说什么不好，但我还是感到一种耻辱。

自己诞生的土地，有人调查和陪同，前往那里看看，这就像一出喜剧。当然，人生是很难避免这样的喜剧的。例如，随着我意外获得诺贝尔文学奖，戏剧也就一幕幕不断发生。既想努力躲避喜剧，有时又对喜剧采取听之任之。

二

听梆井氏说，我出生的土地，现在是公园，没有居民，或许是一片草地。那是淀川的河岸。对面的河岸，过去似乎是河船的卸货场，七十年前我出生时，从我家里可以观察到河船上有趣的情景。

说到这些，我也看见过来往于淀川上下的一群群白帆。初中三年级时那年五月，祖父死了，我孤独一人，被舅父家人收养。那里是淀川沿岸的农村，夏天我和外甥们到河里玩。那是五十多年前了，淀川还只是一条货运水路，便利于行驶帆船。我也曾独自一人到河岸上午休。蹚进齐膝的河水，光着身子躺在沙滩上睡觉。船夫怀疑我是个溺死鬼，将船划到我身边。我于船夫的呼唤中醒来，发现天空和芦苇之间连绵的群帆非常漂亮。

我横躺在阳光里，我很喜欢睡觉。少年时代，我躺在院子里阳光下的石板上睡眠，我爬到院子里的树木上，背倚着树枝读书。我在茨木中学住校时，到河堤上睡觉。二十年代，我在伊豆汤岛温泉住了好长时间，经常到田埂上睡觉。在和暖的阳光照耀下，迷迷糊糊进入梦乡，那似乎是我童年时代最幸福的时光。

大学将要毕业的时候，或毕业不久的时候，横光利一氏到本乡私人旅馆访友，他经常看到我睡在二楼走廊向阳的地方。“你那副睡姿看起来是最幸福的时候。”横光氏对我说。他的话，我不会忘记。

过去晒太阳的时间，如今已经成为外国旅游乘坐飞机时的一种优惠。乘坐飞机，全由别人安排，自己没有自由。它只给我感到茫然的自由。外国的天空更美。一到外国，看到和暖向阳的地方，都很想坐一下，更想躺下来睡觉。

几年前，夏威夷檀香山[1]的垦丁潜庄潜水度假中心[2]，夜晚，我躺在走廊上，一边听着娱乐场的音乐，一边迷迷糊糊睡了两个多小时。我在罗马的一家咖啡馆，我在吊在街道树之间的长椅上做了三个小时的白日梦。

---

1. 即火奴鲁鲁。——编者注

2. 原文英文为Dive Village。

三

六十年前，在老家乡下，一个五十多户人家的农村，我家只有我和祖父两人生活着。上小学时，我独自一人爬上山顶，长久地眺望景色。还有一次，一个人天不亮，摸黑独自离开家门，到那座山上观日出。那是一座低矮的小丘，就在我们村子东头，东侧是一片开阔的稻田和旱地，明净、遥远。孩童时代的我，为何一次次去观望景色，看日出，独自一人登上荒寂的山顶呢？至今我还记得，我蹲在小松树下边，等待叶子和枝干的颜色变得明亮起来。

回想起来，我与别人有不同的地方似乎是小学时代，或者是上小学之前的幼儿园时代。七个月的早产儿，身子弱，一直被关在家里，打从幼小时代，我就有直感，有灵感，有觉悟。使之变得愚钝的是学校和年龄。

小学开学典礼，我出生以来第一次进入人群，胆战心惊。人群压挤我，袭击我。我像一枚卷入旋涡的芦叶大哭起来。我害怕上学。因为我，祖父早晨不敢打开挡雨窗。我一听到邀我上学的孩子们向窗户投石头的声音，我就吓得不敢出气儿。

然而，在学校受到的教育，我几乎都知道了，上学并不好。上小学之前，我就掌握了一半的读写知识。考初中时，虽然我以第一名入学，但成绩年年下滑，这也有旷课的原因在内。

不过，学生懈怠于学业是脑子出了毛病。这成了以后的悔恨。

四

我两岁死了父亲，三岁死了母亲，失去双亲。我这个孤儿，听到别人谈论我，一切都会刺疼我。如今七十岁了，尽管我已经不再有孤儿的想法，我依旧不能反驳论者。我自身是个充分沉迷于感伤中的少年。感伤一旦渗入内心，就会在心里落下病根。

但是，我的人生有着各种各样的际遇，不正是得益于孤儿的缘故吗？这里不妨说说一件挺丢人的秘密事情，作为天涯孤客的少年的我，睡觉前总是在被窝里瞑目合十，向那些施与我恩爱的人静心祝福。我始终不断地获得那些人的恩惠。如今，我有时依然在睡床上不由得重复着合掌之癖。我不是祭拜神佛，而是为酬谢恩人。

不光是人，例如诺贝尔文学奖等，我也是偶然获得，只不过是一种机遇。我这句话绝非轻易说出，而是实有其感。日本作家中，并非只有我符合这项奖赏，其他还有好几个人，只有我获得殊荣。而且，在这之前还有过各种机遇，这些，我都明白知道，数不胜数。既有外国人的因素，也有时代的惠顾。

因为获得此项奖赏，抑或将增加各种新的机遇吧。

五

生前召开关于自己的展览会等，这是超越想象以外的事。我正在夏威夷，没有看到。

听说我所不知道的东西也展出了。祖父的字远比父亲的字写得好。父亲死得早，受教于恩师易堂之癖好。父亲临死时在病床上给姐姐和我写下的大字，找遍了全家都未能发现。母亲有一封信，对我来说也很珍贵。

展出了我的字，是为了增加募捐。那幅字不过是为了消遣。我见过古人的书法，知道自己的字的水平，比起叫人阅读小说更有轻松的地方。假若我有幸活到八十岁，在那之后，我将努力稍微体察书法精神而下笔书写。随着老龄的增加，倘若果有所得，说不定我将专攻书道。此乃东方之一乐矣！

昭和四十四年（一九六九）四月

水晶的佛珠种种

水晶的佛珠。藤花。雪落在梅花瓣上。可爱的幼儿吃草莓。

我在年轻的时候，大人要我在色纸上写字，我就经常借用《枕草子》的这一段文字。“雪落”，今天的校订本似乎为“雪开始落”，“吃草莓”似乎为“吃草莓等”。然而，少年时代的我，头脑里记得的“雪落”中没有“开始”，也没有“草莓等”里的“等”字。我以为还是没有好。比起“雪开始落”还是“雪落”好，在这里音调也好，而且，“草莓等”的“等”字，不可理解为草莓和其他等物，应该理解为“草莓什么的”。一般来说，天真、可爱的婴儿吃红色草莓，再加上鲜明的色感。比起“草莓等”，还是“吃草莓”给人的印象更明晰。至于“雪开始落”的“开始”，以及“草莓等”的“等”字，不论是《枕草子》原作者本来就这样写的，还是后代《枕草子》的抄写人另外加的，我都一概认为还是没有为好，这种想法不会改变。

不过，说起草莓，清少纳言生活的时代——十世纪、十一世纪的平安时代，现在我们所吃的草莓，当时筑石板种的草莓自然是没有的，或许就是山野草莓或木莓。我看到吃奶的外孙吃草莓，联想起“幼儿吃草莓”的句子。不，我觉得这种草莓和《枕草子》中的“草莓”不一样，现在的草莓果大、色红、汁浓，是人工性水果，缺乏日本传统草莓的逸趣。不过，读了《枕草子》中的“草莓”，现代的人，即使联想起现在的草莓，“可爱的幼儿吃草莓”，和九百五十年前的美感是相通的。可爱的幼儿，柔软的小嘴吃着鲜红的草莓。写于九百五十年前的《枕草子》，现在仍然能读出新鲜的印象，传达出清新微妙的感觉。即便如此，将近千年前的古代人和我们，阅读《枕草子》的感受和心得是完全不一样的。这也是不得已的事。我们不可能像《枕草子》那个时代的人一样读懂《枕草子》，尽管如此，对于我们来说，《枕草子》和《源氏物语》并非读不懂之书。一旦被翻译过去，西方人也能读懂。不能说不学古典，不懂历史空着手就读不懂《枕草子》。其实，《枕草子》，还有更古老的《竹取物语》（作者不详，十世纪初成书）、《伊势物语》（作者不详，十世纪前期成书）等，近千年以前的作品，读起来感到还是挺容易明白的古典文学。这一律是用日语写的，过于依赖注释和研究，反而会有妨碍通达古典生命的危险。然而，不用说，学习古典和历史并且有所得，可以丰富人生，充实生命。仅凭这一点，你就能感到活得很宽广；仅凭这一点，你就可以感到活得很长久。我在色纸等上面写的“水晶的佛珠”云云，都是照搬《枕草子》中《高雅之物》这一段[1]：

> 高雅之物：身着薄紫的衣服，外面罩上白袭[2]汗衫。鸭蛋。刨冰里放入甘葛，盛在新制的金属碗里。水晶的佛珠。藤花。……

《水晶的佛珠》，我随便省去了前面部分。所谓“高雅之物”，就是属于上乘的、美好的东西。“薄紫的白袭汗衫”，是一种高雅的礼服，现今的人很难想象，我就省略了。“鸭蛋”，是家鸭生的蛋。将鸭蛋拿来，放在白袭汗衫和刨冰之间，同后面的水晶佛珠互相呼应，看起来很高雅。“刨冰里放

---

1. 参见《枕草子》第四十段。日本小学馆1999年版。

2. 自上至下白、白、紫色的三重汗衫。

入甘葛，盛在新制的金属碗里。”这里的“刨冰”，碎冰块儿，就是砍削的冰，冷食店又叫雪冰。如今刨子这种工具，看不到了，似乎用小刀削制。“甘葛”是将甘葛草的蔓子和叶子一起煮制成的甜味佐料。“金属碗”就是金属制造的碗。就是说将碎冰盛在崭新的金属碗里，再撒上甜佐料。这种雪冰还有家鸭的蛋，是我们熟知的东西。至于“雁蛋”[1]“甘葛”和“金碗”，目下已不太为人所熟知了。“刨冰里放入甘葛，盛在新制的金属碗里”，用缓慢的语调徐徐说出，比起写在色纸上来说，接着读到“水晶的佛珠。藤花”，使人听起来，更加清脆悦耳，印象鲜明。为了减缩，我把“水晶的佛珠”之前的文字省略了。

再说“水晶的佛珠”，无须多加考虑，清少纳言平安时代和现代，关于佛珠的感觉完全不同。生在明治时代的我们，和生在昭和战后时代的年轻人，也是完全不一样的。现在大多数年轻人，或许都不知道佛珠是什么。佛珠的形状，千年前和现在即使很相似，如今也不再会有千年前的佛珠的精神内涵。清少纳言在这里看到外形与色感，就说是“水晶的佛珠”。如果只说佛珠，那个时代的佛教之精神，佛珠之精神，

1. 雁蛋，原文亦用此“雁”字。

那么就会稍稍含蕴或飘荡于这一词语的内外周围。因此，“可爱的幼儿吃草莓”中的草莓，《枕草子》时代和现代种类就不一样。较之这种不同，“水晶的佛珠”的不同感觉更大。就是说，《枕草子》中《水晶的佛珠》的语感，没有原封不动地传达给我们。那个时代不可能原样传承，这是古典的命运。一方面，那个古典时代的人们尚未想到的东西，到了我们这个时代，过多地增添想象和品赏。外国文学也是如此。例如，日本的浮世绘版画，给了西方画家以很大影响，这也是当时的日本人所没有想到的事。

稍稍插点儿点别的话题，《枕草子》接下去的“虫”的描写也很有意思：

> 虫有：铃虫。蜩。蝴蝶。松虫。蟋蟀。纺织娘。裂壳虫[1]。蜉蝣。萤火虫。

根据注释，这里所说的铃虫，就是现在的松虫，叫声如“揿其铃，揿其铃”。所谓松虫，就是今天的铃虫，叫起来“铃——铃——”。就是说，铃虫和松虫的名称，在《枕草

1. 附着在海藻上的一种虫。“海女割海藻，听到虫鸣，常常悲戚而愤世。”（藤原直子《古今集·恋五》）

子》时代正好调换了位置。还有，现在的蟋蟀，过去《枕草子》时代称为螽斯。而过去称作纺织娘的，则指现今的蟋蟀。顺便说说，裂壳虫在《古今集》里这样写着：

> 海女割海藻，听到虫鸣，常常悲戚而愤世。

正如这首大家熟知的和歌中所述，这是附着在海藻上的小虫。蜉蝣，朝生夕死。

“虫”附着在植物叶子上，从铃虫到萤火虫，按次序罗列虫名，之后是“蓑虫，声音听起来好可怜”。“磕头虫也好可爱”。“苍蝇自然是可恶的东西，没有一点儿可爱之处”。这些虫开头都写得很短，最后：

> 夏虫可爱又可怜。于灯火近旁，看故事书时，围绕着书本往来飞旋，实在有意思。蚂蚁很可憎，不过它身子很轻巧，在水面上往来翕忽，倒也挺有趣。

蚂蚁身子轻，在水上爬行，文字如此表现，不愧出于清少纳言的雅静文笔。实际上，蚂蚁能否在水面自由爬行，暂且不论，但这里却展示了清少纳言敏锐的感觉。

铃虫和松虫的名称，《枕草子》和现在的叫法正好交换了过来。还有，蟋蟀和螽斯也大不一样。这种语言的转化并不少见，现在更是司空见惯。不光是名词，形容词和动词，还有其他词类都是如此。这种语言的转化，伴随着时世移转，这是必然的。甚至有的是因为突变的偶然造成的。例如，我们现在突发的奇妙的流行语，有的是偶然蹦出来的，有的具有产生的必然性。各种情况都有。只要遵循一部分语言自古以来转化的规律，历史和传统，还有文学的潮流，只须用一根指头就能触及。有的词语，看起来意思不变，实际上意思是变了的，那就是这个词的灵魂。意思不同，语言也不一样。实际上，同一个词的意思，严格说起来，也会因人而具有不同的意思。不，即便对同一个人，同一种词语，也会因临时的条件，或因为时间的过去，而词语的意思颇为微妙地产生巨大的不同。这里也有着文学的困难与意趣。

比如，《水晶的佛珠》。写下“水晶的佛珠”的时候，清少纳言的头脑里存在着什么形状的水晶佛珠呢？是多么大的水晶佛珠呢？我想象，或许就是一般人使用的普通大小的佛珠。《枕草子》里的“水晶的佛珠”，究竟是什么形状，有多大呢？我开始思考这些问题，是去年秋天以后。

在那之前，只说“水晶的佛珠”，至于是什么形状，是多大的佛珠，从来没有想过。头脑里没有清晰地浮现过，只是读着“水晶的佛珠。藤花”。自古以来，存在我们家中并为我们所使用的佛珠，或者也许在我的头脑里非正式地浮现过。因为我看到过巨大的水晶的佛珠。去年秋天，一位京都古美术商给我看了各色各样的东西，其中有大型的水晶的佛珠。我被那串可怕的佛珠深深吸引住了。说起大型水晶的佛珠，以前在哪里也曾见到过。这串佛珠是镰仓时代（一一九二—一三三三）之物，一样的圆形的水晶球，具有古老形状的力量、年代久远的色泽和光亮，似乎蓄积着妖艳与可怖。一颗玉石直径一厘米，玉石的数目忘记了，或许有一百多枚，戴在脖子上，长度缓缓达及两乳以下。那个时代，这种佛珠并非一般人之物，或为特别的人所持有，具有特别的用处吧？看到这种佛珠，我对佛珠这种东西也想多少知道一些，但也没有调查过。

总之，佛珠使人感觉到神秘的威严。水晶的色泽沉滞，稍稍带有琥珀色，含蕴着深深的底光。我映着商店里的电灯，眺望着佛珠的光泽，又拿到店前的道路上，映着阳光仔细凝望。深沉的光点一粒一粒含吮，闪耀。我想起在檀香山卡哈拉·希尔顿饭店，看到夏威夷明朗的朝阳的光芒清晰地映照在玻璃杯上。当然，数百年前水晶佛珠所蕴含的京都晚秋的阳光与此各异。然而，我在檀香山邂逅玻璃杯映照着美丽的阳光，在京都巧遇过古老水晶佛珠的美丽，在这人世所遇见的恩惠是一样的。我虽然向往那样的佛珠，但几百年前具有那种佛珠的人的高深信仰，似乎与之缠绕在一起，对此一直敬而远之。我把看到佛珠的感动说给另一位古美术商听，在自己家里，给他看了我所具有的另一时代即古老的平安时代

(七九四——一一九二) 水晶的佛珠。第二天，他就到饭店来迎接我。这种佛珠的大小，同前一天看到的一样，但形状不同，像算盘珠一般扁平，也像中国算盘珠一样，角儿圆滑。

有幸看到两种佛珠之后，一旦提起佛珠，头脑里就出现这两种佛珠。而且，为阅读品味《枕草子》里的“水晶的佛珠。藤花。梅花瓣上……”，反而成了一种妨碍，使我感到这是一种过于强硬的形态。不过，清少纳言经常看到这种巨大的佛珠，不，或者说是司空见惯。因为在王朝时代，僧侣修法或袚除恶灵使用大型的水晶佛珠。况且，我略微查阅了手头所具有的法具和佛具的书籍，虽然还不能深入理解佛珠，但总的来说，镰仓时代和平安时代这两种佛珠，在我心目中留下了深刻的印象。

遇见两种佛珠过了半年之后，我去京都访问古美术商，高兴地看到店里还保有我所记挂的镰仓的佛珠，而且感到初见的记忆印象和再见的眼前印象不一样，十分诧异。最先感到初见时的怪异与可惧，再见时的风雅与怀思，首先到来。初见于再会的半年时间，这佛珠或许使我觉得是亲切之物。神秘的威严自然没有变化，但我保有这种佛珠，我对身边的佛珠不即不离，所谓那种神秘的威严，有着再见时不同的亲情。这佛珠与我有缘相聚，我把这镰仓时代的大型佛珠，可以挂在房内墙壁的一隅，也可以放在书桌上代替文镇使用。这就是可怀念的再见。而且，早已不把《枕草子》里《水晶的佛珠》置于其中，成为佛珠与我的直接会见。较之记忆中直径一厘米的水晶玉石，看起来显得小多了。至于把镰仓的大佛珠当作文镇使用之类事，人们或许以为我狂妄自大，态度傲慢。不过，我也曾经将平安时代的三钴杵[1]当作文镇使用过。

昭和四十五年（一九七〇）五月十七日

---

1. 原为古代印度神话中帝释天的武器，象征闪电，或指称钻石。由于质地小而坚固，能击破各种物质，金刚杵即取此意。

温泉通信

是白粉蛾漫天飞舞吗？哦，是春雨。

“要是天晴，可以采蕨菜了。”女佣说。四月八日。

彼岸樱，白玉兰，此外还有好多种花都开了。雨蛙叫了。狩野川也该有小香鱼了吧？去年，曾经指着菜盘里的炸鱼，问女佣是什么鱼。女佣立即拿来配菜师的信。

“送去的是小香鱼，这是秘密。”那是解禁前有人偷捕来的。不过那时节牡丹花已经开了，今年为时还早吧。

山茶花开得正盛，纵然露出随时凋落的样子，但实际上却是顽强的花。今年新年一过，我和本所“帝大”[1]福利团体的学生们，到净莲瀑布[2]旅行。一路上，不断地向河对岸投石子儿，企图打落树上的花朵。用力投出的一枚石子儿，飞得很远很远，然而，四月初走来一看，依然开着花儿。我和武野藤介君两人又投石子儿。新年时节不曾凋谢的花朵，到了四月，纷纷掉落在溪流里了。

或许是山区吧，经常下雨。下一阵子，晴一阵子。凌晨两点，打开浴室的窗户向外一瞧，又下雨了吗？不，满地月光。白色的雾霭羞羞答答地在溪流上空徘徊。“莫非初夏了吗？”猛然想起，还是四月初呢。空气清澄、枝叶丰蕤的山间夜晚，经细雨和月光两度洗涤，爽净而安适。

这雨后的夜月之美，实际上是经常体验到的。同旅馆的女人们一道去参加地藏菩萨节，众多的提灯似乎被人忘在了田圃里。去时落雨，归途月出。山谷里烟霭萦绕。这年冬天，我和中河与一君全家乘马车去吉奈温泉，那天也是下雨，接着转晴，又见月光和雾霭。

---

1. 本所，东京墨田区地名。“帝大”，东京大学的前身。

2. 位于静冈县东部狩野川上游，天城山地区第一名瀑。河水悬于巨岩之上，高25米，宽7米，气象宏大。

“月亮也在移动哩！”

某年夏夜，坐在这家旅馆后面的河边亭子内，不知是谁对我这么说。身边，东京来的孩子们，竞相转动着烟花香火，描画出巨大的火圈儿。

“要说会动倒也怪，不过，每天晚上坐在同一个地方观察月亮，才知道那月亮的轨道确实在一点点移动。”然后举起手来，“昨晚经过这棵树梢，前天夜里——”

但是，在汤岛看不到硕大的月轮，也看不到像样儿的朝阳和像样儿的夕照。因为东西都是山岭。早晨，首先看到西边山峦裹上阳光明丽的霞帔。太阳于那霞帔的边缘，沿着山坡滑行，扩大，渐渐升高。夕暮，东边的山峦又裹上霞帔。即便汤岛的山脱去云霞，天城峰也还不肯脱去。

要想观赏朝阳和落日的色彩，可以站在国道上仰望远天的富士。富士山既浸染晨光，也浸染暮色。

星空褊狭。

嗨——呀，
嗨——呀。
打声招呼
举起手，
无忧无虑的孩子一起来，
后边的竹林摇动不息。

这是村中小学校女孩儿的歌。

没有比竹林更加亲近阳光的了，凭着那番寂寥和深思的柔细的感情。京都郊外，竹林千里，虽说并非如此，但这里的河岸、那里的山腹，几处稀稀落落的竹林愀然而立，自有一种娴静的风情。我经常躺在枯草里眺望竹林。

从向阳的一面眺望竹林是不行的，应该从背阴里看。那煌煌然蕴蓄于竹叶内部的阳光该是多么美丽！我的心为竹叶和阳光亲密的光的嬉戏所吸引，随即堕入无我之境了。日光纵使不很明丽，那种将竹叶透映出淡黄色的光亮，也会使得孤寂的人儿对那种色感心辄向往之，不是吗？

我自己也变成那片竹林的心境了。一个月里几乎都未和人对话，犹如空气一般澄净，忘记了自己感情和感觉的门扉的开阖。

然而，时时袭来孤独的寂寥，闭起眼睛，咬着睡袍的衣袖，闻到泉水的幽香。我喜欢温泉的气息。如今在这块土地上住惯了，不觉得什么，以前舍弃车驾，跑下斜坡，接近旅馆，嗅到泉香，我就流下泪来。当我换上旅馆的衣衫，就将鼻子抵在袖口上，吮吸着这样的气味儿。不光是这里，各个温泉乡都各自有着不同的泉香。

“我登过那座山的顶峰呢。”

朋友一来，我就站在下田国道上，指着钵洼山说。那座山有三千多米长的斜坡，沿国道一直走到天城岭附近。因此，从这座村子望去，显得非常高渺。就像翻扣的钵子，遍山长满野草。花了四十分钟到达山顶。从山下看起来那些可爱的枯草，上山一看，原来都是齐腰深的芒草。突然，急匆匆钻出五六个割草的男人，奇怪地打量着我。于是自己也觉得自己来登山有些反常，便急急忙忙下山了。那是去年无聊的岁暮。

不久前，我同武野藤介君一起登过后面的枯草山。看上去缓缓的山坡，刚跨出第一步，就变得陡峭起来。望着随时下滑的足跟，然后将视线转向溪谷对面的山腹，那一带山林的梢顶，以一股可怖的力量近逼而来。上山时还好，下山时，胆小的藤介君站在那里，不敢迈步了。

如同面对这个时节的杉树林一样，我面对山野、天空和溪流，时时蓦地打开直观的窗户，一面惊诧，一面浸润于自然之中，伫立不前。我凝神望着那白穗子一般自枝头垂下的花朵，从白花之中感觉到一种深沉的静谧，而且发现白花所持有的病态的疲劳。

我到那里散步，没有一个人影，也看不到一座房子。不仅如此，房客也只有我一人。深夜，楼上无人，猫在西式房间里不停地鸣叫。走过去打开那座房间的门扉，猫跟着我脚下来到我的房间里，爬上膝头安静下来。于是，猫的体臭流进我的脑子，我第一次感知到猫的体臭。

“所谓孤独，或许就像猫的体臭吧？”

猫从膝头站起来，神经质地抓挠着房柱。

一座村庄会不会只有一只猫、一只狗呢？要是这样，那猫或狗直到死都看不到别的猫或狗了。

一条道路出现了。自汤岛嵯峨泽桥附近，同下田国道分离，从世古瀑布方向，通往伊豆西海岸的松崎港。细细的松崎国道加宽了，直通到世古方向。

四月六日，举行这条道路的行车典礼。在别墅的院子里，旅行的人唱起了《安来小调》。

打从庆典的前一天就下起了春雨，今日突然转晴。四月十三日。树干和枝叶，屋顶、鲜花和溪流，各种风物都在阳光的照耀下泛着绮丽的光亮。

大正十四年（一九二五）五月

燕子

你听说过老鼠弹琴的故事吗？——告诉你吧，昨天夜里，我吃惊得从被窝里跳起来了。

这是一家不值一提的山间温泉，楼上一共有二十几个房间。昨晚的房客只有我一人。这倒也不算稀奇。谁知半夜里下起了大雨，屋脊上仿佛有很多人跳舞，脚步杂乱，来回奔突。一个人待在房里，简直像被妖魔所袭击，那是同一种生物——人魔。它始终瞪着眼，老虎一般露出牙齿要咬人，又模仿这座山上的野猪爬山，我只能苦笑待之。不料，抬起眼睛朝旁边一看，刹那闪过人的影像，眼睛似乎也随着人影移动了。于是，不知为何，蓦地缩起身子。不是幻听，而是幻象。天上的云彩，溪谷的石头，障子门，玉兰花，手巾，花瓶，还有马……看起来都逐渐变成了人脸、人身。因此，大雨敲击屋顶的响声，听起来也像人的足音了。而且，自己心里也明白。但不知为什么，我又想打开挡雨窗看个究竟。就在这时，隔壁房间突然“叮”的一声响起了琴音。没什么，那是爬过横栏的老鼠，掉到琴弦上了。

接着，雨戛然而止。

咻咻咻咻，啡啡啡啡，咻——咻——

是溪谷里雨蛙的鸣声。每每听到这种蛙鸣，我的心中就弥漫着月夜的景色，这条优美的溪谷上晴雨之后的夜景！当然，下雨时有蛙鸣，黑夜中有蛙鸣，昨夜不知是否月出，但今朝一看，却是爽净的晴天。况且又是星期日。我按照星期天的习惯，走访了村中小学校的一位年轻教师。

“瞧那绿色，全都变绿啦！”

他忽然望着野外，一时间滔滔不绝起来：

“到了新绿时节，这一带反而觉得十分寂寞。或许住在这儿的人的生活底色，本来就像古旧的茅草屋顶的缘故吧？还有，对于我来说，这里带有南国风格的初夏的自然界，略有几分生疏感。只有富士山是例外，那座山的姿容是例外。但这一带似乎是从盛春一跃而跳到了初夏，你没有这样的感觉吗？这里，完全没有晚春或暮春的概念，不是吗？

“此外，使得这里寂寥的原因是，这片土地没有艺术。说起艺术，有点儿强人之难，但木曾[1]有木曾舞，追分[2]也有追分小调或什么舞蹈，出云[3]有什么什么，别的地方有什么什么，总之，很多地方都具有渗透这个地方的民谣之类。但是，这里没有一首富于乡土气息的民谣，到了盂兰盆节也不跳盆舞。爬山、拉车或插秧，不唱一首歌，大家都默不作声。即便养很多马，也不骑马，只骑自行车。我调到这座村子来一看，大为惊讶。而且使我想起过去的事。

“两三年前，我住在大阪郊外的町镇——现在已经编入大阪市了，在那座町镇的学校里任教。那里有全日本首屈一指的大型纺织厂，厂内的盆舞颇有名气。因为只有厂里的女工参加跳舞，一般是不对外公开的。不过，我在那座工厂的女职工学校里讲课，一旦要跳舞的时候，女工们就分成七组或八组。哎呀，这是干什么呢？我想。原来她们每组跳的舞都不一样。例如，丹波国和越后国等地方盆舞的音曲以及跳舞时手的动作和脚部的节拍都是不同的。所以只能是各地跳各地家乡的舞，使得各自开出颜色各异的乡土之花。看过几场

---

1. 长野县西南部木曾川上游一带地方。

2. 长野县轻井泽一带地方。

3. 日本古代一令制国名，今岛根县东部地区。

舞蹈之后，最能感受到乡愁是一番怎样的滋味儿。而且，各个舞场的一角都有大型打靶场，职员们可以练习引弓射箭。射箭者和举靶子的人都躲在白杨树林荫道之间，看不见人影，只能望见煤气灯照耀的光亮的白杨树丛里，流矢嗖嗖而飞。看着女工们的舞姿和流光溢彩的箭镞，我几乎流下眼泪。

“来到这地方之后，便时常想起那里的盆舞。我想，这里的姑娘即便到那座工厂上班，如不参加任何舞蹈，就只能呆呆看着别人的故乡之花。其实不然。首先，这边的姑娘不愿到那里做纺织女工，大家都有自己的家庭，离城市很远，正直而善良。然而，身个儿为何都这么矮呢？这个且不说，其次或许生活富裕，人人都不想受刺激吧。这就更使得外地来的人觉得这座村子太没有意思了。这座村子可以说没有恋爱，风俗礼仪都很死板，是个缺少爱情的村庄。——所以，抑或没有前边所说的艺术。只有富士山才是这里的艺术。

“你猜怎么着？最近我担当班主任的那班学生——都是普通小学五年级的女生，我叫她们三十四个女孩儿任意画一幅画，结果大吃一惊。以富士山为背景的画，就有二十一幅——”

“嗬。”

“我完全惊呆了。从这里望去，远天里的富士的姿影，说是一座山，更像一种天体，于空中隐蕴着一团细柔的光亮。”

年轻教师看我一脸惊奇，继续说下去：

“孩子们或许从富士山的影像中感受到自己的美丽和理

想中的姿影吧？而且，画面上总有燕子飞翔。这样的画共有十二幅。”

“燕子？”

“嗯，燕子。这也使我感到意外。我还没有注意燕子是否来了，刚到四月末嘛。然而，孩子们都看到了。细想想，孩子们依然感知了季节的艺术，我反而太迟钝了。”

这位又作诗又写小说的年轻教师，说着说着笑起来。

“是吗，画燕子的人这么多？”

“是的，有燕子的画面共有十二幅。”

“燕子，就是那种燕子啊。关于温泉的燕子，我也有一段美好的故事。”

于是，我也讲述起来。

“我的一位朋友的恋人是电影演员。两人上学时就很亲密，但一直没有深入发展下去。女子的名字大红大紫之后，一心想离开那个男人。不过，当那位女演员的片子在浅草电影院开始公映时，两个人都去观看了。当时，那部电影中有个场面，女子一副清纯的山村姑娘的装扮，独自一人走下山坡。他俩看到这里，发现银幕一角有只燕子像流星一般欻然掠过。‘啊，燕子！’女人不由惊叫起来，遂同男人对视。拍摄这一场戏时，导演和摄影师也许没有注意到燕子飞入镜头，女演员也全然不晓。活动结束后，女人多次告诉男人这件事，‘燕子，燕子’，念念不忘。看来，那只倏忽掠过银幕的飞燕的姿影，沉淀在女子的心底里了。燕子在飞翔，那只燕子——眼见着疲惫不堪了，这时便一头栽进男人的怀抱，静静地哭泣起来。那位朋友告诉我，那段山坡戏，就是在这家温泉场拍摄的。

“我很喜欢这段燕子的故事，就像你刚才所说的在舞场看到的箭矢，所以你应该明白我的心境。”

“可不是嘛，这座村子三十四个少女就有十二人画下了燕子。”

“燕子。”

“燕子。”

我们一边再次念叨着，一边环视着绿风吹拂的天空。

大正十四年（一九二五）六月

温泉六月

站在马路上扬手呼叫马车。六月一日。雇一辆马车由汤岛温泉到吉奈温泉去打台球。来到嵯峨泽桥上，赶车人说：

“今天河里定会挤满黑压压的人群吧。”

今日起，开捕小香鱼。白色的路面落满樱桃，马车像小蛇游泳一般穿过，车轮碾碎了满路的樱桃。到达吉奈温泉，别墅租赁办公处的一位跛脚少女，吧嗒吧嗒爬出来，借给我台球。

吉奈山麓上，生长着难得一见的四五米高的石楠花大树。石楠花是天城山的名产，比起其他地方，长得既高大又茂密。

我在汤岛，看到了美丽的石楠花。

我只能用这样的表现手法。这是白鸟省吾[1]氏诗中的句子。大都是通红的蓓蕾，粉红的花瓣。据说，也有的花朵是淡黄的，或纯白的。白色的最受珍重。叶子是枇杷叶的孩子，花是杜鹃花中的大妖魔。这种寿命漫长的花，插在我房间的花瓶里，开了将近一个月。从那花瓣表面的感觉里，我寻找出都会的疲劳。各种疲劳中，来自都会的色彩、形态和声音的感觉的疲劳，对于在山里住了三个月的我来说，是最想得到的。因此，修善寺温泉等地方，只能给我带来失望。

这个月中旬，中学时代的同学欠田宽治君和清水正光君，先后差一天从大阪来看我，竟在汤岛不期而遇了。第二天，三人一起去修善寺。我们对修善寺的土里土气大为惊讶。一流的旅馆也是出乎意料地落后。出售的点心没有一样可口的。相反，因为我是从东京来的，他们以为我肯定对修善寺的过于洋气而吃惊并感到失望吧。欠田君在住宿登记簿一写上“大阪市东淀川区”一行字，旅馆的伙计就来问这问那。胡乱将郡部编入日本第一大都会大阪市——三人一起谈论着大阪人如何糟蹋邻近各地的故事。最近，奈良和大津就是很好的例子。大阪人一旦来到这些地方，尤其是花街柳巷，便立即失去古老的情

1. 白鸟省吾（1890–1973），诗人、作曲家，以流行曲《星空下的华尔兹》最为著名。

调，变得洋里洋气了。

我从款冬花的花径上，接受了同石楠花相反的印象。时令尚在春天，我沿着松崎国道攀登猫越岭。从山麓向上爬到约莫四公里处，一条类似闪电形状的小路一直通向峰顶。谷川的源头之水看起来已经干涸，露出雪白的石子儿。溪谷里是种植山葵的水田。一场小规模的山火，使得小路断绝在它的遗迹之中。没有绿树。随处可见的巨大的树干，为了烧炭，都被砍倒了。头顶笼罩着冷飕飕的雨云。鼻子依然闻到古老的焦土的气息。那时候，款冬已经放散出香味儿，款冬茎也已衰老。尽管如此，这种花却是这片焦土上唯一的绿色植物。我的祖父非常喜欢这种“款冬小姨”的幽微的苦涩味儿。我时常为双目失明的祖父采摘款冬的花骨朵儿。——去年四月，我曾经伙同旅馆里的人到后山采撷款冬花茎。今年去收获山葵。不知是谁写过“采摘山葵是很忧郁的活计”，但我不这么想。也许因为它长得像荒原杂草一般繁盛吧。采摘后，将生鲜的山葵连连吃上十多根，不得不说，那种青凛凛的苦涩味儿，实在美妙极了！

但是，款冬花茎和山葵都是春天之物。石楠花也在六月凋谢了。石楠花是五月的花。眼下，身边的白花盛开在红色的根干上。

大正十四年（一九二五）七月

伊豆姑娘

要说我最近看到的田家女——当举伊豆姑娘。虽说是伊豆，但山地和海岸的生活情景大不相同，至少在风仪好坏这一点上，迥然各异。例如，由伊豆半岛正中的天城岭向南跨出一步，你就会立即感受到那一望无尽的风物，变得带有南国风味了。这半年我待过的地方都是温泉，有修善寺、船原、吉奈和汤岛。这一带的民众生活没有什么特色，没有什么东西能够给外来人留下深刻的印象，就是说没有闯入我们好奇心和批评眼光的风情。姑娘们的风俗和习惯，可以说都是一样的。我所知道的姑娘，多数是旅馆女佣。从外表看，都是田家女儿，但仅仅是一面之识，没有深入触及她们的生活。

提起乡下，还是先说都会。按一般想法，说起这里，总

是将脱不开东京来。一旦同大阪和京都的乡下相比较，东京的乡下一点儿也不开放，而且格外瘦弱。但是，在伊豆生活似乎相当快乐。没有东京乡下那种常见的荒寒和贫瘠。还有，一心念叨着“去东京，去东京”的愿望，在姑娘们当中似乎也不太强烈。作为女工，先去别地工作的人毕竟很少。因为温泉多，尽管东京人大量涌入，似乎也未受到什么特别的影响。但有模样儿标致的城市女子到来，旅馆的女佣立即说道：“长得真好看呀。”这句话带有非常单纯的音调，给人以愉快的感觉。

而今，我所在的汤岛温泉是个小村落。以男人为对象的女子家有两三户，不用说，都不是当地的女子。不过，和这些女子搭话的村中主妇和姑娘都很有意思。例如，下雨天有的女人从公共汽车下来，一走进点心铺，就“啪”地拍一下前来购物的村姑的肩膀。姑娘报以温和的微笑。接着两人就随便站着聊了起来。还有的村妇，坐在廊缘边，敞开胸脯给孩子喂奶。还有些奇怪的女子，蹲在她们面前，没完没了地唠家常。今年冬天，不知为何，来了许多朝鲜的买糖人，有的还在村中租了房子，开设了糖果铺。小河岸边，时常能看到穿着白裙子的朝鲜妇女洗衣裳。街道对过的人家里，村中妇女排排而坐，跟穿一身白裙子的女子学习朝鲜语。她们都是一脸若无其事的表情。

其间，我在吉奈温泉听无线电广播，狗总是对着收音机狂吠不止。但是，和田家的狗不同，女人们接受东西时那副无动于衷的样子，我以为非常有意思。

最近，人们都说东京这种大城市的女子渐渐变得无贞操了。但看看各地的乡间女子，自然会觉得东京女人依然被难得的贞操捆住了手脚。不过，东京的女子，即便品行过于端正，或者过于恶劣，总带有某些不自然的色调。但乡间女子，不论品行绝对恶劣或绝对美好，总显得十分自然。在伊豆，海边的猎师町或码头，或者走到南方，似乎也有很不好的去处。但这块地方，只能说其风仪极端纯美。伊东和长冈，似乎都是游乐之地，而修善寺，纵使有温泉，也不是游乐之地。

这里正逢插秧季节结束。近来，我每天观看插秧，深感意外。没有什么插秧歌之类的东西。一位报社记者对我说，这地方生活快乐，少刺激，因而恋爱的要求不发达。确实可以说，不为生活之情所动。

我长期待在这里的乡下，最突出的感觉就是“一成不变的境遇”，第一次感受到了境遇支配人们命运的力量。我所详知其出身的姑娘，大都是旅馆女佣，她们的境遇和命运，犹如一根长线，明显地映现于我的眼前。而我这个飘忽不定、大而言之堪称天涯孤客而谈不上什么境遇的人，对此感到非常不可思议。想想这些姑娘，我的心情犹如立于山间夕暮之中，一片迷茫。

还有一件事，堪称女人的“世故”。这家旅馆有个乡下小姑娘给人看孩子。不到一个月，说是因为在旅馆服务将变得世故而辞职了。大多数女佣，一旦少许认真交谈起来，自己就说“世故，世故”。丝毫不世故的田家少女，一提起世故，就反省自身。自己到底世故还是不世故，仿佛是本人生活中的一大问题。不仅是农家女儿，就连城里的姑娘也一样。那么，女人的“世故”到底是怎么回事呢？我在考虑。所谓世故，究竟意味着什么？纯粹，对于女人自身，或对于男人，具有怎样的意义呢？女人为何将此当成人生一件大事呢？

伊豆是多山的半岛，给予人们半数以上生活食粮的，不是农地，而是山和海。因此，这些少女不就是山、海和原野的女儿吗？然而，伊豆绝对没有美人。

大正十四年（一九二五）八月

东京的女子

年末一年一度进京，最使我惊讶的是，东京的女子普遍都不健康，看起来很怕人。身体健康的只有女学生。她们看起来都很疲惫，病恹恹的样子。纵然为活命，为色情，总之，我痛切地感到，都市女子都过着极不自然的生活。我由此明白了一个新道理：女性较之男性，是个多么不幸的存在啊！待在乡下对此感觉不到，因为山野间的生活，男女承恩受惠的程度之差不像城里那样巨大。

石滨金作氏在《男女之美》这篇文章中，描述了男女一起工作的美好，但今天早已看不到男女农民共同耕作的那种自然的形象了。因为当今的社会根本没有那样的工作。看来，只有农业才是男女共享惠泽的世界。因而，关于男女共劳之于今日，就更加谈不上了。男女共同在城市工作的姿影，也能感到像耕种土地那般自然，真不知要到何年何月。还有，即便女人守在家中，而乡间的房屋门窗都向自然敞开，感觉不出都市楼阁那般闭塞窒闷，而且很少有女子像农民妻子那样理解丈夫的辛苦。当然，这只是外观的感觉。但即便如此，我也并不认为，这种“表面”和内面的真实完全相反。

“东京的女子，即使品行过于端正，或者过于恶劣，总带有某些不自然的色调。但乡间女子，不论品行绝对恶劣或绝对美好，总显得十分自然。”我以前曾经这样写过。论其容貌妍媸，见到田间山野劳作的女子，从不觉得多么丑陋。但在东京，却感到有众多女子奇丑无比。我自然抱着“东京女子皆佳丽”的期待来京，那么，我无疑地认为，都会本身的生活组织，对于女性的容貌具有高度的敏感。这一点对于女性未必是幸福。还有，即便化妆，乡间来京的女人中，较之不自然，大多更给人一种滑稽的感觉。裹着一身粗糙的衣服，只有脸蛋儿浓妆艳抹，打扮新潮，但似乎却呈现出全体女性的悲惨。就连那些矮个子女人，也是一头遮耳的长发，一副茅草盖锅的样子。这番努力，愈加显示出女性世界的惨痛。即便不是这样，那贫弱的肉体透露着不健康的表情。我从温泉男女混浴的漫长习惯中，看到女人的裸体，虽然她裹着厚厚的浴衣。这种事儿，要是碰到东京街上所见的女子，将会使我悲戚不已。

总之，今日的都会生活，女性比起男性，更是数倍的不幸，还会继续将女性拖入更多的不幸。即便是职业妇女，或者是新潮的现代女郎，在乡下人眼里，各有各的不自然之处，因而显得滑稽而悲惨。唯有女学生例外。女学生似乎是现代女性当中最幸福的存在。此次，看起来很自然的是和睦家庭中的安详的妻君。

只有整个人类都回归乡土，女性才能迎来幸福健康的时代。东京的女子被男人和都市双重征服，确实是个痛苦的存在。应当首先从男人那里解放出来，同时也要从都市里解放出来。果然如此，皆大欢喜。不过，我以为，只要从都市中解放出来，同时也会从男人那里获得解放。

大正十五年（一九二六）三月

进京日记

三月三十一日

旅馆老妈妈说，就像告别自己的亲儿子。我也像个少年，怀着一副离家进京的心情。我必须向朝夕照顾我的人们一一告别，若无其事地离开他们一年以上。月明的深夜，我一个人泡着温泉，倾听溪谷的水音，一个劲儿泪流不止。我想起前些时候溪谷里有河蛙鸣叫，想起去年的春天。

上午十点，乘上开往修善寺的汽车。足立务君从旅馆前上来，说要跟车送到三岛。市山的停车场里有浅田老人的身影。高兴。一块儿同行到大仁。他是我的围棋对手之一，也是前天夜里，出席欢送我的围棋饯行会的成员之一。他七十岁了，飘飘欲仙，乐而不怨。真是一尘不染的老人啊！要是五月里参拜善光寺，我约好陪他一道去。

我在大仁车站告别浅田老人，在三岛车站告别足立君。

在大矶车站，我发现，跟在一位长相酷似仙石铁道大臣的老人身后走进候车室的女子，不就是她吗？我写进《南方之火》和《篝火》等篇章的女人。她从旁走过时，我仔细看了看。脖颈白嫩，手腕白嫩。以往，她抬手撩一撩头发时，红色的袖口露出铁黑色的胳膊，当时的悲伤还没有忘。祝福她到了二十岁肤色会好起来，也没有忘。神祇可怜我的祈祷，如今她变白了。她身后跟着一位青年绅士，穿着颇为入时的漂亮西装，风貌温雅。他大约三十刚过吧。她也是一身胭脂红的外套，内里衬着各色各样的装饰。她已朝着既贤惠又富有教养的良家女子的爱好过渡。两人身边氤氲着优渥生活的温馨。她似乎注意到了我，坐在候车室最后面的席位上。我屡屡回头张望，只能看到女人的前额。

打藤泽车站起，一同上车的有片冈铁兵和池谷信三郎两君。这又是奇遇。铁兵同我一样，都是去出席《文艺时代》作品评选会的途中。因为没有两个人的空位子，我也弃席而立，站着同他聊天儿。这样，我可以看到她胸脯以上的部位了。她闭着眼睛，涨红了脸，一副痛苦的样子。何以使她如此痛苦呢？我因而感到很悲哀。我既无恨亦无怨，单单为了想看看她的脸。阔别五年后的邂逅，真不知何时才能再次见面，只是想看看罢了。你就不能露出一副美丽幸福的面孔，满怀明朗的心情，让我瞧一眼吗？她为何要显露如此苦恼的颜色呢？我为她盘绕于心中的感情的习俗而备感悲戚。

然而，仅凭这一点，就能明白她待在一位好人身边，过着舒心的日子。这是多么可喜啊！好比将一枚璞玉交给磨玉师傅，打磨好了再交还给我。我的幻想很单纯。

铁兵、池谷二君，对这类事一向不感兴趣。实在有趣。

在新桥车站告别池谷，便和铁兵乘出租车赴四谷三河屋。第三次《文艺时代》作品评选会。一次少有的盛会。参加者有稻垣足穗、石滨金作、加宫贵一、中河与一、酒井真人、佐佐木茂索、岸田国士、南幸夫、菅忠雄、铃木彦次郎、福冈益雄，以及伊藤永之介诸君。足穗君是初次见面。菊池宽氏也特别出席了。我对四月的来稿几乎未曾读过，前天夜里没睡好觉，再加上长途旅途的疲劳，头疼，鼻子少量流血。没有什么要说的话。只是针对岸田、石滨的发言，为久野丰彦氏做了些辩白。

评选会之后，我同稻垣、石滨、加宫、福冈和伊藤诸君，一起去三河屋餐厅喝咖啡。接着又和石滨、加宫步行到四谷盐町打台球，一直玩到将近十二点。谁也没有进一球，真是丢丑。

我同石滨一起乘出租车找旅馆。敲开麴町纪尾井町的旅馆大门。这是对于温泉场一家不漏地搜寻的结果。很久没有泡在滚烫的温泉里了。但有点儿无济于事。石滨稍胖，我一年待在山间温泉，吃鱼肝油，身子不肥胖。好像有什么饿鬼附在身上。石滨喝啤酒，我只吃烤紫菜。闲聊到三点。石滨钻进被窝，鼾声骤起，听起来有些刺耳，但想到众多朋友相继离别，最后只剩下我们两个。他为了我，特意陪我到旅馆住上一宿，真是一位好知己啊。

四月一日

被石滨的声音吵醒。他已吃过早饭，正在换西装。

“昨夜一直没合眼，昨夜一直没合眼。”他一个劲儿嘀咕。他在撒谎。文化学院的升学考试八点开始，他要去监考。我躺在被窝里和他告别，接着再睡。十点过后起床。

旅馆的朝阳映射着房间内部，室内的摆设很简陋。照顾进餐的女侍净说旅馆的坏话。房客太少，领班带着一位女侍，二人一同逃跑了，目前只有两三个人，她最近也想逃走，云云。这种事儿，她竟然能毫不在意地说出口，真是有趣。她还说起，馆内住着朝鲜人；邻人大户人家里被赶走的养子，因杀害妻子而变得有名了。

饭后，为在汤岛受到的照顾，写了五六封感谢信，随后离开了旅馆。到达白木屋店，购买了枕头和睡衣，到竹叶分店吃了午饭，乘出租车去新桥车站，领取临时寄存的篮子和包裹。再转回东京站，领取塞满旧杂志的汽水箱子。行李沉重，司机哭丧着面孔。遥遥驶往麻布。途中，陌生的土丘一旁，矗立起古城牢狱般土黄色的洋楼。一看，飘扬着

“JOAK”字样的旗子。司机擦着汗水，为我寻找位于宫村町我所租赁的房子。

同房东夫妇打招呼致意。房东是俳句诗人。我租借的房子是“四叠半”，二月里租出后，没来看房，一直闲置至今。房东担心房子的情况以及共同居住的人。其实，不管在哪里，也不管和谁住在一起，都没关系。我对住宿和同居人没有好恶之别，即使幽灵或地域，我也能泰然处之。这就是我平常的觉悟。可以随时离去，随时告别，这就是我唯一的条件。天涯孤客，心怀自由。抑或此乃不欲有家室妻子之所以也。

立即进大众浴池。行李未收拾妥当，即行离去。走在银座街头，发现有“东踊[1]红提灯”演出。今日是春的初日，忽然想观看舞蹈，遂拐入后街。奇怪的是，新桥演舞场不见了，到处寻觅不着。急忙朝一座黄色洋楼奔去，原来是第一百十五银行，遂哑然。真是个乡巴佬啊！渐渐找到了，立即入场，舞台上五彩缤纷，正在表演元禄赏花舞。我被领进入口最前边的正面，我的前面和两侧都无别的观众，仿佛同舞台上的艺妓对坐，羞愧而茫然。猛然回望背后，尽是意气风发之众。

1. “东踊”（azumaodori），东京新桥的艺妓团体，每年开春于新桥演舞场举办舞蹈大会。自大正十四年（1925）始，战时废绝，昭和二十三年（1948）恢复。与京都祇园的“都踊”（miyakoodori）相颉颃。

歌、舞、三味线[1]交混难分。总之，心情骀荡，随之茫茫若在梦境，物色舞台上的艺妓。接着跳《青海波》[2]舞。演员当数照子和鯱丸，两人中不知是谁，掌心和手指殊美。慑于其玉指纤腕，我虽甚疲惫，亦不觉珠泪涟涟。休息。接着是《天下祭艳姿新桥》，两场。由此看到一百个新桥艺妓，但貌美者只限两三人。《天下祭艳姿新桥》中，一位跳手古舞[3]的年轻女子自以为颇佳。但因装扮，手里未提写有姓名的灯笼，故不知为阿谁也。纵使于日记中写下情书，亦无计可施。

走出演舞场，已是掌灯时分。再去“竹叶”吃鳗鱼。打算只靠吃鳗鱼恢复体力。在银座见到今东光夫妇和吉村二郎他们三个，随即高兴地大叫一声，拍一拍东光的肩膀。一年多没见了。合上烫金书本，说了一会话儿。乘“圆太郎马车[4]”回浅草藏前之家，同老板下围棋，直到天明五时。

钻进被窝后，因疲劳反而睡不着觉。听到黎明电车的轰

---

1. 日本传统弦乐器。

2. 《青海波》(seigaiha)，清元曲。明治三十年（1897），五世清元延寿太夫袭名时的初演曲目。源于初世定纹（定位于个人之物）的《青海波》。

3. “手古舞”(tekomai)，江户时代祭礼中的余兴表演。女扮男装，背挂花笠，拖铁棒，持黑骨牡丹扇，口呼运木号子，练步于山车或神舆之前。

4. 公共马车。

鸣，归心似箭，巴望早些回到伊豆山汤之中。尽管昨日到今日，仅仅一天之隔。

四月二日

一大早被孩子的声音吵醒，上午也不打算浅睡了。入浴。去文艺春秋社。途中于大冢打电报给叶山的横光利一，告诉明日往访。菊池氏正在写小说，他让《妇女界》的使者等一等，要是赶不及就立即辞退。他和我相约，等六月渔猎禁令解除之后，一道去汤岛钓小香鱼。

去金星堂。偶然同石滨相遇。随之同饭田丰二君三人打台球，直到傍晚。饭田君走后，同伊藤永之介君三人，于"今文"吃晚餐。去银座。于"不二屋"饮茶时，女史进来。这又是奇遇。她说朋友将离目白归故乡，惜别前陪他逛逛银座。出"不二屋"，即又遇见东光令弟文武君夫妇，以及池田虎雄君三人。此亦堪称奇遇。池田君是向陵[1]宿舍时代和我同住两年的室友。如今居京都。我被介绍给文武君的妻君，站

1. 即旧制"一高"（第一高等学校）的别名。位于东京都文京区向丘。

在街上初次对话。东光的父母及令弟日出海君，我在汤岛会见过。告别三人去新桥，看到前方一人甩着两手飘飘然走来，原来是片冈铁兵，据说刚从“演艺电影”的影评漫谈会上回来。随之又到一家味道上好的咖啡馆小憩。

将近十二点回来，接横光电报。他想同我商谈电影的事，要我务必去一趟。我俩的电报走交叉了。他是从汤岛的旅馆打来的。还说，捕香鱼的季节务必见面，香鱼也一定会等着我们的，云云。

昏昏然钻进租来的被褥，上京以来第一次睡个好觉。

四月三日

十时醒来，风雨激荡。同石滨相约乘十一点的火车前往叶山。但因这场雨而推迟了，继续安心睡觉。十二时醒来，风稍弱，而雨照旧。抬头望天，很想去见横光，遂决意出发。借伞出行，在麻布十号街买木屐一双。

来到住在叶山森户海岸的横光家，衣笠贞之助正在那里。他说他想制作一部非营利性的纯艺术的电影，邀请我们加盟。横光患感冒不能去东京，于是衣笠氏在叶山住两三天等待我们。他说也有必要见见铁兵和岸田国士君。我们三个决定立即返回东京，给铁兵打加急电报。我们草草问候一下横光卧病的妻君，随即离开了横光家。

赶到神乐坂下宿，已经一个月去向不明。我们大失所望。从田园屋打电话问高田保氏，他也不知道。衣笠氏跑到菅忠雄家打听，对方回答也许在池谷信三郎的下宿了。他抖擞精神，坐出租车赶往神田西红梅町，池谷君不在，也未发现铁兵来过的迹象。实在走投无路了。

无奈之余，到“帕里斯”咖啡馆吃晚饭。已经没有回叶山的火车了。我们三个决定三人同宿，好好研究一下侦探术，明日务必抓捕铁兵。于是，乘深夜出租车前往“芳千阁”旅馆。只开一个房间。一张双人床，另加一张床。女侍认错人了，冲着衣笠氏直喊“川端先生，川端先生”。横光和衣笠氏下围棋，衣笠氏两次取胜。我给衣笠氏各让六格和八格，两次皆取胜。

横光和我同床。虽说双人床，睡两个男人也嫌窄。他把被子大部分裹在自己身上，只顾自己呼呼大睡，一股股鼻息直朝我脸上吹来。我冻得睡不着。

大正十五年（一九二六）五月

温泉女景色

东京会馆的婚礼上，吃过冷食后，客人们都回到休息室，犹如乘坐在举办完下水仪式的花枝招展的轮船上，飘摇于醺醺欲醉的氛围之中。这时候，退回更衣室的新娘洗涤头发。美容师将头发电烫后吹干，重新结成发辫，接着是新婚旅行。他[1]轻轻拍了拍新郎的肩膀，自己的脸先红了。

“你还是想去伊豆温泉，对吗？”

“是的，从热海经伊东，然后去山间温泉。”

---

1. 这里的“他”，没有具体所指，是作者虚拟的第三者，或许就是作者自己。下同。

“那样的话，不是过得太平常了吗？寻个更清凉的地方嘛。”

他一时嗫嚅了。适合新婚夫妇旅行的清凉之处在哪里？莫非他想对新娘新郎说，就到龙宫或月宫去，变成个水晶人吗？

“乘欧洲航线的轮船到下关，或者去信州的山里过露营生活——这样的蜜月之旅，不是更能留下新鲜印象吗？”

新郎只是笑。比起新媳妇，还有什么能够给他留下更新鲜的印象呢？——所以，他或许要这么说：

“这一夜赤裸裸留给我新鲜印象的，不就是清净的新娘吗？”

开往热海的末班火车是七点，这对新婚夫妇从国府津乘汽车沿十七英里长的海岸线行驶。车子从蝙蝠翅膀般展开的黑色森林的出口，突然来个急转弯，仿佛即将跳入月明之海的当儿，新娘紧挨着丈夫。

“其实也未必不会跳入大海。据说司机每到黄昏或月夜容易产生幻觉，尤其是载有漂亮女客的时候车祸最多。”

“啊。”丈夫初次挽起新娘子，他感觉到媳妇的肩膀在颤抖。遥远的海岸线，渔火点点，月影迷离。

○

住在深山温泉里的恋人们，是最寂寞不过的了。再也没有比温泉之恋更痛苦的了。女人才十四五岁，勒着黄色的兵儿带[1]。住宿登记簿上写着“妹妹”。一去铺床，男人便说：

“铺一张床就行了。”

女侍到有客人的房间里转悠了一遍。那少女胆小得像巢中小鸟，不肯离开房间一步。他夜间两点过后去洗澡，只见那对恋人躲开人眼偷偷沐浴。少女从汤槽边缘扬起身子倒下，两肘支地，伸展的两腿一开一合，不断踢踏着热水。一看到闯入者，立即折起身子，用两腕抱紧乳房。她始终俯伏着身子，坐在汤槽边缘上，不肯扬起脸来，直到他离开浴场。他一不在，少女就立即发出稚气的声音喊道：

“我给您搓背。”

他有些气闷，走到河滩上。少女的肩膀、乳房，还有——仅仅十天里，她那细弱的身子变健康了，像一棵小树般茁壮生长。或许是因为青春期的烦恼膨胀的缘故吧？——一想起这个可怕的变化，他很想告诉她，那就不要跟新郎一起到温泉去。

从河滩望去，只有少女的房间，一到八点就挂起雪白的蚊帐。每天晚上，浴客们手持团扇集中于河滩的凉亭里，但唯独不见他们俩的姿影。姑娘们拿来好多西洋点心，包着漂

1. 和服带子。

亮的色纸，像一个个玩具。还拿来各种各样的烟花。

“这是你们感情的标本吗？”难免会有人说出这种话来。

姑娘们对着飞越溪谷的流萤发射焰火炮弹。

“也让我开一炮吧。”心情轻松的画家，瞅着楼上的窗户打出一发后，不知为何，火球飞入那对恋人的房间。白蚊帐是否烧着了呢？河滩上的人们呼喊着胡乱拥入少女的房间。少女吊起惺忪的睡眼，一边展开裙裾，一边围绕燃烧的白蚊帐无目的地奔跑。

一日早晨，这对恋人的踪影从旅馆里消失了。

当时，买火花来的一位少女，如今已经去蜜月旅行了。当时，这位堂妹比起那位被烧着蚊帐的少女年龄大一岁，不也是清纯的裸体吗？她也和那些来温泉的众姑娘一样，当初每次都来窥探浴池。

“还是不行，里边有男人。”

她们白白折返回去，过了四五天，不再害怕混浴了，而他却想将她从男人们的眼皮底下掩藏起来。

如今，她旅行的第一夜是热海山腹上的万平旅馆。馆内每个房间都有浴池引进温泉水来。

其中，不知到了哪一天，她也会招呼新婚丈夫：

“不进来吗？泉水很好呀。”

在这之前，他想先叫她到月宫化作一块水晶化石。

○

温泉不管在哪里，都连带着海洋、山川。村里的孩子到水流湍急的溪谷里游泳、打水仗，玩累了都蹲踞到对岸的岩石间休息。

“为何都到岩石里去呢？”

“那里有热水。到了冬天，候鸟经常飞临那里。我们想捕鸟，到那儿一看，发现有热水涌出来。那是‘小鸟之汤’啊。”这就是孩子们的回答。

在汤瀑涤发的她——于激流中雕凿了一块象形的岩石，这就是从竹筒里流下热水的汤瀑。因为要到溪谷里游泳，她从东京带来了人家送她的泳装。她穿着泳装洗涤头发，随手用细绳儿扎起来，渡过激流走向“小鸟之汤”。眼前青草丛生，冬天，山坡便成为美丽的滑雪场。穿过那片青草和杂木林，顶头碰到一位背着帆布包的青年。

“请问。”

“啊？”她吃了一惊，对自己异样的表现感到有些难为情，再也掩饰不住泳装下胸脯的急剧的起伏。

“到温泉旅馆怎么走？我翻山而来，想抄近道，结果迷路了。”

“这条河对岸就是。你是渡河还是绕道？”

“你呢？”

“我？——我这打扮，怎好在路上走呢？”

“那我也渡河吧。”

她的两腿承受着河水巨大的冲击力，随即抓住青年的手杖。

“你是来采集高山植物的吗？”

“不，我只是在山间到处乱跑来着。”

“可我闻到了你身上高山植物的香气，还有高山泥土和岩石的气息。”

“这么说来，你身上也有温泉的香气呢。一周以来，我净是在岩峰上爬来爬去，身子疲惫不堪，一心想着温泉的气息，就像怀念母亲身上的气息。”

高山植物和岩石的气息——单凭这一点，她和这位登山青年摇晃于同一驾马车之中，走下这座有着温泉的高原。

“扯掉布幔吧。”她大大敞开马车车窗，面对群山的雄姿。青年吹着响亮的口哨——人说幸福就在山对面——必定又是这首歌。她微笑了。

“我几乎总唱这首歌。”

○

没有比待在温泉旅馆听女人侃自家身世更愚蠢的了。大凡在商贾之家做工的女孩子，总有一两件家庭或恋爱方面的悲剧。然而，住下一个多月，都没有开一句玩笑，但那也不见得，就听不到这样一句尖锐的讽刺："女人就是专为铺床叠被的呀。"

总之，还怕她们会一样的"老练"，这是这个世界最大的罪恶，是自己家中少女们难以想象的事。女人离家出外做活儿，其实只能是对于"老练"做一场艰苦的战斗。

曾经有个号称在东京医专读书的女子，来到山间温泉，颇为骄傲地吹嘘说，自己一生有一千个恋人。她简直就像车站的检票机，但凡来温泉的男人，都要一个不剩地挨她一剪子才肯放过。

"那位千人恋者正在河滩上呢，快去看吧。"旅馆女佣慌慌张张跑到公共浴池来告诉大家。村里的青年登上后山，对着河滩上幽会的女子，下雨般地投去石子儿。女子逃跑时，腿脚夹进岩石缝里，骨折了。尽管如此，那女佣也丝毫不可怜可怜她。

这小姑娘十一岁时死了妈妈，刚生下来的孩子，只得靠自己一手抚养成人。她搜集旅馆的香烟头送给父亲，在家中细心照料卧病的父亲。他每逢早晨四点左右下浴池，就看见她从热水里裸露出上半个身子在睡眠。

"这小商人又跑到这里来了。看来，他在这里要待上一个早晨吧？"他用两根手指撑开眼皮望着，脸上露出欢快的微笑。

这位小商人每月末，都要到各个村子去转圈子索要货款。他一喝醉酒就往女佣宿舍里闯，十多年来都是如此。女佣们想尽各种办法，保护自己的床铺，比如在被窝里放置玩偶、藏入荆棘、冬天投进冰袋，等等。她们将走廊的大门上了锁，小商人就从后窗爬进去。即便屋里住着老板娘，他毫不知情地钻进去，翌日早晨，就那么搔着脑袋不了了之。他每个月闯进来，就像玩游戏一般。不知不觉，女人们都麻痹了神经。碰到她们的头脑尚未迟钝，就只好在浴场里睡上一觉。

然而，如此守卫自己身子的小姑娘，就像夏天的候鸟——说起候鸟，倒满有诗情，她看到夏季里温泉旅馆很忙，就被不知打哪里溜来的野狗般的年轻男子攫走，逃离了温泉旅馆。秋天，她不知打哪里给他写信说：

“呵，多么令人怀念的山里温泉啊！我可悲的漂泊之旅程，昨日东，今日西……”

这无疑是她待在温泉旅馆时，在故事杂志上熟读了的美文。来山间后听传闻，她被男人拐来拐去，最后卖身了。这可完全是传闻。

有着一千个恋人的女子是娼妓。而且，向她投石子儿的小姑娘也是娼妓。她们仅有的差别就是，一个生来不后悔的女子和一个边后悔边活着的女子。但是，这位小姑娘和“不下水”的艰苦战斗，现在想想，会有什么作用呢？

不同于都市温泉有男汤和女汤之分，这里代之而来的是有着脂粉香气，宛若走廊下扔下一件和服长汗衫。还有，一到旅馆就会觉得被逼着缴小费。然而，那种有着现代娱乐场等清新设备的温泉街哪儿去找？净是些位于城郊的鸳鸯旅馆。漂泊中的江湖艺人的巡回演出年年减少，古典的情趣渐渐澌灭。

大弓、射箭、打台球、下围棋，东京儿童公园等游园地、温泉豆、温泉煎饼、温泉染织等名产——全是这些东西。仅有保持现代名称的温泉浴池等处，同往昔的千人澡堂不变，旅馆的设备也和城市饭店相同。假使没有清新的娱乐设施，住客尤其是女客将会感到寂寞、无聊。虽说仅仅包裹在一套浴衣和泉水馨香中的住客们，将整个旅馆当作社交场合，在那里时时掀起romance[1]的狂潮，但日本温泉业界的缺乏智慧，却不能不令人吃惊。温泉镇健康的季节，均集中于学校休假时似乎长着翅膀飞来这里的学生们。除此之外的季节，即为病态的romance。

长时待在温泉旅馆，一个接一个地送走新浴客的马车，有一种被遗留下来的寂寥感，就像没有孩子的妇女一般寂寞难耐。被称为生孩子的温泉场——一年到头女客众多的温泉，心情烦乱的女人只想着当母亲，疯狂的温泉街充满不绝的romance。

昭和三年（一九二八）八月

1. 英文：风流韵事，爱情故事。

土地和人的印象

若山牧水[1]氏和汤岛温泉

去年九月十七日早晨，若山牧水氏在沼津千本松原的自家中故去。关于他的一系列回忆，是由当日某家晚报上刊载的一幅故人小像引起的。

正如故人的恩师尾上柴舟氏追忆中所言："眼前浮现出一张可爱的童颜。"牧水氏的娃娃脸，既具有诗歌之魂的本真童

1. 若山牧水（1885–1928），自然主义歌人，主办《创作》杂志。有歌集《海声》《别离》《山樱之歌》等。

心的柔和美，同时又具有作诗之道的智慧本身的严肃美。一言以蔽之，使人联想起象征东方式觉醒的木佛的神态。光溜溜的和尚头，一撮小胡子，《朝日新闻》的照片上是穿一件敞开胸脯的白衬衫。但牧水氏给我留下的印象却是，下半身穿着粗劣的和服，撩起了后襟，套着白色针织的缩腿裤，短短的双脚趿拉着草鞋，简直就像从山中归来的老农。那是在通往伊豆汤岛温泉的山路上。

我在汤岛温泉逗留的天数，合计起来也有三年之多。近年来，虽说有好多文学家来游玩，但真正歌唱汤岛的依然是牧水氏。不光因为他住在附近的沼津，还在于牧水氏尤其热爱汤岛的风光和人情。和歌集《山樱之歌》广为人知，牧水氏堪称“汤岛的歌人”，他留下众多歌颂这一带温泉的诗篇。

我滞留那里时，牧水氏每三个月或半年，总要带着夫人喜志子和弟子们到汤本馆来一次。长期以来，他们也同旅馆的人混熟了。

他被人称作酒仙，为了酒而缩短了寿命。所以一到旅馆，就置酒痛饮。有趣的是，他有个习惯，每当端起酒杯之前，总是先用白纸折叠成御币[1]，叉在酒铫子口上，摆在壁龛里。

---

1. 冥钱。

我一边走过廊下，一边眼瞅着那枚御币，随即感悟出牧水氏那副酒仙的面影来。酒宴始终很热闹。正如斋藤茂吉氏所说：“他朗诵起和歌来很动听，越是醉酒，越是精彩。他的朗诵总是带有一副明朗而哀怨的音调，宛若于夜半秋月之下，将在座的人们的心魂引向九天之外。”

他的朗诵伴随着同行少女们的童谣合唱，引得旅馆的女侍们也都聚集在走廊上倾听。

由此看来，牧水氏是多么幸福！吟歌、饮酒、旅行，亲近大自然，又为人们所亲近。据说沼津和附近的人们都把他当成神仙看待。他每酒必醉，玉山倾倒，沼津的饮食店没有一家不认识牧水氏的。还听说，弟子们醵资为老师盖房子的钱也被他喝了。当弟子们再度尽力为他建起新房时，牧水氏却溘然长逝了。

旅馆的酒宴，只是在朗诵和童谣的喧闹声里，使他面目微酡，从廊下通过时稍带愧色，并不明显露出醉态。但唯有一次，樱花开放时节，他和上一届邮政局局长等人，在山顶一道举办赏花宴。众人喝得烂醉如泥，牧水氏又是跳舞，又像孩子一般瞎闹。后来，他说要沿着嫩草萌生的碧绿的山坡一气奔跑下去。大家都想制止他，但谁也没有站起身来，其实，酒使得人的头脑变得怪了，不再认为那样做是很危险的了。吵吵嚷嚷一阵子，牧水氏折断松枝，夹入腿裆，垫在屁股底下，像滑雪橇一般冲下好几百米的陡峭的山坡。——局长的儿子仰望着那座山头，反复对我说，每当想起当时情景，总是浑身出冷汗。

此外，我在汤岛听到的有关牧水氏的故事，大都忘却了。立即反映到脑子里的，就是那次身穿粗劣的和服、撩起后襟从山里归来的情景。同体貌堂堂的喜志子相反，牧水氏身个儿瘦小，显得比实际年龄老得多，一副老百姓、村夫子的寒酸的装扮。要不是那一副严整而美好的娃娃脸，谁会相信他是一位著名歌人呢？他那一身行旅的装束，风尘仆仆的前额，只要交肩而过时瞥上一眼，就会感到这是一位现代西行[1]的面影。忘记是哪个季节了，那次山里归来，牧水氏手中拿的不是华丽的花，而是朴素的花。

村山知义[2]氏和热海

今年三月，林房雄君和村山知义君突然来到我热海的家里。那时正是开始大肆搜捕共产党的第二天。年轻的文士中，“普罗文艺”的中野重治君等都被捕了。《前卫》诸君也都受

1. 西行（1118–1190），平安后期歌僧。

2. 村山知义（1901–1977），剧作家、舞台导演，小说家。作品有《暴力团记》《东洋车辆工厂》等。

到了牵连，人们都躲躲闪闪地来我这里玩。

他俩前夜都在咖啡馆里喝到天明。他们带来一瓶法国葡萄酒、一瓶威士忌，大家立即对饮起来。我同林君是老相识，以前从不知道村山君也能喝酒，所以没有留下“豪饮”的印象。村山君小个子，娃娃脸，剃着光头，让人想起若山牧水氏来。然而，村山君的童颜凝聚着现代的理性和意志。如果说牧水氏是木雕佛像，那么村山君就是钢铁部队。他所做的都属于钢铁部队的事情，所以不会有喝醉酒之类的事发生。

我的家位于小泽。小泽是热海地区温泉最多的地方，我家附近犹如小工厂地带，遍布的烟囱冒出炊烟般的蒸汽。村山君不太相信那白烟就是蒸汽这种神话——确实像神话，但那确实就是蒸汽。

第二天晚上，他俩去西餐馆喝酒，林君先回来了。我问村山君呢，林君说本是一起来的，他也感到奇怪。过了一会儿，他去接他，到外边一看，村山君正蹲在院子里。原来院子里有个小水井般的洞穴，里面直向外冒蒸汽。村山君像烤火一样将两手久久罩在洞穴上，享受着蒸汽的温暖。他默默走进屋子，一个劲儿微笑。当时村山君那副样子，是最招我喜欢不过的了。他一是顾及我，二是没有钱，在热海没见到村山君喝醉过。不过，那种富于神话色彩的醉态只要领教过一次就足够了。

昭和三年（一九二八）十一月

伊豆温泉记

一　南国的模型

将自然形状的岩石，随便排列在一起，这浴池犹如巨岩纵横的河川的一处深潭。

“那里能直起腰杆来吗？”女人战战兢兢抓住岩石边缘，无目的地向前走着。一步踏空，就会沉下去。就是说，这浴槽的底部埋着好多小石子，像铺一张木板箦子，这是个既省工又省料的浴槽。

尽管如此，中间立着一块木板，以区分“男汤”和“女汤”。男人潜入水下游泳，触到女人的脚根，突然浮出水面。

“啊呀！”一阵喧嚣。男人又潜入水底，游回男汤。

向旅馆订伙食。一两个人嫌麻烦，不接受。没办法只有自炊了。先租下一座房子再说，每天支付二十文、三十文或五十文小费，旅馆所有的东西就一起作为礼物赠送，包括手巾、明信片、肥皂、干鱼片等。合计价格似乎超出小费的总额。而且，不论哪个町镇，都帮助送行李，使得房客感到很不好意思。

这是铅温泉的事。这里是由盛冈的花温泉进入内伊豆的山间温泉。

伊豆——尤其是内伊豆，都充满了野趣，但没有像铅温泉这样素朴的温泉。

还有，听说某地的温泉浴槽中央架着一块木板，供艺妓和客人边泡澡边对饮。

伊豆没有这种变着花样玩乐的温泉。比如，热海温泉整个町镇都带有花街的气息。伊东温泉虽然未经受过都会风气的洗礼，但游女的情网比起热海更为缜密。

伊东的音无森林，每年十一月十日夜晚，举办搔臀节。贵公子们当日也不再唱歌弹琴，参拜寺社禁止打灯笼。于既无灯火又无言谈之中举办祭祀活动。人们喝着神酒，按顺序挠着屁股递去酒杯。

“送过去的不光是酒杯吧？”谁都会这么想。

人们不知道，古代搔臀节[1]，神仙也高兴。——高崎正风

据说古代，谪居于此的源赖朝和伊东祐亲的女儿，在这座密林里幽会。所以这里禁声，名曰“音无”森林。附近还有音无川，即没有水声的河。

总之，搔臀节并非伊东的特产，那是散在各地的奇习。

“就像万叶时代的歌垣——近江筑摩的锅冠祭一样有名。有人说，这是上古乱婚的遗风。”

“或许是这样。但这个节气在伊东特别能表现出都市的味道来，不是吗？”

然而，雪国的某家温泉旅馆，实际上就是窑子，但伊豆没有这样的温泉。

还有，住在下田的年迈的松村春水氏，在《唐人阿吉传》一书中，将下田描写为美人国。这是当地人自吹自擂，伊豆姑娘仅具有关东村姑的长相。

巡游伊豆温泉，你要是巴望着所到之处会有海女山姑，带着一副浪漫的表情迎迓客人，那可是大错特错了。毋宁做

1. 以源赖朝青年时代游乐场所而知名的伊东音无神社，每年举办搔臀节。黑暗中为了转动酒神而互相推拥屁股以为用力的信号。

好相反的思想准备。天城山之北，狩野川流域，所谓外伊豆一带，此种情形更为显著。

再说伊豆之国，于神龟元年[1]定为远流之地，是流放重大罪犯的远鄙之乡。东海道的箱根道开辟时，是在平安朝初期，但人们习惯上喜欢选择足柄道这一方向，所以当时这里无疑是人迹罕至之地。历史上记载的最早的是，天武天皇时代麻绩王长子，其后众多有名的流犯便无可计数了。

那块可怕的远流之地，是何时又是何种因由，作为诗之国而引起人们注意的呢？

“不用说，伊豆富有生活的灵性，始自赖朝于蛭小岛举兵时期。他将政治中心，从遥远的京都迁到附近的镰仓。——志贺矧川氏曾说，要寻求日本历史的缩影，那就是外伊豆了。”

“关于遗迹和传说，在伊豆实在是多得可厌，仿佛是硬被安排坐在百种干果盛宴之上。如今，想到伊豆来寻名胜古迹的人，一千人中找不到一个。具有新鲜意味的，是幕末下田开港时期同唐人的交往，那正是江川太郎左卫门活跃时期。当时，这位还是孩子的老人记在心里的事情，又活灵活现地

1. 公元724年，圣武天皇年号。

讲给我们听。”

无疑，“首先是从温泉说起”。

有种通俗的说法，“伊豆”这一地名来自泉水的“涌出”[1]。海岸线五十五六日里[2]，面积一百零四平方日里的半岛上，有二十四座温泉在喷水。另一种计算是三十三座温泉。十二个村子，三座町镇皆有温泉场。

温泉多于传说，地理胜过历史。有人说，假如将修善寺看作历史的温泉，那么热海便是地理的温泉。热海的胜利，无疑是地理的胜利。

但是，正如当初所写的，那里的温泉不是令人震惊的变种。将伊豆变为诗之国的，不是温泉，而是风景。因为这里是具有美丽的海洋、美丽的山川的半岛。

“然而，日本三景，日本新八景，其中之一必定在伊豆，不是吗？”

“不过，我还要请你将眼界扩大一些看那里的风景，可以将整个伊豆半岛当作一种风景来看。这样一来，它或许成为新三景之一吧。有种说法是将伊豆看作国立公园，不过，的确有

---

1. “伊豆”和“涌出”两个词语的发音均为izu。

2. 1日里约合4公里。

公园的感觉。伊豆具有所有风景的美丽的模型。”

而且，使人有诗之国感觉的第一个理由是，伊豆是南国的模型。人说，将纪伊[1]的感觉缩小就是伊豆。如果说纪伊是南国的大模型，伊豆便是南国的小模型。

伊豆有茶花、柑橘类、鲣鱼船、石楠花、海色、麇鹿，有南国繁茂的植物，还有河蛙——

石楠花是高山植物，天城山上都是南国的花。热海地区法院的庭园中，生长着仙人掌，高过我头顶，呈现着一派热带植物的浓绿。

伊豆的海山既有男性的威严，也多女性的温存。南国的男女，亦如偶人般可爱——

二　触摸和肌香

温泉是凭着一副裸露的肌肤浸泡其中，所以是触觉的世界，富有肌肤磨合的喜悦。泉水含有多种香肌，一如女人。

我所熟知的伊豆之汤，最宜于肌肤的，当属长冈。记忆中

1. 指纪伊半岛。

有一家旅馆——大和馆。那里的泉水犹如鸡蛋清，滑腻腻的，黏黏挂挂。女人一旦入浴，就会变得肌理细致，柔滑润泽。据常去长冈的人说，或许是讨好亦未可知，不过他这样说：

“事实确乎如此啊。”

然而，温泉的效能书上，都没有写明美肌的作用。

可是，伊东的“净之池”树立着这样的石标：

天然纪念物净之池特有鱼类栖息地

据说，这里栖息着汤鲤、横纹鱼、迅奈良、蛇鳗等被指定为天然纪念物的奇奇怪怪的鱼类。池水是温热的，因为是泉水，才能饲育稀有鱼类。

例如船原，那里的泉水就像皮肤病人。那水对皮肤病真的有疗效吗？我感到奇怪。铃木屋的内汤，简直就像罕见的皮肤病患者，表面漂浮着众多皮肤病般的水垢，黄浊的泉水，我立即就逃出来了。回到房间，一位披散着头发、大片剃光的头顶上缚着冰袋的歇斯底里的女人，带着一副怪相，从走廊上斜睨着我。我一走到廊下，那位做日光浴的结核病人就过来搭讪。

我再也不打算去船原。不过，两三年前那里建了旅馆，同当时比完全变了。那座西式饭店并非虚有其名，我以为热海之外就数着那里了。

还有，汤岛的西平温泉，有着天城山山气般威严的触摸。

热海的“汤感”之中，流贯着黑潮的暖流。

然而对于我，较之泉水的触摸，首先是泉水的馨香。

一提到汤岛，只要在天城国道上下了公共汽车，踏上通往山谷的道路一步，就能闻到温泉的馨香乘着水声漂荡而至。我满怀眷恋奔突而去。换上旅馆的棉袍，鼻子不住磨蹭着衣袖，嗅着渗入棉绒的泉水的馨香。身子浸在浴槽里，深深吮吸着泉水的温馨。

“你讨厌这气味儿？那么，你不喜欢温泉？就像抽烟的人喜欢闻烟味儿，你闻闻各种温泉的不同气味儿，试试能否区分开来？”我对同行的朋友说。伊豆没有那种水香欲将人的鼻孔熏歪的温泉。

不光泉香。温泉浴场的各种气息也是无与伦比的。岩石味儿、树木味儿、墙壁味儿、猫味儿、土味儿、女人味儿、菜刀味儿、竹林味儿、神社味儿、马车味儿。——温泉场的各种气息都能感受得到。这和东京的“钱汤”刚刚出浴时嗅觉很灵，是一样的道理。

“那女人如今……”我经常这么说，招朋友嘲笑。在温泉浴场，确实能感到女人味儿。长期住在温泉旅馆，即使离开温泉，鼻子还是时时能闻到那种气息。

不论穿着多么厚实衣服的女子，一旦在浴场相见，就能立即认清她的体形。两者是一样的道理。

嗅觉特别敏锐的G.D.莫泊桑，很喜欢温泉。

三　男女混浴

“作为温泉的一种特产，最令人生厌的是……”我说。

“女人的裸体——我是说绘着浴场女人画的手巾，更有甚者是那色彩……”

看到对方诡秘的微笑，我更进一步说：

“画家当中也有很认真的人，例如石川寅治氏。他特地到天城山麓招引女模特儿。据说汤岛的汤本馆后面溪谷里，有座巨大岩石砌成的温泉浴槽，他在那里描绘两三个女人洗浴的情景。银座原来的咖啡馆里悬挂着一幅画，我也曾经看到过。中泽弘光氏也为温泉女子画过众多速写。”

当然，这些大家的绘画，绝非手巾上的浴女画所能相比。但是，山汤间所见的裸女，同银座咖啡馆里的绘画也毫无关联。俗世所说的“千人澡堂”——以巨大浴槽为骄傲的温泉旅馆，将女人羞怯洗浴的场景印在明信片上，那种不识时务的照片，就更令人难以想象了。

“不过，温泉是禁止男女混浴的，不是吗？”

“好像是禁止的。至少在伊豆，不管去哪个村庄，哪怕形式上，都找不到一家男汤和女汤不加间隔的公共澡堂。这好不奇怪啊！不习惯混浴的客人所集中的旅馆的内汤，反而很多都不加间隔，从童年起就养成习惯的村人浴场中，多有这样的澡堂。但那种很少看到女人裸体的温泉浴场，则难得一见。”

先说热海，不仅在伊豆四大温泉中超然拔群，而且靠近东京，附有温泉的别墅地以及城中看好的地段，较之东京市内一般地段还要高价，每坪[1]达到二百五十元到三百元。

“热海便宜的，只是油。”山茶油店的老板娘说得不错，那里是全国温泉中的都会。

镇子里的公共浴场走出一位只遮着一条手巾的女子，她来到路边乘风凉。她走在羊肠小径上，热气舔着足尖儿。她步行于穴仓般的女汤的窗顶上。

名叫“小汤泽”的浴场的楼上，是围棋俱乐部。穿过女人们单膝站立的脱衣场，一边瞅着地底的浴槽，一边到厕所去。围棋盘上飘溢着水汽。

有着间歇泉的大浴场，钱汤“万人风吕”的楼上也是游乐场。广阔的空间里也有书画古董拍卖场和东京服装巡回大甩卖。也有业余弹唱会演。脚底下的浴槽里传来洗浴的声音。总之，在热海，女人的裸体是不难见到的。这种不算稀罕的风景里，少不了温泉里男女混浴的风味儿。

“夏天的海水浴场分为男浴场和女浴场，对于这种大煞风景的不自然现象好好想想吧。”我说。但温泉的男女之隔对于

1. 面积单位，一坪约合3.3平方米。

温泉地长大的当地人来说，或许也是近似这样的感觉吧？

夜间的大雨，迎来南伊豆早晨晴明的小阳春天气。山川充溢着激情的土黄色。江湖艺人姑娘，光裸着身子跑出河岸，高高伸展着双手，从河对岸的村中浴池，盯着旅馆内汤里的我，嘴里高喊着什么。日光将她的身子映照得雪白。——这是在汤野温泉时的事。

温泉街的气息，缓解了裸体的冲击波。但在热海这般商店林立的道路上，是不可看到这番情景的。必须隔山川而观之；必须透过木荫掩映的温泉棂窗而观之；必须守着喧骚的竹林和潺湲的流水而观之。

拖儿带女，不分男女相邀一起，沿着溪谷，提着灯笼去洗浴。浴场实在是村人们休闲聊天的乐园。洗山汤的老人们不计时间。他们或坐在水池边上，或久久躺卧着，同不断进来的人打招呼，时常待上大半天。深夜间无人的浴槽，极少当作情场使用。总之，只是一种轻松的混浴。即使有男汤、女汤之隔，人们也会将此忘却。而且，越过徒有形式的木板篑子眺望中的女汤，反而更富风情。

“这里的温泉实在奇怪，浴槽里有男女之别，而脱衣场只有一个。”

我在各处的浴场里待得长了，旅馆的女人们就来邀我：

“马上要洗刷浴槽了，请吧。”

夜阑三更，走进浴场一看，美丽的小女佣将浑圆的素肩露出热水，面颊垫在浴槽边缘上，美美地睡着了。月光透过树荫照射进来。玻璃门里的煤气灯笼着夜雾，光影迷离。河蛙的鸣叫，浮泛于月光之中。桃割[1]发型的两鬓，被水汽濡湿了。我将她摇醒，用两根手指硬是撑开她的眼皮，朗笑着对她说：

“那位洗衣店老板来啦，他要在这里待到天明呢。”

洗衣店老板每月中旬和月末，总要从沼津赶来这里收款。这个生意人必定醉酒，必定钻入女人房子，十年如一日，从来不变。女人们变着法儿守卫着自己的被窝，让套着长内裙的偶人躺在圆形坐垫上，床板内藏着荆棘，冬天的被窝放着冰袋……于是，门锁被摘走了。用木棍顶住走廊的大门，那位老板就攀着晾衣竿爬上来，打破后窗进来。店里的女老板代替女侍钻进被窝，直到翌日早晨，他也不知道。时间一长，女侍守卫寝床的心情也变成了游戏。这种游戏也很麻烦。神经敏感的小姑娘，不得不在浴槽里睡觉。

不光洗衣店老板，前来温泉疗养的病人中，也有的人不钻入女侍房间就无法压抑满腹欲火。

这位小姑娘的胸脯上，被热水浸染一圈儿红印痕。她一边为此而发笑，一边给我讲起自己的身世——她经常搜集香

1. 少女发型，将两侧头发绾成圆环形状。

烟头包成小包儿送给父亲。我在浴场里听着听着，看到河原的岩石渐渐泛白，鹡鸰就在附近飞舞。

看到那些情痴的私奔者躲在深山的温泉场，心情也是很凄凉的。姑娘足不出户，夜间在汤槽里抱在一起抽抽噎噎地哭。两个女教师，白天里也只顾睡觉。这些都是女侍们透过门缝窥视到的。情死的男女有些难于接近。姐姐姐夫夫妇来寻找他们。四个人久久沉浸在浴池里，不一会儿，姐姐发现妹妹的小腿上有块小伤疤。

“呀，还有这个啊！”她想起幼年调皮的事。小时候两人打架，姐姐拿火筷子戳下的伤疤。妹妹找到了，还活着，姐姐用手巾哗啦哗啦洗去欢乐的泪水。借此机会，初会的两个男人也很亲热。这正是混浴所应有的心情。

两个烂醉如泥的娼妓，引着客人沿河谷中的石子小路从后门偷偷进入旅馆的内汤。不知为何，其中夹混着村里的一位姑娘。娼妓们为客人搓背，那位姑娘也不甘落后，站在男人的背后，用膝盖抵着他的脊背，虚着腰肢干活。那里早已失去三个月前的丰腴之美，出现了新的浑圆。她十六岁了，后来做了沼津牛肉店老板的女佣。第二年，我回乡在浴场里见到她，那女子已经变得很富态，身体的线条早已看不见了。美丽毁灭后的创痛，使我感到悲凉。姑娘的身子发生了好色的通俗医学书上所说的那种变化，这是浴场的悲剧之一。接着便是女体的幻灭。

裸体女人绝不美。形体的美实在不出万分之一。一年里能在温泉旅馆见到一个，那就是神赐——我对她只得低头，实在不敢直视一眼。

一家报纸仿照浴场小伙计的语言写道：

“女人就像芋头，与其裸着，不如穿上衣服更有魅力。”

这并非伙计们的强词夺理，习惯于混浴者也一样。比起裸体来，脱去衣服时，穿起衣服时——比起脱衣服时紧缩着身子的薄寒，我还是喜欢穿衣服时的舒适的温暖。

不过，例如浅草松竹座乐剧部的轻喜剧[1]——那位日本姑娘的舞蹈，紧接着电影中唐人妇女的revue[2]之后出场，日本女子身体的单弱令人悲哀。这种悲哀之中，混杂着童谣般的幼稚和儿童自由涂抹的温馨。这种充满稚气的温馨，令人联想到日本女人体形的优美。因而，浴池中的女人正由于不美而具有亲近感的因素。

浴池中最叫人尴尬的是遇见熟人的妻子。还有，随客人而来的出远门的艺妓、过于羞涩的女子、丝毫没有羞耻心的女子。最令人高兴的是，蜜月旅行中的新娘子。温泉场内转

---

1. 原文为vaudeville，各种小型剧的混合演出。

2. 法语：时事讽刺剧。

悠了两三遍，最后也只好厕身于混浴之中了。此时，新婚宴尔，含苞初放，新人新味，濡染我体。其次是女学生团体。我也变得健壮了。比起这些来，还是夹杂在那些若无其事的乡村男女间，恍恍惚惚浸在热水里更惬意。不过，一个单纯的女子为一个单纯的男子搓背，女子的胳膊未必不会突然颤抖起来。而且会说：

“十二三岁以下的女孩子，反而在水里会对男人撒娇。女人的本性没什么不同……”

四　异风之汤

独钴之汤

弘法大师十八岁来，修降伏恶魔之法，刻造安置佛像数躯及自像。——《修善寺记》

这是大同二年，修善寺创立之时。此时留锡中的大师正在独钴。传说在那里掘桂川流水中岩石，热水自然涌出。

天然岩石做浴槽，伊豆乡人来洗澡。——大口鲷二

河心一水穿石流，原是温泉喷涌出。——本居丰颖

如今，也把这块岩石做成汤槽。岩面上站立着石砌的独钴，据说是天明年间修善寺僧人大鼎和尚所制作。从河岸通过木板走向岩面。大正初期，浴场四周镶嵌着大玻璃，从虎溪桥、河岸还有旅馆的窗户，都能看到洗浴的人们。如今都改成木格子了。但浴场却像河滩上的水晶宫，热水口也在岩石面上，可以清楚看到泉水奔涌而出。听说修善寺的温泉是从角闪安山岩的岩脉两端以及裂缝中涌出的。这块幅宽约百米左右的岩脉，将桂川拦腰截断为南北两段，独钴之汤位于岩脉西端，河下游不远的白丝瀑布，位于岩脉东端。(据八木昌平氏《北豆小志》)

溪流中心天造地设而形成的岩石浴槽，在伊豆只有两处，即这里和汤岛的汤本馆。汤岛是石川寅治笔底下的“汤瀑”。然而，那不过是泉水经过竹筒流入岩面罢了，不像独钴之汤由河面的岩石涌流出的。相反，这里是没有浴场的露天澡堂，河对面耸峙着长满杉树的山峦，女人们很爽快，都挤在“汤瀑”洗头发。

“馆舍林立的河中温泉场，赤条条进出无牵挂哩。”我在修善寺笑着说。

“不过，这和伊豆的名汤没啥不同啊！”

"可不是，自古都这么说呢。修善寺，此外还有历史上的名汤。例如，现今四方楼的山林之汤，往昔属于熊野神社境内的神汤，伊势长氏[1]经常来这里入浴。源赖家据说也是在这家温泉被杀的。此外虽有浅羽楼之汤的说法，但和弘法大师并不一样啊[2]。"

> 元久元年七月八日于浴室中被害。(《镰仓大日记》)
>
> 在修善寺命赖家入道[3]，使善时藤马和云郎党将其刺杀。未能顿得，遂以索系颈，取阴囊等而割之。云云。(《愚管抄》)

"好像是芥川龙之介小说曾经写到，饮酒后一直泡在温泉里，早晨之前这段时间，定可完成自杀之愿。独钴之汤夜半窥之，也许会有此种感觉吧？新井旅馆所谓菖蒲汤的古风的汤槽，据说有着关于尾崎红叶的种种传闻。"

---

1. 北条早云（1432–1519），原名伊势长氏，一族中的通称其为新九郎，第一代后北条氏当主，日本史上第一位战国大名。

2. 高级宾馆浅野楼传说为空海（弘法大师）所建造。

3. 入道，佛语"修行"之意。

小鸟之汤

想起了谷川温泉。

汤岛之夏，房客和村童们都到河川里游泳，嬉戏。冷了，就到河滩岩石的温泉里暖暖身子。人一旦进入汤槽，孩子们就钻到对岸的岩石堆里了。

“为何要到那些石头堆里去呢？”

“那里有少量热水涌出。冬天，小鸟经常飞到那里，本想到那里捕鸟，于是发现了温泉。我们在那里捡了石块，砌了汤槽，取名小鸟之汤。”

本来只能泡泡脚，但孩子们的回答，使我联想起远古的温泉起源地故事，那简直是一首朴素的叙事诗。当今之世，温泉就是金钱。伊豆温泉场，到处都充满温泉权力之争，官司不断。

就像勘察家寻找金矿，为开掘温泉而倾家荡产的人一个接一个。——其中，可爱的一首歌，就是小鸟之汤。

天然汤

小鸟温泉就像孩子玩游戏一样，而自然天成的温泉，当数伊东松园区的天然汤。据说是宽永年间发现的。浴槽的底部和路面相平。就是说，虽然一点没有深挖，但从别处是看不到的，这正是这座温泉的珍贵之处。广袤的苇荡和茅草丛中，自然奔涌出一股热流来。这座浴池用长达四米的石材，围成升斗的形状，因而统称为升汤。据说就是这样建成的。池底一层沙子不断冒泡沫，泉水里产生一种绿泥般的东西。我让朋友去看了，我说：

“这种只是搬运石头的笨拙行为，倒是很有趣的。这使我想起温泉丰富的伊东。”

伊东的南、西、北三面都被天城和巢云两座火山包围，东边临海，是冲积层的海岸平地。虽说仅有一平方公里的狭窄地面，但这里有伊豆东海岸中视野最为宽广的海港，这是自古以来进出伊豆七岛的渔船唯一避难港，而且在伊豆温泉中是最为宽阔之地。不仅如此，大正十年，泉流达四百九十四处，到大正十五年四月，达到八百处，可以说从松川河畔到海岸一带，不论在哪里都能掘出热水来。总之，仅从这一数据就可以明白，在伊豆温泉地区中，现在，伊东这座城市，正在进行最富于觉醒意识的发展，而且今后肯定能实现这一目标。

修善寺温泉已经衰老，就像东京山手地区的屋敷町和乡下的城下町一样古旧而落寞。温泉旅馆中的新井只有艺妓进出，或许今天有所改变，应当面向家庭型的客人。长冈温泉是明治四十年五月大和馆老板开掘的新型浴场。就像东京郊外的新区，旅馆林立，整个温泉场都是装修极其便宜的出租房屋，不值一提。热海好比是古老的服装店越后屋改成三越百货店，华丽而逼仄，已经是近乎盛开的樱花。是知道金钱为何物的女子。这两处地方发展余地很少。

到那里一看，伊东显示出活力来，还是热海开辟出公路的近年。丰富的处女地般的面影，还遗留在这座升斗形的浴槽之中。

吉奈的大汤

> 骏阳城畔一贵侯，得妻，累年无子。参礼观音萨埵，求一千，蒙灵梦：欲得好子者，往豆州浴吉奈灵汤，必得一子。夫妻共欢，来此乡浴汤，经半季，得一子。

正如古书所记载，作为诞子之汤，这里是闻名全国的温泉。京都、大阪欲得子的人们络绎不绝。遂成女子之汤。

> 日间不见，纤纤美姬，吉奈之里，谁人能知。——小出粲

因为是女汤，光是男子去吉奈，就会遭遇女客们的冷眼。正由于是女汤，旅馆里众多的男人伙计就特别引人注目。

一心想做母亲的女子，都像疯子，有时会做出过火的行动。我在温泉场听到一件至今依旧难忘的事情。有一棵授子

大松树。天未明就有女人躲避人眼来到树下，像青蛙一般紧紧搂抱松树。(其余无法付诸笔墨。) 村里的小伙子都跑来偷看。鉴于有伤风化，十多年前，在县厅的命令下，这棵名松被砍伐了。

“用这棵松树的木材盖了两栋房屋。”汤岛理发铺的老板回忆说。

至今，东府屋的小小柿子树旁，依然竖立着“授子柿”的木牌。其实。近旁就有比这棵柿子树大得多的石楠花树。这棵古木特别高大，据说整个天城都找不出第二棵来。每年春天，盛开着大朵杜鹃花般的鲜花，到吉奈，哪怕只为看这棵树也是值得的。这棵石楠花为何没有成为名木呢？

“吉奈，说到底就是生孩子的温泉吗？”在大阪有人这样问过。

“这个嘛，因为泉水很温暖，无疑对女人很适合。其实是一种讽刺。这里只有东府屋和坂屋两家温泉旅馆，这两家都没有生育，领养了别人家的孩子。”

七八个地方向外喷热水。号称“授子”的名汤是一座大温泉场。圣武天皇神龟元年，行基菩萨奉敕令，于诸国巡游途中，在此地始建医王山善名寺，雕塑药师琉璃光如来像。所书文字，流传至今：

然尊容安坐后，忽涌出灵泉，异香四满矣。

汤池是用自然的岩石砌成，朴素，古雅。热水从小石子底下涌出来。可是一小时过后，水就冷了，这就很难满足巴望生小孩的女人的愿望。

这座名汤水温不高，关系到受不受吉奈人的欢迎。两三年前，村里人打算重新翻修，但东府屋叫苦连天，他们不想改动内汤。自古以来认为是公共浴池的村人们，惊奇得如大梦初醒，经过调查才知道，以前这座温泉向县厅提出申请的时候，受村里委托的东府屋，只使用个人一家的名义。村里人至今都蒙在鼓里。最后官司打到法庭。这是村里人的说法，至于东府屋的说法则不得而知。

然而，例如修善寺的新井旅馆也将町镇告上法庭。汤岛的落合楼也同村子发生了争执。是什么使它成为一流的旅馆呢？在热海由于大旅馆的影响，贫苦的町民苦于房租和各种物价的爆腾。由于地方繁荣，很多地方眼看着当地的姑娘沦为娼妓而不顾。客人泡在温泉中的时候，旅馆的女侍用缝衣针为其刺破手指的冻疮。她们的铺盖和吃食如何呢？要想了解这些，就谈不上什么温泉情调之类的事情了。

世古汤

吉奈大汤，如今成了温暾水。不过，伊豆人自古都知道，在猫越、达磨两座火山隶属的狩野川及其支流中，这里一直是一座名汤。两三年前，有田道拉库氏在鉴定书上写下“天下灵汤”几个字。从汤岛的松崎国道沿着陡峭的石阶向猫越川下游走去，河岸上有公共澡堂。近来，建设了漂亮的温泉浴场，纵然山野已失去古意，但深谷、巨岩、碧潭和清流，依然在伊豆所有的名汤中占首要地位。

黄昏到来后山根，浴池月影情意深。——金子元臣

友人入梦后，与猴石上共赏月。——横井也有

自古以来，温泉一旁可以钓得香鱼和山女鱼。浴槽底部不断冒泡，老人们都说，接触着些水泡有利于健康。

群童欢乐钓山女，河水急湍绿苔石。——金子元臣

宝温泉

越过天城山向南进入内伊豆，温泉也多起来，不过，称得上别具风情的名汤不多，似乎仅可举出下贺茂、峰和吹上温泉几处。峰温泉是一九二七年发现的，据说涌出的热水高达四十尺。下贺茂自古有之。吹上温泉由岩崎吉太郎新掘于一九二一年前后，高三十尺，将此命名为宝温泉。喷泉犹如装进箱中的阳伞，被高高的类似竹席的箱形之物所包裹，水

雾打缝隙里喷出，我老远就看到了。

这一带，还利用温泉建起著名的温室。我在南伊豆见到一位园艺学校的学生，他立志要将一生献给西洋南瓜的温室栽培。

“那片温室非常广阔，但一过新年，就光是剩下康乃馨花，实在没意思。”我说。

“那康乃馨花到了圣诞节，一朵花能卖到十分、一毛五分呢。”

“这么说，很了不起呀。”

吉田松阴的连台寺温泉，曾我兄弟的谷津温泉，在南伊豆像样的温泉场当数这两家和河内温泉，但都没有上档次的浴池。

土肥温泉洞窟般的间夫之汤，我未曾洗浴过，热海的间歇泉也十分有名，所以我就不多写了。

我的“伊豆温泉记”只限于以上这些。

天城的植物，狩鹿，热海名产的情死，浴衣和女人，温泉场的游动娼妓和江湖艺人，下田港，日本造船史和伊豆，幕末的江川太郎左卫门，狩野川，内伊豆海港的风习，东海岸和西海岸，一大游乐场，还有作为汽车兜风场的伊豆，所谓伊豆循环铁道开通后的预想，温泉旅馆女侍的故事，等等，我也打算写一写，但眼下只得重新起稿了。

昭和四年（一九二九年）二月

新东京名胜

一　浅草

鸽群带着湿漉漉的翅膀飞来，在火焰包裹的御堂的屋顶降下雨来。——大地震时，浅草观音没有被焚毁，可以说完全是个奇迹。浅草对岸的被服厂，当时死了好几万人。与此相反，浅草寺十万人得救。一月收到的香火钱，就达一万五六千元之多。捐助修葺大雄宝殿屋瓦的人们，有十二万人。这一点都不奇怪。

第一，观音堂正面，自古设有著名的香火钱箱，长一丈六尺三寸五分，宽一丈四寸六分，高二尺三寸。欲望实在很大。

不过，浅草寺自然也不是一点未遭地震破坏。二十四子院和十一堂舍被火烧掉。光是观音堂修缮，就耗费八十一万三千余元，花了三四年时间。因此，观音堂葺上了白铁皮屋顶，工事进行中，还迎来了华丽的复兴节。

但是，在东京，作为“大众游乐场”的浅草，娱乐设施和商店街最早获得复兴。例如，那条商店街什么的，大正十四年十一月基本设施就落成了。——那么，浅草的新名胜是什么呢？

“地震毁掉了十二层宝塔，代之建造了地下铁大楼。”人人都说。

地下铁大楼只有六层，相当于十二层塔的一半。从楼顶的尖塔可以望见富士山和筑波山，是浅草唯一的展望台。高四十米，是浅草唯一安装电梯的建筑。这里很像大阪郊外的电车站，五层楼以下，都是地下铁直接经营的餐馆。

此外，浅草还有三十二三家小型娱乐场，如帝国馆、富士馆、万成座什么的。松竹的帝国馆同日活的富士馆为邻，举行首映式时竞争相当激烈，其壮观的场面在别处是看不到的。例如，今年新年，阪东妻三郎和大河内传次郎的对立，如今又是铃木传明的《进军》和藤原义江的有声电影《故乡》，这两大作品互相争夺观众。等待八点优惠票的群众队伍，足有一百米长，两家电影馆都一样。双方定员为一千三四百名，但礼拜天可以达到两千人，是东京最大的电影院。

万成座是表演通俗歌舞的小型剧场。最近新建成的中国或龙宫城风格的馆舍，是浅草六区唯一一座古风的建筑。一汪葫芦池水映照出东洋风情，因为古色古香，反而成为一道崭新的风景。

今年新年的头三天，据说有三十五六万元的金钱花销在浅草的娱乐业上。市场很繁荣，简直不知道什么叫不景气。但三十二三座小屋之间，除电影院，真正像样的建筑只有万成座一座。两层客席的小屋，除电影院之外，也只有这里。娱乐街真正的复兴，还不知道要等到何时呢。

此外，浅草的新名胜，或许还可以算上钢筋混凝土的寺庙、时髦的鸽子舍，以及陆续出现的简易餐馆，还有比银座更加明亮的铃兰灯商店街，或新杂货街。不，浅草之新，不在于建筑和风景，而在于人。正是因为人，浅草才永远是新的，永远是新时代的商业区。

二　隅田公园和地震纪念堂

隅田公园是复兴局的骄傲。庭园协会会长本多静六博士说：

“那里的河水多么宽阔而清洁，站在堤上，透过关东平原，一眼可以望见秩父、日光和筑波等山峦，令人心旷神怡。因此，等樱花树长大，公园初具规模，那时就会凭借宽广而优美的风景成为日本首屈一指的公园。不，不仅在日本，还会成为世界一流公园。作为河滨公园，当数华盛顿的波托马克河、伦敦的泰晤士河、巴黎的塞纳河、布达佩斯的多瑙河，新开辟的有慕尼黑的伊萨尔河。这些都是沿着河岸建立的公园，其水量、河流之清洁等各方面考虑，可以说隅田公园的风景不亚于以上任何一座公园。隅田公园的樱花，将来必然像富士山和日光一样闻名于世界。”

然而，隅田川的河水一点儿也不清澈。阳光照射下来，水色发黄，没有阳光的地方，水色混浊如泥，同大阪的新淀川无法相比。很难遇上一个能望见远山的晴明的日子。樱花还是幼苗，不知何年何月树下才能形成繁花蔽径的通道。问题是，目前只有旧向岛堤岸一侧栽种樱树。

我说：“当时沿赛艇的河面这一路线，安设了许多观众席。不过，冬天里寒风劲吹，一言以蔽之，东京人还没有时髦到沿柏油路河岸散步的兴趣。”

抑或这地方不会像大阪中洲公园那般兴旺，不过，我当然也并非没有感受到隅田公园之美。

“比起中洲公园，这里更加现代化。这是直线之美。就像画在白纸上的草图，未经装饰，看来很洁净。是美丽的H。”

就是说，向岛堤和浅草河岸两根直线正中，联结着言问桥。从人流旋涡中的浅草向河岸跨出一步，就觉得天广地阔，处处体会到关东平原的浩瀚无边。从向岛一侧望去，浅草的观音堂、五重塔，还有地下铁塔，显得一派肃穆。尽管河水混浊，这里却是现代东京的清洁之所。

公园里贴着告示："禁止滑旱冰"。孩子们在举行自行车比赛。公园的工程车满载着儿童奔跑。来到这块柏油铺设的游乐场，不论谁都想跑一跑。

听说向岛八百松饭馆的老板，领过二十万元退休金告老还乡了。向岛的特产长命寺的樱糕和言问团子等商店，都改建成小银行一般的洋房了。往昔向岛的面影亦很难寻觅，但拍电影的班子却争先恐后，进进出出。

从隅田公园和言问桥望过去，河下游不远处的地震纪念堂，简直是一幢傻瓜建筑。总工程费花销了六十万元，神佛混淆的庙宇式样，正面的房顶是中国式三角形，本堂是人字形，后面是三重塔，全部都是钢筋混凝土建筑。屋脊用铜葺，外面敷以赤红色人造大理石——由此可见，建造者力图将古代的寺院建筑和现代建筑聚合在一体了。我所说的东京出现一座钢筋混凝土古寺，就是指的那地方。

脚手架尚未拆除，没有涂装，赤红的墙壁尚未着色，在我看来，既沉闷且丑陋，丝毫感受不到和谐的气息。

"再也造不出一处好的纯日本式的建筑了吗？"

"这是如今胡乱引进的美国式建筑在东京的再现。西洋人的东方趣味、殖民地风景——不外乎这个样子。再过十年，人们也许会看惯这座丑陋建筑，说不定变得漂亮起来呢。"

从大河这边仅仅遥望一下塔的上部，还说得过去。不过，我还是认为河岸上的同爱纪念病院建设得美。

三　隅田川的桥

我在浅草水族馆见到一位京都学者，对他说：

“我陪伴京都的朋友游逛新东京，乘坐一元钱小汽轮看完桥之后，再来看这里。”

“大凡桥，还是从船上看最美好。水面上看桥内部的钢骨支架，就会领会科学的计算、力的结构等机器文明的现代感。”不用我说，在这春和景明之日，隅田川上的公共汽轮挤满了观赏桥梁的游客。

“清洲、言问、永代桥，皆为东京名胜桥。”这是今春流行曲《复兴小调》中的句子。如果说复兴的东京有值得夸耀的东西，不论谁都会首先举出桥来。

“最近，光风会的展览会上，展出了复兴东京的代表物品。一间展室中的六十幅绘画中，有三十幅画的是桥，这使我深感惊讶。看来，美术家都把眼睛集中在桥上了。”我对京都的友人说。

“还有啊，隅田川上的六座大桥是花了一千万元特别建筑的，造型美观。在新建的三大公园中，隅田和滨町都是河滨公园。建设这种水陆结合的新名胜，可以算作复兴局的一大功劳。于是，东京市民重新想起了水。江户时期，有好多所水的名胜。但长期以来，东京竟然忘却了水。如今，这水又以崭新的姿态复活了。”

有两家轮船公司经营游览桥梁业务。上游从浅草的吾妻桥到千住大桥，下游依然从吾妻桥到永代桥。如今船钱虽然五元，但仍旧称作“一元汽轮”，可见人们多么留恋过去蓬蓬喷气的小轮船啊。这种船不太合乎现代建筑的大桥，反而显得愈加风流。船尾的甲板上设有长凳。在这驶往河下游的船上，可以游览驹形桥、厩桥、藏前桥、清洲桥和永代桥。这五座桥，加上上游的言问桥，隅田川上有六座大桥——其中的代表当是言问桥和清洲桥。

“清洲桥是东京诸桥中的美人。”人们都说。清洲桥假如是女子，那么言问桥就是男子。如果说清洲桥富于曲线美，那么言问桥则富有直线美。言问桥同两岸的隅田公园十分协调，是单纯、有力而又宽松的散步场所。

就像言问桥和隅田公园一样，每座桥都以河岸为背景，愈加显得美丽。例如，藏前桥东岸，有东京同爱纪念病院、本所公会堂、安田庭园，但西岸的卷烟厂被大桥一分为二，污秽的厂房里，穿着脏污工作服的女工出出进进。这情景从河面上都能看到。还有，例如浅草青灰色的水泥工厂，真不知使得清洲桥变得有多美丽啊！“天空的云霞，看起来犹如蓦然飘来一缕黑发。”正像泉镜花氏所说，微风拂拂之中，垂挂着一串东西。那就是清洲桥，因为有了水泥厂和河心洲，更加带有现代风格了。再说永代桥，以石川岛造船厂和河岸仓库为背景，具有西洋工业都市的风景。清洲桥有很多白鸥。永代桥已经像河口一般，聚集着众多的船舶。

这些大桥如今都精心打扮，等待复兴节的行幸。言问、清洲建立了奉迎门，藏前铺设了柏油路面。清洲桥还用消防水泵清洗一新。

强有力的钢铁的美丽！

隅田川之外，圣桥、三吉桥成为新名胜。新造了大小近四百座桥梁，东京现出了水都之美。

四　滨町公园与昭和大道

清洲桥的外文名称Suspension Bridge，翻译成日语就是“自碇式连续补钢板支架吊桥”。外行人听起来莫名其妙。如果说是莱茵河上科隆桥加以改建，听起来就感到亲切多了。与此相同，滨町公园的名胜西式凉亭，听说是威尼斯哥特式建筑，也同样感到亲切无比。

滨町公园之所以有西洋庭园的感觉，在于广阔的草坪、稀疏的树木、沙石散步道。面积一万一千坪，一眼望去，一片明丽。如若要寻觅显眼的新景点，大约有三处：理想的游泳池、儿童游乐场和威尼斯风格的凉亭。

儿童游乐场有难得一见的螺旋滑梯和漂亮的沙石场。一位普通人家的妇女，站在滑梯下边说：

“仔细看看吧，无论多么幼小的女孩儿，都穿着肥裤衩子。世道儿真变了呀。”她似乎现在才突然猛醒。

“就连水泥垃圾箱也都造得很时髦呢。”

“草地上有一道用青竹做成的弓形篱笆墙。说到青竹，总是使人感到愉快，其实你知道吗，那是钢铁涂上青漆制作成的。”

“游泳池也像绘画——不，简直就像西洋电影里出现的一般漂亮。夏天，姑娘们或许也都赤裸着身子跳进去。池子建在山丘上，周围树木环绕。”

还有，我指着威尼斯风格的建筑问：“那是亭子，是塔，还是厅堂？”没有人明确告诉我。我看到一旁的说明词上写着：这是日本建筑界的恩人乔赛亚·康德设计的旧开拓使厅舍，其后成为日本银行集会所，大地震时被毁。为了纪念位于永代桥畔的这座建筑，使用残留的部分材料，仿照原来的建筑式样，重新建造。大致基于此种意义，复兴局也只姑且称作“建筑”而已。

“总之，这是明治开化时代之地纪念的地方。文明开化时代的纪念地，目前在东京很少，江户时代的面影自然也就泯灭了。”只能做如此一番说明。滨町河岸也是如此，那些吟唱渔港、码头的古代歌谣已成尘梦，如今变为混凝土护岸工程了。远景是原供应巡行午餐的皇家餐厅——千代田小学校，近景是所谓金座街的明治剧场。这条明治剧场旁侧的人行道通往滨町公园的前门，后门大概就是新大桥。可是，明治时代的桥细瘦如柴，看起来犹如古老的骸骨，不变的或许只剩潮腥和鸥鸟了。

不过，较之公园和桥梁，堪称帝都复兴大工程的，自然是区域调整和道路建设。东京全是道路，至少没有街巷，只有这种感觉。一千二百米以上的干线五十三条，例如第一干线道路的所谓昭和大道，长约十四公里，仅工程费就花销四百一十三万元。街道树三千数百棵。看到这条大道，才有资格谈论东京的所谓复兴。

因此，我从上野走到新桥，步行于幅宽约四十八米的路面上。要是有人问我印象如何，我将回答：

"我看到了残破的东京，虽然并非没有想到宏大复兴的开始，但东京显眼的伤痕、无法掩蔽的疲惫、刻意造就表面繁荣等，如此的感觉至今依然历历在目。"

五　沿着一号干线

我在这条幅宽四十八米的水泥路上，走了将近两个小时。一进入银座后街的地下室喝咖啡，被户外阳光照得目眩的双眼，好一阵子什么也看不见了。因此，我首先想到的是，街道上茂密的法桐林荫道，到了夏季会使那条路的炎热变得如何呢？接着，我对在那里见面的朋友说：

“什么一号干线道路，有的也就是果子铺和烤白薯店。”我说着说着笑了。

“还有两件小的、可怜的玩意儿：皮肤科病院的庭园，紧挨着道路有个巨大的鸽子舍，养着二三十只鸽子。走进一看，一股紫丁香的气息扑面而来。这是其一。还有一件是面包店，洋铁皮的屋顶涂着猪血般的红漆，连玻璃窗的窗棂都是红的。——好彻底啊，不过这是新东京风格的装饰。附近还有一家涂成金色的金箔店。”

罗列这些小零碎是出于不得已。照某人话说：这一号干线可以和巴黎的香榭丽舍大道以及柏林的菩提树下大街并列，不，其长度更占优势，是新东京的骄傲，新都市美的首要代表。还有人说，如果两侧的小卖店难以维持，也许会长满米荠菜。要是那样，倒不如春天法桐树开始泛绿之际，从上野跑到新桥观赏一番更好。

眼下上野车站正在翻修中。这之前建成的五千坪广场依然杂乱无章。直到和泉桥，引人注目的建筑就只剩纯白色的御徒町邮局了。除了廉价的铜葺的屋顶和土造般的小店之外，一元出租车时代的新景物，较为醒目的只有加油站了。站在和泉桥畔，可以看到扇形的大米交易市场和尼古拉教堂的圆形屋顶。

第二号干线，自九段越过两国桥，横穿和泉桥南广场。这里的岩本町车站位于六道口，有钢筋混凝土五层楼建筑的

估衣市场。从这里向南经过地藏桥，便是浮岛般广植棕榈的草坪，堪称昭和大道上的绿洲。有奉迎门。从铁炮町车站一带，可以望见问屋町的高楼。日本桥相邻的江户桥，也有奉迎门。人行道上挤满了小孩子，都在用粉笔画画儿。日本桥大道后面，西胁银行新建的白色大楼，引人注目。

不久，由东京站八重洲口通往金座方面的槙町线横穿过眼前。槙町干线道路的电线全部埋设在地下。那一带的一号线上还有小型商店街。雇工们正在清洗新京桥的花岗岩。左首歌舞伎座办松餐厅，有一座看起来像中国式围墙的建筑，俗恶而又少见。不久就是银座后街。遇到新桥的雏妓。然后渡过蓬莱桥，就到了汐留车站，接着便是新桥。

自新桥起始的旧干线上的银座和日本桥——不用说正如常见常新的浅草一样，银座也常见常新。其次，自商业中心的丸之内、政治中心的日比谷至霞关，还有神宫外苑，部分变新的上野公园和九段——东京新的名胜还有一些。特别是可称作“新建成”的景点，大体就是我写到的这些地方。例如，银座不论扩大到何种程度，银座这块地方都不属于复兴局所新建，只属于银座本身的变化。变化的原因，较之地震多数属于时世推移。还有，具有新都市风景的丸之内，凭借地震废墟，反而成为堪称永远不变之地，这倒是挺有意思的事。

昭和五年（一九三〇）三月

我的伊豆

伊豆是诗的故乡，世上的人这么说。

伊豆是日本历史的缩影，一个历史学家这么说。

伊豆是南国的楷模，我要再加上一句。

伊豆是所有的山色河景的画廊，还可以这么说。

整个伊豆半岛是一座大花园，一所大游乐场。就是说，伊豆半岛到处都具有大自然的惠赠，都富有美丽的变化。

如今，伊豆有三个入口：下田，三岛修善寺，热海。不管从哪里进去，首先迎迓你的，是堪称伊豆的乳汁和肌体的温泉。然而，由于选择的入口不同，你定会感到有三个各不相同的伊豆呢。

北面的修善寺和南面的下田这两条通道，在天城山口相会合。山北称外伊豆，属田方郡，山南称内伊豆，属贺茂郡。

南北两面不仅植物种类和花期各异，而且山南的天空和海色都洋溢着南国的气息。天城火山脉东西约四十四公里，南北约二十四公里，占据着半岛的三分之一。海面的黑潮从三面包围着半岛。这山，这海，便是给伊豆增添光彩的两大要素。倘若把茶花当作海岸边的花，那么，石楠花就是天城山上的花。山谷幽邃，原生林木森然茂密，使你很难想象这原是个小小的半岛。天城山是闻名的狩鹿的场所，只有翻过这座山峦，才能尝到伊豆旅情的滋味。

开往热海的火车时髦得很，称为“罗曼车”。情死是热海的名产。热海是伊豆的都会，它是在关东温泉之乡中富有现代特征的城市。倘若把修善寺称为历史上的温泉，那么，热海便是地理上的温泉。修善寺附近，清静、幽寂；热海附近，热烈、俏丽。从伊豆到伊东一带的海岸线，令人想起南欧来，这里显示着伊豆明朗的容颜。同是南国风韵，伊豆的海岸线多像一曲素朴的牧歌啊！

伊豆有热海、伊东、修善寺和长冈四大温泉，共有二三十个温泉浴场，仅伊东就有数百处泉流。这些都是玄岳火山、天城火山、猫越火山、达磨火山的遗迹。伊豆，是男性火山之国的代表。此外，热海的间歇泉，下贺茂峰的吹上温泉，拍击着半岛南端的石廊崎的巨涛，狩野川的洪水，海岸线的岩壁，茂盛的植物……所有这些，都带着男性的威力。

然而，各处涌流的泉水，使人联想起女乳的温暖和丰足，这种女性般的温暖与丰足，正是伊豆的生命。尽管田地极少，但这里有合作村，有无税町，有山珍海味，有饱享黑潮和日光馈赠、呈现着麦青肤色的温淑的女子。

铁路只有热海线和修善寺线，而且只通到伊豆的入口，在丹那线和伊豆环行线建成之前，这里的交通很是不便。代之而起的是四通八达的公共汽车。走在伊豆的旅途上，随时可以听到马车的笛韵和江湖艺人的歌唱。

主干道随着海滨和河畔延伸。有的由热海通向伊东，有的由下田通向东海岸，有的沿西海岸绵延开去，有的顺着狩野川畔直上天城山，再沿着河津川和逆川南下……温泉就散缀在这些公路的两旁。此外，由箱根到热海的山道，翻过猫越山的松崎道，由修善寺通向伊东的山道，所有这些山道，也都把伊豆当成了旅途中的乐园和画廊。

伊豆半岛西起骏河湾，东至相模湾，南北约五十九公里，东西最宽处约三十六公里，面积约四百零六平方公里，占静冈县的五分之一。面积虽小，但海岸线比起骏河、远江两地的总和还长。火山重叠，地质复杂，使得伊豆的风物极富于变化。

现在，人们都这么说，伊豆的长津吕是全日本气候最宜人的地方，整个半岛就像一个大花园。然而在奈良时代，这里却是可怕的流放地。到源赖朝举兵时，才开始兴旺发达起来。幕府末期，曾一度有外国黑船侵入。这里的史迹不可胜数，其中有范赖、赖家遭受禁闭的修善寺，有堀越御所的盛衰遗址，有北条早云的韭山城等。请不要忘记，自古以来，伊豆在日本造船史上，发挥着重大的作用，这正因为伊豆是大海和森林的故乡啊。

昭和六年（一九三一）六月

狗的流行

有人叫我写点儿关于狗的流行的事。果真狗的流行到了如此的地步了吗？

例如，牵着我家的边境柯利[1]牧羊犬和刚毛猎狐㹴[2]散步，很多人都说像野狼或野羊，但几乎没有人能一眼认出是哪种犬来。

前一阵子，柯利丢了。向警视厅报了失物案。未等我把

---

1. Collie，代表性的牧羊犬，原产于英国，长毛，体貌壮伟。亦可作家犬。

2. Wire Fox terrier，原产于英国，刚毛猎狐㹴。

情况全部说明白，有关人员就及早断定是雪帕德[1]。

“最近，这种狗好多人家喂养，售价很高。就在不久前，下谷一家一千数百日元的狗丢失了。属于同一种类。”看来他是一位知犬家，他所说的狗，是流田流策氏家号称查姆（chime）的雪帕德。

犬的失窃频频发生。因此，一出门就要意识到防盗。这固然可以看作犬流行的证据，但真正爱犬的人，是不会偷窃别人的狗的。警察对于一只狗，即使报了案，实际上也很冷淡。估量下价格，才不会犯糊涂哩。

今春动物园五十周年纪念会举办爱犬展览会。虽说犬很流行，实际上很冷清。展出的犬较为齐全的，仅限于斗犬日，还有雪帕德俱乐部集会的日子。

没有遛犬散步的女人。爱好流行的现代派作家也不写狗。看看满城都是杂种狗，家犬和野狗没有界限了。

首先，世人都想要幼犬。我家丝狐一旦产崽，二十多位熟人都来要，购买者仅仅是爱犬公司或公司介绍来的人。为母狗出一笔可观的钱，预支配种费，废寝忘食操劳养育，有时只能卖个几百日元。理所当然的索要，又是怎么回事呢？

---

1. Shepherd，牧羊犬，原产德国，体形似狼。性忠实、勇敢，多用于警犬、导盲犬等。

还不是以为就是一条狗，送人不也是很自然的吗？

养犬的人，如果不买卖犬，并且一味追求高价，就不会出现什么“犬的流行”。

珀英塔[1]和赛塔[2]流行之后，不狩猎的人家也胡乱饲养起来了。目前，只有雪帕德才算是狗。即无训练余暇，又不知雪帕德性格，大家都养，结果，只能使雪帕德品种质量下降。流行虽云盲目，但购犬前必须具备挑选犬种的知识，否则犬也倒霉。

以上，对于“犬的流行”这个题目，写成了一篇十分主观武断的文章。但是，犬的饲养今天确实在继续流行。而且，今天在东京继续流行，流行的犬种，大概有雪帕德、刚毛猎狐狸、爱阿德尔、格雷·哈维德、德国大丹、杜宾、朋西尔等，至于原有的珀英塔、塞塔，以及日本种等昔日的流行犬，数量之多也是很自然的。

昭和六年（一九三一）五月

---

1. Pointers，短毛大猎犬，原产于英国，可作为向导猎犬。

2. Setter，原产于英国，长毛中型猎犬。

上野之春

上野公园

博物馆的后院养着一只活生生的鹤。我一直这么认为。我第一次去，是有本馆的时候，从二楼看到的。高中学生的我，邀请酒井真人君去鹤的旁边拍照。走近一看，原来是一只瓷鹤。我每去博物馆，就想起那只鹤来。

在那之后，我想起曾经打算带恋人去一趟这座后院。不是有意仿古。也不是那么古典的庭院。只是如此清静，如此纤尘不染，在整个东京市是独一无二的。

我来到上野公园后面，是夏季结束的时候，广小路夜间散步的人们来来往往，他们穿过公园，仿佛世间相爱的人们都到这里来了，如此众多密会的人，简直令我甚感惊讶。情侣们人人都长着多么相似的面孔，迈着多么相似的步伐啊！

不光是夜晚，白天也有一对对恋人。他们被人眼睁睁盯着，沾满尘埃，为何不知道博物馆宽阔而碧绿的庭院呢？那里有静谧的树荫，没有人通过，也没有巡警。

情人们不必说了，市内竟然有如此闲静的地方，真有些不可思议。只有表庆馆才有陈列场的现今的博物馆，比起称为“馆”，不如称为“庭”。然而，知道内庭的人似乎很少。同样，很多人都以为，上野公园是将近二十万坪土地中的一小部分。

例如，前往参谒博物馆背面德川家族陵庙的人，想想实在是少之又少。写上住址、姓名，收取香奠钱二十文。宽永寺的小和尚，打开几道厚重的门扉，领我们进去。有定信的牡丹加上唐狮子绘画，也有光琳和一蝶描绘的藻井画等。因为元禄时烧掉了，光琳的作品都是摹写。

陵墓是五代将军、七代将军和十一代将军三座并列。除了纲吉的是土台之外，其他都一律使用唐金。剩下的两座是石造，看上去很粗劣。寺僧解释说，幕府的势力从此衰败了。院中只剩下八座灯笼的土台石，据说那里的唐金被彰义队[1]制

1. 庆应四年（1868），德川时代部分旧幕臣结伙盘踞上野宽永寺，为反对明治新政府而组织的一支武装部队。后为政府军剿灭。

造武器了。

顺次参谒诸处小型墓列。稍感寂寥而返。已到了点灯夫巡街点灯的时刻了。秋雾深深的夕暮，点灯夫手持火把而行，据说总被龙胆寺雄君误以为人的魂灵。夜间公园后门，幽暗异常。即使不是后面，去年夏，据说露宿者非常多，过路的女人们时时遭到威胁。而且，那些人早上起来，总是到附近我家等处索要钱财。

夜间的上野公园，我以为是倾听街市杂音的好地方。假若喜爱虫声，已偏于古风，听听市中杂音，倒也不失为新的爱好。要说附近火车通过，猛兽震吼——似孩子所好，那么，夹杂其中的自远方适度流过寂静高台而来的杂音，较之白昼的公园更有趣。

早晨，樱花满树，是一天里最好看的时候。夏季的不忍池，莲花婷婷开放，发出爽净的清音。然而，池中出现奇妙的路径，此时的不忍池惨不忍睹了。去年夏，湖面上出现了租赁游艇的事。还有，今年四月一日起，动物园内大都实行现代化改造，不忍池沥青包岸，一旦变成游艇纵横的场所，该有多么可喜可贺啊！

动物园水族馆，似家族装饰，小巧玲珑。没有海鱼，不如浅草水族馆。玻璃中看活鱼，既有古典抒情诗味，又富现代抒情诗味。美妙无比。东京再没有别的水族馆。希望稍稍扩大些。如若这是随便提出的希望，那么怒对动物园要说的是那家卖店。

园内只有一家卖店。寿司和面包等都不好吃，而价钱很贵。动物园的工作人员，只考虑动物的食物，不考虑人的食物吧？与此相同的还想说说图书馆。图书馆的工作人员只想到书，不考虑人，是吗？那座餐厅和吸烟室那么阴惨，究竟是怎么回事？对于长期在这里读书和治学的人们，应当给他们吃饭、吸烟，歇息一下头脑，获得一些安慰。难道想不到这些吗？不必太豪奢，不能叫人吃得有点儿滋味吗？图书馆方面，因为价廉也许没法子，但如今浅草一带也有几家更便宜的餐馆。即便为御用商人所独占也好嘛，工作人员简直无神经。美术馆的餐馆也不好。博物馆的固然不好，但这里客人少，或许实在没办法。至少近日开馆的科学博物馆，如果开设餐厅，那就一如这座建筑一样，希望稍微加强些现代化的思考。

在博物馆参观能乐戏装和岩佐胜以绘画那天，科学博物馆分馆在举办精密机械展览。我对于机械的知识，比起对古美术的知识更加贫乏。但在这些方面，总想写点什么，因此，很欢迎科学博物馆开馆。旧有博物馆，仅仅限于散步归来偶然路过，对于陈列的目录始终不感兴趣。

说起来，美术馆不仅秋天办美展季节，一年中多半只集中某一时期举行四五次展览。尽管如此，住在附近的我，即便经过也不进去看一眼。最近半个月来，数一数就有中国工艺展、独立派绘画展[1]、槐树社展、浮世绘综合展、日本画会展、朝鲜名画展、日本剧画展、全国工艺同盟展，以及新灯社美术展等。

比起博物馆庭院中的恋爱故事，带有更加类似通俗小说题目的情景，或许是帝展搬入展品的最后一个夜晚。美术馆不论哪个运货口，都集中了众多美术青年和女画家。一看服装，他们的生活似乎比文学青年更加可怜。贵妇人画家，乘着两三辆汽车进入他们的队群，自学仆到狗，甚至连小燕子都带上了，声势华丽地驶进来了。

犬的展览会

名义上由东京市动物园开设五十周年纪念赞助会主办，自三月二十日开始，在动物园前的广场上，举办爱玩动物展览，为期五天。

不用说，展览会以犬为主。除了狗之外，还有安哥拉俱乐部、国产稀有豚鼠·颤声金丝雀协会、东京饲鸟商睦会、

---

1. Indépendants，1884年为对抗学院派开始在巴黎举办的无审查绘画展。

东京小禽商同业组合，以及其他展品。

我虽然没有孩子，当下，家里生活着两男四女和九只狗。我有些厌恶人，九只狗并不怎么辛苦，我愿家中住满动物。喜欢孩子的人，为孩子建筑房舍，我要是盖房子，那就一心为动物搞设计。

因而，我接连去了三天狗展，不厌其烦地看了各种观赏动物。我的脸晒黑了，甚至有人问：“你去滑雪了吗？”没有鉴赏力的我，不能对展品加以评判，但看到精心制作的金丝雀鸟笼，还有豚鼠，观赏褐色或灰色的珍种，就是鸡，也有很多超出实用、专供观赏的变种。光是知道这些，就够有趣的了。

斗犬展举办当天，与此相对应，更感到有意思。黄鸟、锦鸡、日青鸟的羽毛，看上去多么美丽！

不是这次展览会，动物园小禽暖室，有墨西哥产的黄胸巨嘴鸟，不停地转动着大嘴巴。那种运动简直是画一条强劲的直线，极富个性。如果家养，或许像观赏具有某种倾向的画集，受到感化。神经质的我所不堪忍受的是，动物园北极熊极有忍耐性地反复做着同一运动。那家伙的神经有着极强的不可思议的钝感。

三月二十日是斗犬展。二十一、二十二日两天是一般家犬。二十三、二十四日是边展边卖。但一般犬的犬种和数量比期待的少得多，我很失望。比我想象更多的只有，德国大丹犬[1]和萨摩耶。两只俄国猎狼犬[2]，两只英国狼犬[3]，两只杜宾犬[4]，三只柯利，一只刚毛猎狐㹴，其余都是日本猎犬。至于灰色哈文德之类，一只也未看到。犬种除上面举出的之外，还想看看约克夏[5]和马尔蒂斯[6]，哪怕各有一只也好。

久弥宫在白色犬和纯白的犬种之前，暂时伫立了一会儿。猎狐犬，我也时常风闻，加拿大来的人，携来一对，据说价值上千元，少一个子儿都不卖。那是公狗。柯利，也来过我家，日暮里的阿部犬舍，是经藤井浩祐氏介绍，进入田村氏家的澳洲产公狗。

太宰一郎氏和中野正刚氏的杜宾犬，我以为最有魅力。因为其强悍、危险，不打算饲养，但胸中总是空荡荡的，不甘心。审查员说，倘若有名誉奖，两只狗都能获得，哪一只都不能落选。

---

1. Great Dane，德国大丹犬。

2. Borzoi，俄国产大型犬。

3. Deerhound，苏格兰产大型犬。

4. Dobermann，原产于英国的军警两用犬。

5. Yorkshire Terrier，原产于英国约克郡小型犬。

6. Maltese，原产于马耳他岛小型长毛犬。

有别于纪念赞助会主办的展览，另外三月二十一日，塞巴德俱乐部的展览会，于上野公园自治会馆的一侧举办。出展的犬种颇为齐全。

要说齐全，动物园前的展览，第一天净是斗犬，没看到土佐本地犬。不过，奥羽地方的展品很多，也是够齐全的了。我听说浅草一家咖啡馆，夜晚将二楼桌子拾掇起来，举办斗犬会。睡眠的女侍很害怕。然而我看了这次展览，首次觉得对斗犬狂热的人还是相当多的。会场内筑起斗犬的土台子，虽说不是真正叫它们斗，但每上台一只，都要唱名号。横纲犬，背上有着横纲的标饰，各地方每年都产生和相扑力士相同的番号。中型横纲大江户号等，随从者约有十人，陈列极尽美感。很显然，一只好的斗犬，就需要一笔不小的花费。

土台子一旁贴着宣言书，逐条列出不可用斗犬赌博的各种理由。

但是，随从人员也多像斗犬一般富于杀伐之气，抑或是实行斗犬自然的现象吧。到处都扔着斟满酒的杯子，在人群里随地小便。动辄就互相实行犬斗，最后，人和人一对一大声怒骂。

这倒成了上野之春赏花酒的先驱。

墓地

明后两天将要搬去的住地位于谷中殡仪馆的后头。打开后面的木栅栏，那里的空地上丢弃了很多废旧的花圈。读经和悼词也会传到家里来的吧。幼犬在竹篱笆下，定会掘出一条通往殡仪馆庭院的土穴。

谷种殡仪馆，我只去过一次，那是为出席芥川龙之介氏的葬礼。今后每天都能从后面看到那里，将会有何感想呢？——话虽如此，但很快也会习惯的。

因为不景气，在自家里举行告别式多起来，据说最近殡仪馆每月平均只有一次葬仪。馆内也变得冷清了。没有葬仪的殡仪馆那种寂寥感，还会有的。但看到那种寂寥的情景，越发使人觉得葬礼这种仪式倒是人生一次颇为华美的祭礼。

人的死体这种东西，随着处理方法的不同，有着各种奇妙的感觉。地震时，大河里尸体漂流，我对人的皮囊，不如对马的溺死遗体更能引发哀怜。遗体的处理办法，自古就是宗教的急要事。今日宗教的核心，尽管仍是寂灭，但宗教对于遗体的处理方法，却不在于寂灭。即便不叫医生，但叫和尚走过殡仪馆前面，右边路端，有高桥阿传的墓、川上音二郎的铜像、云井龙雄的墓、市川右团次施主相马大作的墓、成岛柳北撰文的假名桓鲁文的爱猫之墓等墓列。这里是谷中墓地的入口。

来到高桥阿传墓前，我的柯利犬必然撒尿。石碑后边就是公厕，发散着阿摩尼亚[1]的气味儿。

自去年秋季开始，只要不碰到雨天，我总是带狗到墓地散步。通宵写作疲劳，又不能等到天亮的我，除了墓场，每每能看到江东地带的日出。春秋彼岸，五重塔一带出现了出售儿童气球的卖店。如今的东京，扫墓的人们自然很少。管理处要求报告住所的提醒，就贴在众多的墓碑上。还有，看到那些少数将扫自家墓当作日常工作的人，反而有些奇异的感觉。

谷中墓地比想象的狭小得多，但出乎意料地明朗。唯在秋雾包裹时节较为华美，其余则无墓地的感觉。然而，每日散步，可以大体知道季节性的花草。还有，惊叹地看到下霜的盛况，回忆起孩童时代的田园景色。比起这些更有意思的是，墓石的颜色随季节而变化。我在伊豆温泉旅社，看到过河滩石头颜色的种种变化，原来墓地的石碑也在生息着。偶尔黎明时分，也去上野公园看过，阒无人迹的公园，脚步出奇地快，走着走着，就立马犯傻起来。墓地一直很沉静，于是忘记了自己。稍稍进入此番心情，我心中抑或流过关于传

1. 氨水。

统的墓地的感情。看到人影憧憧，也许会感到慰藉。

其证据是，看到石碑上的红字心中总有些暖意。我经常伫立于新吉原仲町等地粗劣的石碑前，一心注视那些活着的游女鲜红的名字。

《春天的随笔》里写到了墓的事。可是今年赏花的日子，霜上又蒙薄冰，没有春的气息。再加上在上野，墓地的樱花开得早，没有尘埃污染。动物园的动物，到了春天却是浑身都是尘埃。例如，我总是眺望入口处的大牡丹鹦鹉，其胸毛像生着薄桃红肌肤的女子，四月八日见她了，我想，她或许破身了吧。

昭和六年（一九三一）五月

初秋四景

一

比平时稍冷的水，使得自己游泳的腿脚也比平素变白了。蓝色的海底，流淌着又白又冷的东西吧？因而，我以为秋是打海里来的。

庭院的草地点起火焰，少女们在海滨的松林里寻找秋虫。火焰的爆裂声间或夹杂着虫声，就连火花的音响也带着夏日惜别的寂寥。宛若虫鸣，因而我想，秋，是从地下涌来的。

和七月不同，虽然只有月光，夜间海风一吹，女人也要悄悄掩胸脯。因而，我想，秋是从天上降临的。

海滨城市，又出现新的租赁房屋的广告牌，犹如翻开秋季日历新的一页。

二

秋，来自足底的肤色，来自脚趾的光洁。夏天开始前，光着脚丫吧；秋天开始前，遮起脚丫吧。夏天将使趾甲变得更加漂亮。

秋初，趾甲稍稍有些污染，不是很温暖吗？秋季屈肱而眠，把腕子晒黑了。

刚一入秋，胃口大开。否则，有点儿扫兴。好积耳垢的人，是不懂得秋的人。

三

大地震纪念活动，成为秋初东京年中胜景。今年九月一日，被服厂遗址，午前拥来十五万参观者，举办全市非常时期消防演习。我家也听到了商业美术馆的汽笛和水泵的警铃。我去观看被服厂惨状，是在九月里的某一天。

在那前一天或前两天，举办露天火葬，尸体堆积如山。那是残暑残酷的一日。俄而，阵雨骤降，一派燃烧的原野，无处躲雨，逃离之中，我早成了落汤鸡。但仔细一瞧，白色的衣服却沾附着薄黑的污点。焚烧死人的烟将雨滴染成灰黑色了。看到太多的死人，反而变得无神经的我，在这灰色的雨里，也一时感到秋令寒凉的肌肤。

四

秋声最先入耳畔，无此灵性实可哀。

啄木[1]的歌。的确如此。我家有五六只狗。其中一只对音乐比普通人还敏感。听到欢快的曲子，总是喜滋滋的；听到哀伤的音乐，表情悲戚，不仅盯着留声机吼叫，还像跳舞似的摇摆身子。然而，对于初秋的寂寥却毫无所感。动物能感受到季节的温度，但似乎感受不到季节的感情。

其实，草木禽兽本能上皆是顺从季节的推移而生活着。正如夏天的冰、冬天的火一样，背着季节而生活的虽然只有人类，但人类却最多受到季节感情的左右。我们这样一想，就会惊讶地发现，人的季节感情之间，有着多少人工的东西啊！

南洋诸岛，听说全年里气候相同，只能靠看星星知道季

1. 石川啄木（1886–1912），歌人、诗人。

节。夏天出现夏天的星，秋天出现秋天的星。若能如此忘却贴身的季节而生活，那是多么健康。也应有“美术季节”一样的人工季节。

昭和六年（一九三一）九月

海上归来

一　女人味儿

女人的眼睛因为同夏季海上的阳光不停战斗，眸子的色相和眼睑线稍稍变得峻厉了，失去了女性的温柔。滑嫩的肌肤经受海水和日光的洗礼，粗糙了，变成坚硬的栗褐色。

海水浴，美化了女人的体形，但造就了男性的触感。虽说那是夏天海洋般的健美，但男人们还是从女体上寻觅着女人味儿。他们发现了什么呢——从臀部、脚趾和足底？

臀部、脚趾和足底，身体上这三处没有晒黑。

臀，活跃在整个夏季的海水里，始终湿漉漉的。趾甲闪耀着光亮的桃红。足心经过潮水、泥沙的洗涤，反而磨炼得更白皙了。这些都给夏季海洋姑娘们健美的身体，增添了意想不到的艳丽。

姑娘们不再身穿浴衣光脚走在初秋的市街上，她们正像脚上套起丝袜或白布袜那样，通过化妆将全身掩蔽起来，转眼间恢复了女人的风情。此时，叫她脱掉袜子来吧。夏天，强健、艳丽的足底，已经散放出病倦的气息。

她们来到海滨小城的肉店，穿着泳衣围拢在店头，她们忘记买镰仓火腿了。

二　泳装

为何穿泳装？

聪明的恋人们笑而不答。

大胆的姑娘，也许会回答，为了实行最大胆的化妆。

泳衣在胸前描绘出白色的半月形，腿上也描绘出白色的圆形。泳装所掩盖的白线，是夏季海滨最美的秘密的鲜花。观看这朵花，感受海恋的战栗。

女人婚礼之日，不实行这般大胆的化妆。

或许这个原因，年轻的姑娘在身上描绘这块秘密领土的当儿，假如不进行恋爱，那就一生不能恋爱了。因为她感受到青春随避暑地的夏天共同消逝的寂寥。

三　人工的季节

避暑地和妇女杂志，对季节有着一等的敏感。

日本人是自古对季节颇为敏感的人种。不过，城里人如果没有人工刺激，或许感觉不到季节来了。尽管如此，妇女杂志会教给你季节的。

八月中旬，妇女杂志已经给大海携来新秋，将海上的人们招呼到百货店和美术馆。

岸边的海藻、贝壳，海蜇的尸骸，由此也能感受秋意，人们总是从季节中感受着迷惘。然而，他们的季节使人感觉不出人工的季节。

被迫回到都市一看，画片书店的店头，仍然展示着电影女演员的海水泳装照。这些季节的先驱，眼下又成了季节的落伍者，那副画姿，仿佛经不住饥寒，呈现出惨白的哀凄。

四　曝晒

海上归来，立即晾晒衣服诸物。夏日的曝晒虽说有些迟了，但已经发散出冬天的霉味儿。冬衣浓丽的色彩，已经感觉不出夏日的酷热，那种花色，早已令人想起秋天澄明的空气。

而且，混合着冬的气息的是夏季海潮的气息。在这种气息里，可以听到海的声音，看到游艇、灼热的沙滩。不过，吮吸着潮风，总是有着夏季薄物潮湿的感觉、单层腰带般的倦怠。

因而，她们在她们的内心，看到了单层腰带般的海的疲倦。感情上，一两天的曝晒也难以坚持。

一个谁也不认识的业余摄影家，在海上给我拍了照片。拿出一看，一点儿也不美。

五　季题

出于老人的慵懒，祖父连海也不想去了。他写了一些海的俳句度过夏天。祖父的那间屋子，海上归来，又打扫一遍。作为我的一项任务，收拾起桌上俳句的季题看了看。

露、月、闪电、流星、花的原野、捕鸟、鹿笛、放竹筏、浅腌、鹌鹑、沙丁鱼、蓑虫、秋蚊、葡萄、秋七草、鸡冠花、芭蕉、丝瓜、凉爽、天河、初场风暴、无名火、二十六夜、安房祭、六道参、西鹤忌、八朔、白小袖、秋扇、候鸟、秋萤、桐子、一叶、芙蓉、秋海棠、荞麦花。

六　癖好

折断庭院的枯枝投入泉水。突然泛过想来，庭院的枯枝不是海边的流木，泉水不是晚霞的海面。回忆就是这样的吗？独自一人，模仿两人同在时的情景，又会怎样呢？记住今年海的约会，谁会记得到来年的夏天？

三日不洗头，就觉得头上堆满毒瘤。因为每当海水濡湿时，男人总是随便洗洗头罢了。

尽管如此，在海水浴场，完全忘了女人头发的美丽。

每天两次三番洗热水澡，一边沐浴着清水，一边迅速洗涤身子。海上的日子令人怀念。回到城里后，仍然改不掉大幅度甩手走路的癖好。

一身盛装，走在白昼沙滩上的情侣，看起来像落满尘埃的纸花。

他们眼睛的癖好丢在哪里了呢？海上归来，最先丢掉海的癖好的是这双眼睛。

七　女民工

初秋繁华街的柏油路，那天夜间由于她们打算通过，车站变得华丽起来。她们十分明白，趁着车站尚未沉寂，离开海滨都市，那是夏日最后的欢喜。因此，在站台上看到夏季女民工们的身影，她们就像被人馈赠的回忆的花束，让女民工乘同一辆车厢。她们不是海边城市的人，是夏天赶来帮忙的。小姐们交相说着好话，谈论各种夏天的故事。尽管这样，火车一开动，女民工就倚靠着汗臭的包裹，呼呼大睡起来。仿佛要睡上一个夏天。

昭和六年（一九三一）九月

临终的眼

竹久梦二氏为了在榛名湖建筑别庄，那年夏天还是到伊香保温泉来了。前些天，古贺春江氏头七的晚上，大家对深受妇女儿童喜爱的插图画家品评起来，不由谈论到往事，满怀热情地怀念着梦二氏。正如席间一位画家栗原信氏所说，自明治至大正时期的风俗画家，或情调画家，梦二氏他都是非常优秀的。不仅少女，就连青少年，还有上了年岁的男人，打心里受到他的绘画感染。在风靡一世这一点上，现今的插图画家远远赶不上他。梦二氏的绘画和梦二氏本人经年累月无疑都在发生变化，但少年时的理想同梦二氏结为一体的我，很难想象出他衰老的姿容。正因为如此，伊香保初会的情景实在出乎我的意料。

梦二氏虽说是颓废派画家，但颓废加速了身心的老衰，他的身影形象令人目不忍视。颓废虽然是通向神明相反的路径，但实际上却是一条近道。假若我能就近审视这位颓废早衰的大艺术家，我将更加难过。这副身影，小说家很少，日本作家中几乎没有。如今的梦二亲自说明了他是一个至为单纯的人，走过的绘画之路并非属于正统，给人的印象是迂曲不平的。作为艺术家，他经受过无可名状的不幸；作为人，或者这是一种幸福。不用说，这是谎言。不容许使用这类暧昧的语言。这里不妨妥协一下。如今的我，也觉得凡事不必太在乎，宽容为好。作为人，较之生，更多知道死，所以才能活到现在。“通过女人同人性和解”，才会产生斯特林堡的恋爱悲剧。我们不便劝说所有的夫妇都离婚，因此，不巴望自己做一个真正的艺术家，反而更合乎自己的良心，不是吗？

在我们周围，广津柳浪、国木田独步、德田秋声等人，尽管都是小说家，但他们或许没有一人希望有个当作家的孩子。我以为，艺术家不可能产生在一代人中，父祖的血经过几代人，才会绽放一朵鲜花。当然也有例外，查一查现代日本作家，多数人都是旧家出身。阅读妇女杂志等流行读物、走红女优的传记和成名的故事，就能知道她们人人都是闺阁小姐，在父祖时代家道中落。从根本上出身寒微的姑娘一个也没有。情况如此相似，令人怅然若失。如果说电影公司那些玩偶般的女优也能被当作艺术，那么她们的故事也未必是出于虚荣和宣传。旧家代代艺术的教养传承下来，虽然能造就作家，但另一方面，旧家的血统因为大都病弱，犹如残烛的火焰，就要熄灭了。这种血统，眼下只是回光返照罢了，作家也不例外。这已经是悲剧了。不可能指望作家的后裔幡然崛起。实际例子超出诸君想象，雄辩证明了这一点。

像正冈子规那样一边喘息于死亡的病苦，一边进行激烈的艺术战斗，不愧为优秀的艺术家。但我不想向他学习。我一旦躺在死亡的病床上，就想忘掉文学。倘若不能忘却，就祈祷排除妄念，尽管目前还做不到这一点。在现今的世界上，我无依无靠，孑然一身，过着索漠的日子。我也可能会一时嗅到死亡的气息，这并不奇怪。回想起来，我没有写过像样的作品，当我有一天，脑子里拼命想写出一部像样作品的时候，即使想死也死不了了。然而，心机一转，就又立即迷茫起来。我曾想过，假若没有留下任何有用的东西，反而在通往安乐净土的道路上没有阻碍。我远离自杀的原因之一，就在于以死为死这一点。我这么写，肯定是谎言。我绝没有同死打过照面。一旦到那时候，我抑或还会虚空地颤抖着我的手指继续写稿，直到最后一息。然而，芥川龙之介死时，像他这样有作为的人，说什么“我这两年净是考虑死的事”。他为何还要写下《给旧友的信》那样的遗书呢？实在没有想到。那封遗书，我以为是芥川氏死的污点。

眼下，我一边写这篇文章，一边阅读《给旧友的信》，立即觉得没有什么。我觉得芥川氏他本想说自己是个凡人。芥

川自己在附记里写道：

“我阅读恩培多克勒的书，深感成神的欲望是多么迂腐。我只要想到这封信，就不会泛起成神的愿望。不，我只希望做个平凡的人。你还记得二十年前在那棵菩提树下，我们互相畅谈‘埃特纳的恩培多克勒’的情景吗？我就是那时候一心巴望成神的人。”

然而，他在本文的最后写道：

“所谓活力，事实上只不过是动物性力量的代名词。我也是一只人兽。不过，一旦倦于食色，就会逐渐失去这种动物性力量。我如今居住在冰一般透明的、有着病态神经的世界。昨晚，我和一个妓女商谈她的要价（！），我切实感到我们人类‘为生存而活着’的悲哀。如果能够甘于永眠，即使不会为自身求得幸福，那么也一定能够赢得和平。但问题是，我何时能断然自杀呢？大自然在我眼里，比寻常更加美丽。既热爱自然之美，又一心企图自杀，你一定在嘲笑我的这一矛盾心理吧？不过，自然之美，只会映在临终者的眼睛里。”

修行僧的“冰一般透明的世界”，燃烧线香的声音，听起来像房子起火，灰烬掉落的声音听起来像炸雷。或许这是真的。一切艺术终极的意义，就是这双“临终的眼”。芥川作为作家，作为文章能手，我不太尊崇他。其中，有着我远比他年轻这种少年般的安心。这种安心不知不觉接近芥川之死的年龄，愕然觉得，要重新审视故人，就必须封死自己的嘴巴。

这是经常会有的，一方面自感羞愧，一方面又安享于别一种安心，以为自己还远不会死。然而，阅读芥川氏的随笔感想，他绝不停留于“博览强记”之类诈术的魔剑。还有，临死时的《齿轮》，发表时是我衷心膜拜的作品，说起“病态的神经的世界”，还是芥川氏的“临终的眼”最为感人，具有陷人踏入狂乱世界的恐怖。因而，将“临终的眼”赋予芥川的要因，要么是他考虑两年后自杀的决心，要么一直潜藏于决意自杀的芥川氏的心底，此种微妙的交错，似乎超出精神病理学，可以说是芥川赌命购买下来的《西方人》和《齿轮》。横光利一发表于自己或于日本文学皆具有划时代意义的杰作《机械》的时候，我曾说过，这部“作品使我感到幸福，同时也使我感到深深的不幸”。我之所以这么写，一方面是羡慕朋友的作为，表达祝福之意，更重要的是感到某种不安和朦胧的忧虑。我的不安大都散去，他的痛苦却在加剧。

“我们最优秀的小说家们时常是实验家。”“不论是散文还是韵文，所有的规范，其起源都来自天才的作品。关于这一点，读者诸君务必给予注意。倘若我们已经发现所有最佳的形式，那么，我们便可以通过对伟大作家们的研究，得出这样的结论：他们多数当初都是偶像的破坏者或圣像破坏者。此种超出文学法则以上的破坏，存在于传统之外，故而，虽然可以受到谴责，或应该寄予假设，这样一来，就阻止了我们的文学的成长。而阻止成长的东西是一种死亡之物。我们必须心甘情愿地承认这一切。”(J.D.贝雷斯德《小说的实验》，秋泽三郎、森本忠译)。实验的出发，即便稍许有些病态，也是快乐而充满活力的。“临终的眼”虽说仍然是“实验”，多是和死的预感相通。

“我做事不后悔。”我虽然不是时时刻刻努力奋斗，但由于令人气馁的动辄遗忘，缺乏道德的自省精神，我一向抓不住后悔的恶魔。然而，后来想想，所有的事件，该发生的发生了，该实现的实现了，其间，没有任何不可思议之处。说不定有神助吧？这或许是人的可哀。往往出现即将到达夏目漱石的座右铭“则天去私”的瞬间，例如死，本不该死的人也被迫而死，那时就会想到，到头来人总归一死。优秀的艺术家，时常在自己的作品里预告死亡。这就是说，创作无法用今日的科学将肉体和精神切割开来，其可怕之处正在于此。

我早有两位优秀的艺术家朋友，我同他们幽冥异处。他们就是梶井基次郎和古贺春江。同女人之间虽然有生离死别，但艺术之友仅有死别，没有生离。作为朋友，我从未打算和众多故旧割断来往和消息，或者同他们吵闹而分手。易于遗忘的我，纵然想撰写关于梶井和古贺的追念文章，就必须向古人身边的人们，或者向我的老婆，不住问这问那，否则我就无法刻画出他们具体的印象。但是，死去的朋友的回忆，虽然容易为人所接受，实际上大多不值得信赖。我对小穴隆一说明芥川龙之介之死的《两幅画》，其文字的激烈感到怪讶。芥川说过:“我尽管对两三位朋友从未讲过真话，但也没有撒过一次谎。因为他们从未对我撒过谎。”(《侏儒的话》)虽然我不认为《两幅画》是谎言，但塑造典型的小说作者越是努力实现真实，反而距离典型越发遥远。这不是诡辩。安东·契诃夫的手法，詹姆斯·乔伊斯的手法，都不在于典型本身。这一点，没有什么异样。

“一切文学的种类，都产生于词或某种特殊的使用，小说为了将一个或几个虚构的‘生命’传达给我们，可以滥用语言直接表达意思的能力。而且，能够设定这些虚构的生命的作用，规定时间和处所，叙述事件，通过充分的因果关系，将这些连接起来。

“诗，直接活跃我们的机能，在听觉、音声之形，以及富于律动的表现期间，实施正确的、有脉络的联系，亦即使和歌作为极限。与此相反，小说却在我们的内心世界耸立起一般的不规则的期待，即我们对于现实可能实现的期待，并使之持续下去。就是说，作家的技术，类似现实中可能实现的演绎，或此类事普通的顺序。还有，诗的世界是言语装饰和灵感相结合的纯粹的体系，本质上闭锁于自己的内里，以求完整。与此相反，小说的宇宙，即使是幻想的东西，也要使之连接现实世界，宛如实物绘画一般，使得参观者看上去仿佛往来附近所接触的事物。

“小说家野心勃勃一心追求的对象‘生命’与‘真实’的

外观，是小说家纳入自己计划的观察，亦即关系到可以认知的诸要素不断地导入。真实而任意的细部纬线，使得读者现实的生存同作品各种人物假性的生存相接续。从而，这些模拟物屡屡带有不可思议的生命力，通过这些生命力，这些模拟物在我们的头脑中和真正的人物相比较。不知不觉间，将我们心中所有的人物附载于这些模拟物。这是什么原因呢？因为我们生存的能力本来就含有滋育别物的能力。我们附载于这些模拟物的越多，作品的价值就越大。”（瓦莱里《普鲁斯特》，中岛健藏、佐藤正彰译）

梶井基次郎已经死去三年了，后天就是古贺春江的“四七”，我还不能写他们两人的文章。但我并不因此把他们想象为坏朋友。芥川在《给旧友的信》写道：“我很可能自杀，就像病死一般。”之所以让他老是想死，其结果，最好还是归结到病死这一点上。不论如何厌离现世，自杀都不是理智的姿态。即便德行很高，自杀者也远离大圣之域。梶井和古贺虽然隐遁度世，实际上野心勃勃，他们尽管都是无与伦比的好人，但两人，尤其是梶井，仿佛被恶魔附身。不过，他们依旧带有显著的东方或日本的特点，他们并不期待死后我的回忆文章吧。古贺也很早就想自杀了，他平日的口头禅就是，死是最高的艺术，死就是生。在我看来，这并非西洋式的对死的赞美，生于寺院、毕业于宗教学校的他，有着深深的佛教思想表现。古贺也认为病死是最好的死法。全然回归于婴儿，高热持续二十余日，像睡眠一样意识不定，之后才断气，这或许是他的本愿吧？

古贺氏似乎多少对我寄予好意，不知是何原因，我不太明白。或许看我时常追逐文学的新倾向、新形式，是个探求者吧。人们认为我爱好新奇、关心新人，甚至因此具有“魔术师”这一光荣的称号。果真如此，这一点倒和古贺的画家生活相似。古贺不断立志于先锋派制作，努力发挥进步作用，他为这种想法所驱使，看起来其作风有些变幻无常，因此，有人像看待我一样，同样将他也看作“魔术师”吧。但是，我们果真像魔术师吗？也许对方是出于一种蔑视吧。我被称作“魔术师”，有点儿沾沾自喜，因为我的哀叹无法反映到盲目的对方心里。如果他真的这么想，那他就是被我耍弄的呆子。尽管如此，我却不是为了耍弄人而玩“魔术”的，只不过是同胸中的哀叹略作战斗罢了。我不知道人家为何这么叫我，非凡的野兽般的洋人巴勃罗·毕加索等，且不去说他，和我一样身心共弱的古贺氏，却与我不同，继续创造大作力作，他胸中不曾掠过类似我的那种哀叹吗？

我固然不能理解超现实主义的绘画，假若古贺那些带有一定主义的绘画富有古意，那么，大概就会带有东方古典诗情的毛病。遥远的憧憬的水雾，漫过理智的镜面。理智的结构、理智的逻辑与哲学要素，局外人从画面上很难读出，但面对古贺的绘画，我总能感觉到遥远的憧憬以及微微的虚空的扩展。那是超过虚无的肯定，因此与童心相通。类似童话的绘画很多。不是简单的童话，而是来自童心、令人惊讶的鲜丽的梦想，非常合乎佛法的。今年二科会[1]，出展品《深海的情景》，其中妖艳的阴森味儿很吸引人，由此可见，作者仿佛要探寻幽玄而华丽的佛法的“深海”。同时出展的《马戏团一景》的虎，看起来虽然像猫，但在作为画材的哈根贝克马戏团里，看上去那只非常温驯的老虎反而更能使人心动。画面本身不正说明这样一点吗？作者虽然要借助虎群的数学结构，但他在自己的绘画里所要表现的，正是一种异常静寂的气氛。古贺将西欧现代的文化精神，大量吸收到自己的制作之中，但佛法的童歌总是在他心底流荡。这就是明朗而美丽的童话般的水彩画中也含有温润而静寂的缘由吧。那古典的童歌也和我的心灵相通。或许我们两人是通过展新面颜背后的古歌相互亲近的。因此在我这里，对他在波尔·克莱埃影响下某年制作的绘画，理解得最快。长时间就近观察古贺绘画的高田力藏，曾在古贺水彩画遗作展上说过：“古贺先由西欧风色彩出发，后来转移到利用东方色彩，然后再回到西欧色彩。据说最近又要回复到东方色彩，就像《马戏团一景》

---

1. 美术团体，成立于1914年，第二次世界大战期间一度解散，战后以东乡青儿为中心再度恢复。每年秋季公开募集展品举办画展。

等画作一样。”《马戏团一景》是他的绝笔画，其后在岛兰内科的病房里，他只是在色纸[1]上作画了。

他住院以后，每天都作色纸画，一天多达十幅。那副身心，怎么还能作画呢？医生固然感到不解，为何还要作画呢？我也觉得不可思议。中村武罗夫、楢崎勤和我三人到佐佐木俊郎家里吊唁的时候，看到骨灰盒上摞着四五册他的作品集。我不由长叹一声。古贺春江氏本来是水彩画家，他的水彩绘具和画笔都被纳入棺内了。东乡青儿看到这些就说：“古贺到那个世界去，还要他继续作画吗？太可怜了。”古贺又是文学家，更是一位诗人。他每月都买齐同人杂志阅读。一般来说，文人都不大买同人杂志。我相信，古贺的遗诗总有一天会被时间所热爱的，再说他自己也很喜欢文学。因而，给他带去他所爱读的书籍，陪伴他冥间之旅，他大概不会有意见吧？不过，画笔或许给他造成麻烦。我回答东乡说，古贺那样喜欢绘画，没有绘具，他手头无事可做，会感到寂寞的。

东乡青儿再三写过他对古贺春江的死有预感。他说今秋二科会展品里鬼气逼人，阴森可怖，看来他早就感觉到古贺不久于人世。外行的我不懂得这些，但听说一切就绪就前往

1. 色纸，硬纸作芯，一面糊以白色细纸，一面施以银沙的正方形纸板，专供书写俳句、和歌以及题字作画使用。

观看。面对一百零三号力作，我清楚地知道了古贺的病情。我惊呆了，一下子很难相信。例如，据说他画最后那幅《马戏团一景》时，已经没有体力涂抹底色，手里握不住画笔，仿佛要同画布战斗，全身像要撞击在画布上。手掌狂暴地乱涂一气，甚至遗漏长颈鹿的一条腿都没有发现，泰然自若。如此创作的画，为何会那般静寂呢？像《深海情景》，他用一支细密的画笔，但手不住发抖，不能写出整齐的罗马字，署名也是高田力藏代写的。绘画手动细致，写字则粗狂无序，这是一种超自然的力量使然。听说他和绘画同一时期写的文章，支离破碎，词语脱落，颠三倒四，十分严重。完成一幅画，仿佛就要和这个世界告别。他回阔别已久的故乡省亲，回来就住院了。他从故乡写来的信，也叫人莫名其妙。住院期间，他继续在色纸上写诗作歌，我曾建议其夫人誊清后发表出来，谁知看惯丈夫字体的夫人也一时无法判别，像猜谜一般，苦不堪言。她凝望多时，不知何意，思绪奔涌，自己也感到头痛起来。但是，另一方面，色纸上的绘画却很端正，即使笔画次第紊乱，也显得整齐划一。身体老衰，名副其实的绝笔色纸画，也只是涂了一些颜色，却不成形，意味难明。到了如此境地，古贺还想画笔在握。就这样，在所有的身心力量中，他的绘画的才能延续最久，直到最后死去。或许亡骸之中，还有一脉绘画的余息尚存吧。

举行告别式时，有人提出将他的色纸画悬挂出来。但有人反对，说这有点类似以故人的悲痛作为嘲讽的对象，因而中止了。绘具和画笔被纳入棺材，或云也不是罪愆吧。对于古贺来说，绘画无疑是解脱之道，同时又是堕往地狱之道。所谓天惠的艺术才能，也是一种善恶报应。

写出《神曲》的但丁的一生是悲剧。瓦尔特·惠特曼给来客看了但丁的肖像之后，曾经说过这样的话："这是一张摆脱世俗污秽的脸。他为获得这张脸，得到很多，也失去很多。"话题扯远了，竹久梦二为了制作一幅富于个性的绘画，他同样"得到很多，也失去很多"。随着联想的飞跃，顺便再举出一个石井柏亭吧。在柏亭诞生五十周年的贺宴上，有岛生马即席发言，一个劲儿开玩笑地说："石井二十岁不惑，三十岁不惑，四十岁不惑，五十岁不惑，或许刚生下来的一瞬间就是不惑吧？"柏亭的画道若是不惑，那么梦二数十年如一日的话也是不惑吧？有人会笑话这种比较的突飞。梦二的画风似乎就是梦二的宿命所决定。假若将年轻时期梦二的绘画看作"漂泊不定的少女"，那么如今梦二的绘画也许就是"无家可归的老人"。这也是画家应该觉悟的命运。虽然梦二的乐观毁灭了梦二，但也拯救了梦二。我在伊香保见到的梦二，已经白发皤然，肌肤松弛，显出一副颓废早衰的老人相，依旧富于活力的只有那副眼神了。

这位梦二和一群女学生到高原采摘花草，快乐玩耍，为女孩子们画画。这正是梦二的自然之态。我看到这位性格一贯如此的年轻老人，看着这位幸福与不幸的画家，不管梦二的画欢乐或悲哀的真正价值如何，我都被艺术的寂寥之感所打动。梦二的画对社会的影响力是巨大的，同时对画家自己的损害力也是非凡的。

伊香保会见数年前，我曾经被芥川龙之介的弟子渡边库辅拉去访问梦二的家。梦二不在，一位女子端坐镜前，那姿态完全和梦二绘画中一样，使我怀疑自己的眼睛。不一会儿，她站起身来，一手扶住玄关的障子门，为我们送行。她的言语动作，一举手一投足，仿佛都是从梦二的绘画中脱出来的。正因为如此，使我一时说不出话来，连什么“不可思议”之类的词语也失去了。画家换了恋人，画中女子的面容也变了，这是惯例。小说家也一样。即使不是艺术家，夫妇不但面容相似，连思想也趋于一致。这种现象一点也不奇怪。由于梦二绘画中的女子各具显著特色，更加鲜明地体现了这一点。那些在画面里都不是凭空得来，而是梦二在自己的绘画中对于女体准确的描摹。我感到这是艺术的胜利，抑或也是一种失败。在伊香保我想起这件事，从梦二衰老的姿影里，我看到艺术家个性的孤高与凄清。

后来还有一次，我被奇异的女性人工美所打动，那是在文化学院的同窗会上，见到宫川曼鱼氏的令爱的时候。我在那次带有学校氛围的现代千金小姐们的同窗会见到她，十分惊讶，以为她是一个装饰着江户时代风格的偶人。那副打扮既不是东京的雏妓，也不是京都的舞子；既不是江户下町少女画，也不是浮世绘；既不是歌舞伎中的花旦，也不是净琉璃的人物道具。然而，每一种又多少兼而有之。这是曼鱼江户趣味活生生的创作体现，今世无双。他是如何殚精竭虑创造出这样的女儿的呢？真是美艳极了！

——以上本来作为本文的简短序言，但不由得拉长了。起初以“谈谈稿纸”为题目的。和梦二会面时，同时在伊香保第一次见到了龙胆寺雄，因而想介绍一下龙胆寺的原稿和稿面上的书写文字，涉及几个作家这方面的情况，试图就小说作法有所获益。谁知序言一写就拉长了十倍。假若当初以“临终的眼”为题，很可能早就另外准备材料和做好构思了。

总之，我还是想写一篇“小说作法”的文章，偶尔打开案旁十月号《剧作》，浏览一下申特·J. 阿宾写的关于《戏曲作法》的文章。

“数年前，英国出版了一本题为《文学成功之路》。几个月后，这本书的作者未获成功就自杀了。”(菅原卓译)

昭和八年（一九三三）十二月

和作家一起旅行

一

席上有人说，已故三宅安子[1]女史“未成为恋人的恋人”都来集合了。说罢笑了。那是东乡青儿夫妇打算写一篇三宅的回忆，招呼我们到他们家里那天晚上的事。来的有阿部金刚夫妇，女客只有吉屋信子女史一人；男的有林房雄君、舟桥圣一君，加上我三人。这三人就是所谓“未成恋人的恋

1. 三宅安子（1890–1932），日本作家、评论家。京都师范学校原校长加藤正矩之女。曾师事夏目漱石与小宫丰隆。

人”。不用说，这只是玩笑话。再说，女人把男性朋友悉数说成是自己“未成为恋人的恋人”，只不过是无意义的撒娇罢了。而且，那天夜里，林君一个人喝醉了，胡闹了一场，本来为纪念故人的一次集会，转变为见面聊天的场合。我想，何时何地举办一次“未成为恋人的真正恋人”的雅集，共同追悼一位女子，那才够罗曼蒂克呢。至于“已成为恋人的恋人”，追悼会等是不会到场的。

虽然这么说，但三宅女史和我的交际是极为散文式的。从故人的作品里看，就像她的生涯的一面，没有罗曼蒂克的色彩。感觉女史一半干爽洁净的生命充满罗曼蒂克，那只是误解；而认为她属于自由而大胆的现实主义，才是正确的看法。那桩有名的年月恒久的恋爱，与其说是诗意的，毋宁说是具有散文化的、肉体的特征。然而，女史稍稍游离常识道德的生活，之所以获得世间的谅解，在我看来，固然是来自女史对此欲加论证的“新道德说”，同时还能感受到女史的某种少女情结。

我和三宅女史到箱根、伊香保旅行过两三次。去伊香保，是和结婚前的金刚、艳子一起。雾气深沉，我因此误以为那座高原变成了海洋，觉得很新鲜。如今的山内光夫人，身穿灰黑骑马服似的衣服，非常合体，看起来像一位修长的少年郎。硫黄熏染的山川之畔，在绿叶树荫中荡秋千，雪白的内衣裙裾在空中飘流，那情景至今依旧浮现在眼底。这些现代人，在古式的我看来甚为少见，犹如读到一本新式小说的标题。三宅女史的自然、清新，令我十分感动。

其后的一次，虽说是旅行，地方倒不算远，我和三宅女史等人乘坐的汽车，几乎掉入挖掘中的壕沟里，随后又吊挂在河岸上，大家差点儿都送了命。平安无事的只有坐在副驾驶座上的我一人。三宅女史和宇野女士头上起了大疙瘩。尽管宇野女史身板儿硬朗，嘻嘻哈哈不当回事，但三宅女史在车里几乎失去了知觉。我大吃一惊，赶快叩响附近医生家的大门，护士只借给了铁桶和毛巾。实际上，等于没有就医，只是成了三宅女史女学生风的一场骚动。结果，为了看护三宅女史，住进了私人旅馆兼廉价宿舍。这时，故人更像女学生一样，嘤嘤地啼哭起来。她并非因伤口疼痛流泪，而是来自一种莫名的少女之心。这一切，都是故人高尚的美德。从一位比自己年长好多岁的优秀女子身上，我看出了她的少女情怀，虽说有点儿狂妄自大，但我坚信，对于女人或对于男人，这都是一种真实的尊敬的标志。不太喜欢交际的我，倘若能忝列故人交游之末位，那也只是同这位三宅女史见过几次面而已。

我参加三宅女史等人的集体旅行，都是受宇野千代女史的邀约。我们是住在大森的近邻。我也是旁观宇野女史那段索漠生活的一个人。广津和郎、室生犀星、尾崎士郎等住在大森的作家们，都写过不少她在那些年月的生活。给我的印象是，他们的文章都像纪实小说一样，好事也罢歹事也罢，全是一派谎言。例如，尾崎君以当时情景为题材的近作《坏小子》里，也有我的亡友登场。尾崎君笔下的他，同他的亲友和我所见到的不一样，因此，我认为那部作品中的亡友，只能是尾崎君着意夸张、虚构而成的创作。只要想想当时宇野女史作品中激情洋溢的文字，你就会理解作家脱离俗界的真诚之心。因而，那场活报剧，早已像谜一般显得更加邈远了。

在我来说，宇野女史只是朋友的妻子，旅行中总是对我百般呵护。同行的三宅女史也一样，只不过在这些方面，稍稍有些朦胧、隐蔽。宇野女史不只是对我，而是性格使然。世上有这样的女子，较之那些贤妻良母，这是少数种类的女子。而我总有些相反，觉得很可悲。或许只参加过三四次集体旅行的缘故，并不怎么看重女伴同行，只是觉得一路轻松愉快些罢了。过了四五年之后的今天，也许因为年纪大了，切实感到和女人一道旅行的好处了。只有夫妻二人的旅行，无聊得可怕，和亲戚家的三四个姑娘一起行动，对于想歇歇脑筋的我或许更有益处。和悦、真诚，大体能忍耐我的任性和固执，自己哪怕一时旁若无人，她们也不在乎，这种旅行仅限于同三四个年轻女子结伴而行。

以前，曾经和宇野千代女史等人在伊豆汤岛温泉住过同一家旅馆。就是最近被抓捕的大冢金之助入住的汤本馆。老板信仰大主教，大冢氏经常停宿的分馆，也是为此而建造的，房间出口是王仁三郎的鳗鱼画以及其他很多书画。大本教的祭坛就在隔壁，同马克思主义者大冢氏真是奇妙的配合。作为给世界各国发信的人，邮局局长也感到震惊。同时又是登山家的大冢氏，飘然上山，到高山池畔写生，往来一天的行程。除此之外，便是关在房间里，既不需侍女照顾，也很少同馆内客人交往，碰到浴池内有女人，就眨巴着高度近视的双眼，猝然逃离出来。

我来汤岛温泉说来已久。当时我的亲密朋友中，始终没来这里的只有横光利一君和片冈铁兵君两个人。横光君慵懒，《文艺时代》时期的片冈君，曾说过对没有文化的地方不感兴趣。我和林房雄君、梶井基次郎君也是在这座温泉结识的。那时林君还是大学生。前些时候我对这位林君说过，《文艺战线》上面刊登的“林房雄评论家”，显得威风凛凛，我竟然不知是一位大学生的笔名。

林君下决心以文笔而立，正好中河与一君也来了，林君看到中河君与我，他似乎感觉文士都是相当认真的人。我们沿着谷川河岸散步，倾听恰恰鸣啭的莺声，他习惯性地笑着说，自己还是个刚刚学舌的小黄莺。他把房间搞得很乱，惹得侍女发牢骚，每次洗浴，嘴里总是念念有词，过去和现在一点儿没变。但是，又自称恰恰已是天下名鸟了。不过，正因为如此，我不论干什么，他都能给予理解，毕竟我们已是老朋友了。

二

前面说片冈铁兵君没来过汤岛温泉，现在想想，他曾和我谈起过汤岛。他说，读了尾崎士郎和我等人的作品，凭想象，汤岛的溪流也就是狩野川那条纤细而沉静的溪谷水流，浮泛着月光，沉睡于秋天的响声之中。但实际一看，大不一样，那不是一条水流湍急的河川吗？要是他自己，就写那条河流喧嚣的气势。片冈君说的就是这种意思。我听了只觉得被他将了一军。这是片冈君的敏锐之处。尽管二三十岁就在一起做事，但像这位走向左翼前的片冈君有着优秀作品的批评家，当时也只有两人。这种认识至今留在我的心中。——片冈君去汤岛，是在我远离那座温泉以后的事。

室生氏在批评宇野浩二氏《枯野之梦》的文章中，说了一段很有意思的话：

“这里请稍稍原谅我的失礼，我们所写的风景都是虚假之物，而真正之物如画面一般跑掉了。在这一点上，小说和风景只好将接近真实的东西作为真实之物了。宇野君将虚假的风景化作各种真实的场景，进行了巧妙的安排。然而，越是进入细致的写景，笔下的风物就越显得虚假。同时，从文字上也能感知那种胡乱糊弄人的巧妙的手法。”

这是室生犀星对《枯野之梦》开头的写景所做的批评，同时也是室生犀星作为一个作家的自己心情的告白。不限于风景，比如，不论是《钢琴之村》中的钢琴，还是近作《百货店的熊》以及《洋铁皮的城镇》里的女人们，对于这一切都加以深情的关爱。而且，在描写的时候，这种爱越是强烈，越是鲜活，文章就越远离真实而成为虚假之物。这种疑虑在室生氏心中涌现，这可以从室生氏的作品中明显看出来。这当然也是众多美学家所关注的一个根本问题，没有什么稀奇。作为例子，出现于独具只眼的作家作品之中。室生氏的平凡的话语，一直活在我们的胸中。因此，我说没有比纪实小说更加虚假的东西了。我的这一逆说也出于同样的心情。

描写汤岛温泉最多的有尾崎士郎君和梶井君，还有我。宇野千代也写了几篇。梶井君描写河蛙“交尾”的名作广为人知。尾崎士郎君也写过河蛙和鹡鸰。细加调查，这些作家在同一的风景点上，无疑是在描写同一自然现象，但多少有些不同。可以说都是“假货”。尾崎君的写景成为“假货”，其过程和梶井君成为“假货”的过程，即创作中作家的心理活动加以比较，我们可以从中感到微妙的兴趣。所谓作家的特质，不论如何细微之处都能从中感知到。我住在汤岛期间，从梶井君那里学到众多对于自然的看法。他的那些片言只语，击中了我的要害，是了解梶井君作为人以及作家的关键。优秀的人物，不时抛出一些超凡而愚钝的狂言，令人感到意外，因而我们都不由得笑了。而且，我们对这种梦中呓语的真实性感到惊奇，不久就对此人产生爱和缅怀之情，心中颇感温馨。正因为如此，虽说女人都应该迷恋男人，但她们很难走到这一步。由此可以窥见女人低俗的一面。

总之，正像片冈君对我说的，描写汤岛温泉风景的作家没有一个。片冈君的印象没有错。眼下，那一带还流行“天城私雨”和“妖魔狩野川”两个当地的词语。由于伊豆半岛西侧海洋的低气压碰到天城山，山峰和山麓一律都变成“自我性的”阴霾和多雨。当地人十分巧妙地将此称为“我的雨”。与此相较，“妖魔狩野川”的说法就显得俚俗些。但这里头却包含着人们对于“妖魔”一般荒悍的狩野川的恐惧。这条河下游自古时常泛滥成灾，流域变化不定，即使在今天，汤岛一带上游，稍微下点雨，就会激流滚滚，毁坏桥梁，冲走岩石。那种巨大的岩石流动的响声，震荡着温泉旅馆夜半静寂的枕畔，令人惶悚不已。这条河多半具有片冈君所说的动态的一面。片冈君能一下子抓住这一点，来自他敏锐的感觉和他的性格。

比起我们作家“假货”的叙景，若山牧水无数的和歌作品只是单纯，反而更能传达那些印象。汤岛时的牧水的风貌，前面已有叙述，他住在附近的沼津，这里常来常往。对于这座温泉场，没有一个文人比这位歌人更具有素朴的情爱。

经常听到关于为我建纪念碑之类的流言，不用说梶井君更有资格，但还是应该从牧水歌碑开始。我之所以离开汤岛，是因为要出席横光利一君的婚礼。我借了汤本馆老板的家徽羽织褂和宽腿裤，前往东京。

三

昨天我听旅馆掌柜的说，直木三十五氏也一度开车自法师温泉来过这里。这里是奥利根的汤桧曾温泉，位于上越线清水隧道、环形隧道山麓。时令已是五月半，山樱花纷纷散落，但路旁仍可见残雪斑斑。棉袄盖着肚子睡觉，肩头犹感寒凉。众多房客夜半梦醒，或许因天冷尿意逼人的缘故。越后境内山岭银白，向山里走上七八公里，就能到达这座温泉场。

听说最近有两位青年在一号仓岳遭遇雪崩。搜索队四月二十九日进山，五月三日用望远镜从雪中只找到了鞋子。据说午前九时至午后三时容易发生雪崩，这段时间务必不要接近险境。受伤的样子惨不忍睹，绷带一直裹到足尖，连前来迎接的母亲都未给瞧上一眼。一号仓岳同谷川岳相连，其岩场似乎对登山家具有很大的诱惑力。谷川温泉有东京帝大的学生宿舍——谷川寮。这带地方也都是滑雪场。去年秋天，《读卖新闻》三名记者打算沿着越后境内的连山前往法师温泉，途中遇难了。据说是不断下冰雹，他们迷了路。

直木氏驾车兜风无疑是走国道，从法师温泉出发经沼田町，沿利根川一路而上。尽管如此，直木氏陪同池谷信三郎和我去法师温泉时，曾经邀请我们跨越三国岭前往越后。他依旧那副打扮，照例是那件“羽二重”的“一重”棉背心，背后的下摆掖在腰间，一双草鞋，一个饭盒，单凭这些怎么能翻山越岭呢？

越过山岭上州路，法师温泉灯火亲。

这是直木氏所作和歌《法师小调》中的一首。直木氏为何喜欢上深山坳里堪称一栋房子的法师温泉中的长寿馆呢？这件事虽说很难理解，但上述这首寻常小调却唱出了直木氏隐藏于心底的寂寞与悲凉。我来上州温泉，固然因为频频怀念直木氏，然而在水上，更加切实引起哀思的亡友是古贺春江氏。古贺氏去年春天，还是冬枯时节里，在这带画了许多水彩写生，这些绘画，我全都看过了。

起初，古贺氏只是参加日本水彩画会员水上方面的写生旅行，结果非常感兴趣，现在想想，由于一副天生痴迷的性格，一旦同伙伴们返京之后，又立即折回原处。转变为超现实画风后，由于不曾实实在在画过山川景物，他的水上之行，实在是一次稀有的写生之旅。同时又是最后的写生旅行。这次旅行前后，没离开过病床，不久又为二科会绘制展品，接着又住院，也未能参加二科会的审查，最后死于举办展览会的九月。

现在回想起来，硬撑着病衰的身心，进行二科会的出展制作，毋宁说是极不自然的。我看了三幅百号大作，已经有了餍足感。(这些我在《临终的眼》里也提及过。) 在汤原出于一时感兴，画了那么多水彩小品，也令人不可思议。这些写生画的一部分，在去年秋天银座纪伊国屋水彩遗作展览会上展出过，都是晚年制作的风景写生中的珍品。汤桧曾川上方面，至今以残雪中的白毛门（shiragamon）为首，我一边将这一带河岸以及这一片森林的实际景色，同故友的画面相比较，一边在绿叶茂密的滑雪场周围转悠。身着作业裤的小学女孩儿足蹬长筒靴，采集大朵儿的蒲公英。石楠花因为怕冷，虽然在伊豆天成艳丽硕大，但在这里都是萎萎缩缩的小花朵儿。但蒲公英花朵儿很大。已故梶井君之与汤岛温泉，已故直木氏之与法师温泉，比起这些深厚的因缘来，我同这里虽然关系微薄、缥缈，但水上却是一方促我怀想古贺氏的土地。

乘汽车自汤桧曾前往大室温泉，司机对直木氏记得很清楚。他说来水上前，在沼田曾经陪伴过直木氏。深雪的日子，司机想在这里停车，说附近温泉很多，住上一夜，第二天前往法师不是更好吗？可直木氏想法很怪，半夜三更，非要沿着积雪没膝的山道径直赶往法师不可。自后闲车站至法师温泉，乘汽车需一小时二十分钟，距离约十八公里。沿赤谷川溯流而上，就是三国岭山麓。这是个连电灯都没有的一家旅馆。

直木氏将他的朋友全部招请到这座山间温泉来，正如真馆花子小姐在追悼文章里所记述的，因为病得厉害，看样子带来一位最后的情人。这里似乎成了直木氏的第二故乡。池谷君和我到那里时，直木氏特意赶到高崎站同我俩会合。在法师，直木氏仿佛在夸耀自己故乡的美丽。其后，池谷君和我回到草津温泉。仅仅半年的时间内，我相继失去了古贺、池谷和直木三位朋友。写旅行回忆录，一提笔自然就沉重起来。我为了写这一节，从汤桧曾温泉经大室温泉再到东京家里，费去十天工夫。前往法师的后闲站，位于水上的途中，本打算回来时路过那里，但在那个十分寂寥的地方缅怀故友，将使我不堪忍受，还是延迟到有人做伴的时候吧。

前天，受山本实彦之邀，同横光利一君等观看大相扑第九天比赛，横光君席上谈起他也来过水上，住过大穴的鸣瀑馆。昨天在《文学界》同人会上听闻，深田久弥和小林秀雄两君，也住过谷川温泉的金盛馆。大概不是登山就是滑雪。写到这里，猫头鹰从书架上飞到我的肩膀上来，开始用嘴叼着我的头发和耳朵。我一耸肩，鸟就会飞走，所以只好暂时搁笔。直木氏生前说过，比起人来，他更爱猫头鹰这种鸟。

昭和八年（一九三三）五月—昭和九年（一九三四）六月

学校和我

“这件事一般场合都会被忽略。我希望我的《艺术和学校的关系》的文章能够获得世人的关注。目睹现代的学校设施，这些虽然都是按照非常卫生的要求建筑的，但其中有好多方面缺乏趣味和温情，令人难以置信。现代的校舍外观实在像兵营，即使被评为村中最丑的建筑也不为过。云云。”约翰内斯·佛尔盖特如是说。这阵子，艺术教育大肆盛行起来，进行了各方面的研究。在兵营一般、传染病院似的大煞风景的教室内，对儿童施行情操教育，颇感几分滑稽。使得整个校舍变成身心舒畅的地方也许非常困难，但总希望音乐教室、歌咏教室和图书馆能够变得漂亮些。

所幸我的小学和初中都在乡村，后来进入东京高中学校和大学读书，教室窗外经常有美丽的风景，但是对教室本身却没有多少好的记忆。因此，我在上课时眺望窗外，老师似乎也没有责骂的权利。例如，“一高”校园的樱花、钟楼，还有帝大院内银杏树的林荫路等，直到毕业后都永远不会从胸中消失。这些或许在学生眼里，比起教师和课本具有更高的价值。

不仅是自然风景，教师的鼻眼长相、西服、领带、鞋袜等外形特色，我们也都久久记得。教师的容貌和风采，同教室和校园的风景一样，对于学生们的情感教育作用很大。纵然教员们不一定都是鲜衣洁履的美男倩女。

不知不觉，我和相同年龄的学友，共同度过了小学教师、初中教师、高中教师以及大学教师的年龄，世界上所有的教师，不论从他们的品德还是智力上说，未必人人都十分优秀，这一特色逐渐明晰起来。与此同时，过去教过我们的老师们中间，有的地位非常杰出，他们的价值也逐渐为人们所理解。我想，世界上或怀才不遇，或出于谦虚之心，停滞于实力以下地位的教师也许很多。师从这些人学习知识的学生，随着时间的过去而成长起来，也必然感受到这些教师的价值，并针对这些教师的人格、学识，献上一份相应的感谢之情。

我走上极正规的道路，连续度过了二十年的学生生活。因为只满足于考试及格，其余皆慵懒、懈怠，所以几乎没有特别亲近那些平易近人的老师，一心想要学习的时机很少。

尽管如此，打心眼儿里想喊叫一声“恩师”的先生还是有一两个的。初中时代的英语老师仓崎仁一郎先生，以及考学时期的数学老师藤森良藏先生，就是这两位先生。我的初中母校此时是以游泳闻名的茨木中学，那座游泳池是作为我们的体育课和暑假“作业”挖掘的。我以为，我们所学的是加藤校长时代全国无与类比的东西。我们身穿和服，打着绑腿，套着木屐上学。一进学校，不论教室还是操场，一律光脚，因而被取笑为鸡窝学校。我们毕业后不久，大阪府各校学生，排列在大阪车站迎接，就像接待贵宾一般。当时，有人嘲笑女生们的和服加绑腿这样的行旅打扮，以此为导火索，掀起了一场服装骚动。

仓崎先生去世是在我们五年级毕业期间。从一年级开始，他一直担当我们的班主任。正因他有着一副生死与共的人格，并且时时跃动于心间，故而，我们的悲哀也就越发深沉。一切有关葬仪之事，皆由五年级同学一手操办。五年级学生抬着灵柩前往佛寺，灵前的供花和灯笼也由学生拿着。我因为体弱，只叫我打灯笼，不让我抬棺材，我有些不服气。由自己的学生守护灵柩的送葬队列，我从未看到过这样美丽的葬礼。在禅寺里依然由五年级的人围绕灵柩守灵一夜。翌日早晨，将遗体送往火葬场。我们回来时各人分得装饰在棺材上的一朵鲜花。我把那次葬仪的过程写成文章，当时交由石丸悟平氏在大阪发表了，那家杂志名叫《团圆》。

初中毕业后到参加高中升学考试，直至七月底的三个多月时间内，我在藤森良藏先生“星期六和星期日讲习会”上，听过他三次授课。如此热诚从教的老师，之前之后我再也不曾遇到过。每当想起，总要涌起一股感谢之念。

我在集体宿舍度过了初中高年级和高中时代。高中的寄宿生活，在品格的修养方面起到很大作用。我有很多朋友，而高中时期一道住校的同学更加亲密。大家对于那些虽然从事文学事业但没有经历过高中集体宿舍生活的人士，经常感到人情上的不满。不限于高中时代的寄宿生活，人在年轻的时候，如果不和相同年龄的人们度过一段类似群居的生活，那就等于其人的人格培育不够健全。

然而，我却对初中的集体宿舍没有好感。依我看，一般设有集体宿舍的学校当局，以及送子女寄宿的家长，从根本上就错了。且不说他们正处于性的觉醒时期，或者说性欲问题是次要的，但有一点可以肯定，这是他们在一切方面迅速成长为大人的年龄段。再加上，没有高年级学生监督，低年级学生就不能独立行动。各种问题写起来很麻烦，但稍微周到地考虑一下，就不会把少年送往初中学校的集体宿舍。当然，比起工厂、商店的宿舍，学校的集体宿舍好处多多，但每当我看到住校的少年，不知怎的，就为那些孩子的灵魂而伤感。

我以为，除非极其不幸的家庭之外，都不该把孩子送给集体宿舍。我自己进入初中集体宿舍，获得了精神的救助。这是因为我的家庭很不幸。更确切地说，我没有一个像样的家庭。因此，我从出身于幸福家庭的低年级同学那里，精神上获得的教益良多，懂得了很多东西。可以说在我心里开辟了新的世界。正因为如此，生长在温暖家庭的少年美好的灵魂，一旦送进初中集体宿舍，又会产生迷惘和损害。……

发表年月不详

小鸟的趣味

小鸟在小小的笼子里，活得意外地长。白颊鸟和驹鸟，来到这个家五六年了，依然快活而健康，像狗一样不生病。但是，直到昨日还都无灾无病的鸟儿，突然今朝一命呜呼，这种无常的死法也是有的。

毛色和鸣声，较之优秀的鸟儿，素朴的鸟儿更适合长久喂养。从这种意义上说，日本鸟比西洋鸟更有趣。一般的小鸟都和主人很亲密，似乎很温驯的样子。

我从朋友家借养在我家的猫头鹰，如今一看到门口有人来访就鸣叫，看到人吃饭，就飞出笼子也想吃点什么。这鸟最喜欢喝杯子里的茶水。主人外出归来，它欢跃相迎。

昭和十年（一九三五）八月

山中湖畔听鸟记

日本古代的行乐和风流，到了现在，无疑转到观赏动植物生态方面来了。

我和“野鸟会”同人在富士高原和湖畔漫步的时候，不由想起各个时代的日本人亲近自然的情景。最近，这种旅行的时兴，不光是为摆脱都市和出自对自然科学的爱好，其中似乎还有更为强烈而深刻的人的精神的追求。对于我来说，只是想同鸟类学家中西悟堂先生见上一面，然而一行三十人，大家的心思全都奔野鸟来了。从前，我从未参加过团体旅游，这种旅行弥散着一种特殊的亲切的情味，既可将旁人忘掉，又能把自我抛却，仿佛到理想幸福之国过上一天。我想，既然把野鸟作为此种旅行的内容，一定是做好了充分的心理准备。清栖先生和其他诸位指导者，不用说他们是把野鸟作为学术研究对象的，而我们这些对此一无所知的外行，怀着所谓参观的心情，这种心情即便能产生诗感，也不会涉及野鸟的吧。鸣啭，飞舞，生蛋，育雏，各种鸟的形态和毛色，它们时远时近，时隐时现……这些微妙的变化似音乐，不会像其他参观那般令人精神紧张，心情沉闷。就听觉和视觉来说，没有比鸟叫更能唤起人们对于大自然的怡悦和亲近之情了。也许因为这个缘故，人们从野鸟身上最能显现对于一切生物生命的怜爱。这就是人们喜欢野鸟的真趣。

我家在镰仓，从大船站一乘上车，就收到两份资料，一是今天与会者的名单，一是《山中湖畔藏云山庄院内及附近鸟的名称和音声分类》，令人倍感亲切。从国府津站换车到御殿场，再换乘巴士。在须走的米山馆前，中西先生下车，和一个人站着说话，我想那个人就是高田昂先生吧。高田先生说因有要事，不能一道同行。米山馆看来是专门供听鸟的游客住宿的旅馆。今晚本来可以欣赏到引鸟名人“兵君”模仿鸟鸣，不想他半月前已经去世。有人回忆起他生前的情景。

“树木和花朵都很小，所以又名少女樱。”导游小姐介绍说。富士樱已经散落，道旁的兔子花一片锦绣。看不见富士山。回首一瞧，是青碧的茫茫林海，尽头形成一道美丽的倾斜的直线。据说可以望到骏河湾的水波。从笼坂山口边界下行到山中湖，于藏云山庄前弃车前进，落叶松的疏林里一片小鸟的叫声。山庄夫人，还有早到的来自甲州的中村幸雄先

生前来迎接。中村先生手里拿着笔记本，兴奋地告诉我们，说他在山庄已经听到十种鸟的鸣叫了。(以下关于鸟叫，清栖先生和中西先生两位大家都写了文章，我只记下一点片段的印象。)

进入宴席，有人迅速拿来了热毛巾和酒杯。听说明日还有二十多公里的艰难路程，全靠徒步跋涉。大家不由一惊。不会喝酒的我，以为面前摆的是甜酒，战战兢兢喝了下去。后来一打听，知道是女性爱饮的鸡尾酒。六月初天气，离日落还有些时辰，于是去听山庄附近的鸟鸣。起初，我一边留意远近的鸟鸣，一边不时停下脚步，听人指点，这是赤腹鸟，那是木鹨。这是野鸡，那是蒿雀……真叫人喜出望外。杜鹃、郭公、黑鸫、筒鸟等，印象最深。在高尔夫球场，尽情观赏大地鸡漂亮的飞翔，倾听那震耳的羽音。这种鸟的翔空颇似云雀，遥远地，迅猛地，占领着这片如草原般广袤的青空。观览席的包间里，穿着防寒服的少女为我们沏茶。大地鸡一落到球场上来，青栖先生等一队人马立即跑去寻找鸟巢，剩下的人也跟随而去。没有找到，只发现红蚁塔和吹泡虫的泡。但是不一会儿，青栖先生无意中发现了赤腹鸟的巢。在富士樱和荆棘之间，一个充满爱的静谧的巢穴，有四只鸟蛋。铃木大麻先生作了写生。其次又看到白颊鸟的窝，有三只鸟蛋。中村先生要为明天的参观做准备，他先到山庄后头的森林里寻找鸟巢去了。藏云山庄主人出来迎接。归途是公路，左侧可以看到农大学生的实习林带和高山植物园。路旁的山丘上悬铃百合和虎杖草很多。还看到一片盛开的山藤花。

回到山庄，换上浴衣。有人去洗澡，有人在阳台上谈鸟，度过一个温馨的夜晚。落叶松林之间能望见湖水。山庄的另一栋是酒厂，是由越后迁徙来的农家古老建筑，柱子和房梁粗大而黝黑，浸润着往昔的酒香。眼下，高原上传来了鸟的歌唱。壁龛里有百练先生的三首诗作，是专门招待今日来客的。为了迎接“野鸟会”，不光新换了被褥，还从星冈特地请来三位厨师做菜，山中湖的鲫鱼丝、鲜独活、鲷鱼烩款冬等，都是山间特产。主人夫妇开朗、随和，从言谈举止看好像是大阪人，一打听才知道距我们家乡不远，是三岛郡萱野村人。进门内的小房间是用赤松、白桦、白皮松建造的。炉子开着，那炉火带着令人怀恋的山气。人们围着炉子快活地喝酒，聊天。

山庄主人本来打算在这里建造一座冬季游乐场，才于湖畔盖起别墅来的。鉴于这里正好是野鸟的天国，所以现在他一心扑到鸟儿身上了。

“为了小鸟，我不惜拿出一切。我要建造一座小鸟的乐园。”他表白说。看来，不光山庄院内，他还想把整个富士山都变成小鸟的游乐场。他正准备添置巢箱和其他各种设备。

饭后，津田青枫先生创作了鸟的诗歌，铃木先生挥毫写下了几个字。大家也都签名留念。十时，听佛法僧鸟鸣叫的录音。就寝以后，耳边仍是早起的鸟儿的叫声，所以几乎没有人睡着觉。彻夜准备早饭。在夜莺和杜鹃的鸣叫之后，三点二十六分，紧接着传来了郭公鸟的第一声。三点四十分，天色还是一片黑暗，这时已是鸟鸣的高潮。大家都起身了。懒惰的我，冲着邻室喊了声："津田先生！"

"你要躺着听吗，川端先生？你一个人待着叫人不放心呀！"青枫先生应和道。微明，打开障子门，清凉的朝雾浸染着青色的落叶松林。躺在被窝里聆听鸟鸣，也是一种幸福。

星冈厨师们的手艺无暇细细品味。饭后，参观了山庄巢箱的调查情况，然后，沿森林向湖畔下行游览。途中遇雨，一头闯进新大地饭店，受到山庄主人和系川恭平先全家的欢迎。冒着小雨，沿湖畔到达吉田旅馆，乘骏河旅馆的摩托艇渡过湖水返回东京。到了须走这地方，同今日看了一天鸟儿的青栖先生分手后，我就由御殿场经箱根回家了。

(第二天的参观时间太长，从略。)

发表年月不详

狗与鸟

眼下，只有一只白颊鸟了。

我家有宅基神[1]，当地人说是五谷神。这条山谷家家都有五谷神，每年轮流祭祀。今年该轮到我们家了。初午[2]那天，竖起了江户时代家传的旗幡。这面旗一年只用一次，是一块好棉布做的。去年夏天，我到信州旅行期间，林房雄君把我家当作工作场所，并住在这里。听说一年出现了各种好事儿，想必是托宅基神的福吧。妻子每个月逢初一、十五供小豆饭。

---

1. 住宅、房舍的守护神。

2. 二月第一个午日，各地五谷神社祭祀日。

据说五谷神是狐，厌恶家中养犬。当然也不单是这个原因，反正现在没有狗了。因半年多不在家，很难养狗。西洋人有的牵狗去远方旅行。就像猎人带着猎犬，在山中散步的时候，也可以带着柯利或泰拉啊，旅途中时常这么想。但是狗住旅馆很难，麻烦，每天乘货物车之上也很可怜。不习惯的狗乘火车，有的受惊发狂。

搬来现在的家之后，曾经要了一只小柴犬，因患犬瘟热（distemper）住院而死亡。住在东京时，养了好多小狗，没有一只因患犬瘟热而造成麻烦。我并不认为犬瘟热这种病很可怕。在要来之前，这种病已经侵犯到肠胃里了，但日本犬的子孙们的特色是，直到病死都一直健康地玩耍。

想有一只柴犬。去年秋，沿木曾川下行，自多治见至土田途中，透过车窗，三番五次见农家有岐阜犬。闪闪烁烁，尚感美丽。一行人中谁也没有注意，似乎我最先发现。二三年前，住在甲府市外的汤村时，一走近旅馆玄关，就听说这儿有漂亮的甲斐犬。其后进入账房，硬是看了人家尚未见惯生人的狗，全都不满意。然而，于不曾想到之时，猛然瞥见纯血种的犬，胸中立时闪过一丝美感。当时，我在甲府市内见到了甲斐犬。走路时，也怀念起那只日本犬来，那是料亭的狗。

沿木曾川顺流而下，从轻井泽围绕木曾转了转，本打算看看寝觉之床的，谁知从上松车站一下火车，就听到山雀的鸣叫声。能在木曾买到良种的山雀，当是此次旅行的一件乐事。

想是从远方传进耳朵的。山鸟是这样，而家鸟的鸣声听起来也很悠远。一般的鸟鸣，隔着相当的距离，听起来别有风情。上松的山雀鸣声悠扬，循声而至，发现酒店的木柱上挂着一只鸟笼子。老板不卖，他说别处还有一家养山雀。虽请店中小伙计引路，但在那里没能见到。死了心便前往寝觉之床，不想小伙计一度回店之后，又骑自行车折回来，说可以出售，索价二十日元。归途路过该店，能否降价便宜些，对方说不行，结果没有买。然后步行翻越马笼岭，迂回到名古屋。两三天的游览拎着小鸟而行，也会少感不安。已是秋令，不再是百鸟鸣啭的初夏了。听酒店老板的口气，似乎说我不知这种鸟真正的价值。这鸟鸣声优美，但比起我家从前那只山雀，嗓音太大，缺乏山间沉静的余韵。

以前的山雀，是前年秋天轻井泽鞋店老板送的。那只从轻井泽家中的浴场飞进来的鸟，逮住一看，是鹪鹩。鹪鹩喂养得法，活得相当长久，但它是一种很难喂养的鸟。我们到喜欢小鸟的鞋店请教喂养方法，打算给鞋店老板看一看鸟儿。妻子稍稍打开竹篮盖子，它一瞬间飞走了。因不是母子鸟，没什么可惜的，但我总有些不愉快。在藤堂旅馆休息时，有人喊叫："追分失火啦！""莫非是油屋吧？"我蓦地来到路上，果然是油屋。堀辰雄君和立原道灶君都在油屋，我立即向那里跑去。堀君从前天晚上起住在我家，今天回去的途中遇上火事，一本书也未带出来，行李也全烧光了。这场火使我忘记了逃跑的小鸟。“放跑了鹪鹩，烧毁了油屋。”我说。鞋店老板说，是在他家逃掉的，很对不起，干脆将自家山雀送给我了。喂养三年，秘而不宣，从不轻易示人。

关于小鸟，我饲养过戴菊鸟和长尾山雀。戴菊动作凛然优美，体小，鸣声浏亮。我还是想喂养个儿小、鸣声优美的鹪鹩和小琉璃。我一写这样的文章，就希望有狗和鸟，立刻就想去购买。不论是镰仓的家，还是轻井泽的家，小鸟无日不来庭院，鸟鸣时时在耳畔震响。朝雾迷离的庭院，很适合鸟儿飞临。最初手把山雀，那是前年秋天，野鸟会组织的霞网实习旅行。自浅间温泉登山时，清栖君将网罗到的山雀送给了妻子。捧在手里很小，因为还要走好远的路，把它放生了。那次旅行在松本解散了。回来时，我在市政府前的露天鸟店买了深山白颊鸟、红腹灰雀和金翅雀。不用说，都不是好鸟。户隐归来，曾在善光寺附近鸟店买过山雀，但不怎会叫。

大琉璃、黄鹡鸰、交嘴雀、绣眼儿、百舌、猫头鹰、驹鸟等，都养过。其中，留下的最喜欢的鸟是红百舌。养崽时十分温驯，走出笼子同人嬉戏，撒娇似的鸣叫，又不像是百舌。它模仿各种鸟的叫声。早晨唤人醒来的响亮的鸣叫尤其好听。驹鸟稍显吵闹，写作时必须置于远处。一只驹鸟，从笼子里逃走三个月后，又回来了。它或许在镰仓山里迷了路，没有飞得很远吧？真是一件奇事。我最喜欢的是白颊鸟。第一只白颊鸟，养了六七年，比狗活得还长久。

至于狗，我养过很多柯利种和刚毛猎狐狸特利亚种。喜欢母狗。因为产崽时很令人高兴。我时常想起难产而死亡的柯利，它的身子比一般的狗长大，像娇小姐，动辄害臊，又爱撒娇。它不喜欢外出，极端害怕通行汽车的道路等。教它散步，也花费了很大力气。我曾将它置于院子里，为它全身捉螨虫。我为狗捉螨虫，可以两三天不眠不休，这种事儿一干起来，我的性子也变好了。虽然腰酸背痛，不能动弹，依旧干得很起劲。稍有闭眼，螨虫的幻影全都浮在眼前。后来带回家饲养。我彻夜写作时，狗也不离开一步，上厕所也跟着我。它怎么也生不出孩子来，找兽医看了，决定实行剖腹产。那天夜晚，手术做得马虎，我也未能看到。我按着狗头，使它嗅麻醉药。当晚，兽医的夫人为它喂水，狗站起来走了几步，情况恶化而死亡。让它饮水也很草率。那天晚上，狗大概想回归我家，跌落在门内的泥地上了。要是将它四肢和身子捆绑起来，让它睡觉就好了。

昭和十四年（一九三九）六月

镰仓物语

一

绿叶滴翠的一天，我乘坐马车巡游镰仓的历史遗迹。这驾游览马车是镰仓的名品，已经很破旧了。据说是宫内省[1]下拨来的。在明治时代，想是载过高官显宦，行驶过都大路的吧？马蹄的响声使我想起往昔。

镰仓是东日本的古都，自江户算起，是具有四百年古老历史的都城。源氏四十年，北条氏一百一十四年，都是在这

---

1. 现名宫内厅，明治二年（1869）设置的专管皇室事务的机构。

里统治天下的。然而，修学旅行来这里一看，城市出乎意料地狭小，只残存着佛寺和陵墓，不大能见到那些在历史文物中早已熟知的武将们的遗物，因而使得大家很失望。不过，这正是镰仓之所以为镰仓的缘故。你若想品味一下镰仓的历史，你就会明白其中反而有镰仓武士的精神存在着。

镰仓时代，还没有所谓城市。织田信长的安土时代是日本建城的起始。在镰仓，三面是山，朝南面海，险要的地势就是天然的城池。赖朝的宅邸没有城壁深壕，就是普通的家宅。作为天下大将军，其建筑显得过于简素了。镰仓武士以尚武、勤俭、质朴为生命。赖朝于镰仓开幕府的最大因由，就是为了使自己不至于像骄横的平家那样消亡。平家模仿大宫人，藤原家的公卿政治家们，对于贫窭的乡间百姓和困乏的国力佯装不知，一味耽于京都荣华，流于游惰之中。镰仓的武家政治为其革新。所以，对于那些榨尽民脂民膏的大型建设十分谨慎，他们自己也一直过着军人般的生活。镰仓没有金殿玉楼之迹，比起奈良、京都来，寺院也很狭小，就是这个原因。质朴、刚健是镰仓的特色。虽然没有同首都与之相称的雄丽的遗迹，但日本的武士道就是镰仓的遗产。必须用这样的眼光看待镰仓。

二

不过，繁盛时期的镰仓，较之今日的镰仓广大得多。现在的田圃中和山野间，也有几处名人的宅邸遗迹。人口是现在的五倍以上，大致可以推定为十五万至十八万之多。镰仓最繁荣的是北条氏时代。提起镰仓，自然想起赖朝、义经、实朝等源氏家族。因为源氏早已绝迹，泰时、时赖、时宗等北条氏承继下来，故而北条氏的遗迹也很多。北条氏虽然有过承久之乱，流放三上皇、高时谋反等，但也有过实行开明政治的政权统治时期。北条氏之后，镰仓还经历过足利和上杉的关东管领时期。

三

当今流传的镰仓幕府的盛时，首先是若宫小路。沿镰仓车站下行不远处，马上向左拐，就是鹤冈八幡宫，向右则是通往由比海滨的大道。所谓“若宫小路十八町”（实际上稍短）就是自海边笔直通向这里的参道。即使在镰仓时代，这条道路也是这座城市的中心，武家宅邸并列于两侧。和田义盛的联合作战、新田义贞讨伐战，当时或许都是从这条大道经过的。堪称源氏氏族神的八幡宫，是镰仓武士心灵的泉水。

阿静本是低贱女，为君所爱因何由？
但得妾身如丝桄，今昔翻卷无尽头。[1]

静御前爱慕义经而起舞，就是在这座若宫的回廊上。赖朝在境内会见西行法师，赠以银猫。公晓躲在树后弑杀实朝的那棵大银杏，是一棵比镰仓幕府还要古老的大树。新田义贞在这座拜殿检验了尸首。秀吉和家康也来参拜。如今的神社为德川家康所建。红漆的社殿绿叶掩映，秀美无比。参道两侧老松排列，令人想起往昔胜景。新栽了樱花和杜鹃花的林荫路，悬挂着雪洞灯笼[2]。近来，这里的四位巫女来我家玩，在若宫东边的白旗宫祭祀赖朝与实朝。实朝乃诗人将军，我们这些住在镰仓的文学家正在商量，准备搞一次“实朝祭”。

走出八幡宫东门，就是师范学校。那里的操场是过去

---

1. 原文为：“いにしへの　しずのおだまき　繰り返し　むかしを今になすよしもがな”。“しずのおだまき”，这是“枕词”，汉字为“贱之苧环”。“贱”是说身份低下，“苧环”是卷丝的桄子（ぐるぐる回ることから）。静御前将“しずやしず”这首名歌的开头“贱”改换为自己的名字“静”（两字发音皆为shuzu），足见她聪慧、灵巧的性格。这首歌的大意为：“我这个身份低贱的白拍子（静），犹如丝桄子、纺车，苦命一生，反复无尽。但得与君永远相守，乃妾之愿足矣。”

2. 古代社寺灯具，用纸或布围绕做罩，中间点火。火影摇曳，朦胧一团，别有韵味。

镰仓武士比赛流镝马、悬笠和犬追物[1]等武艺的地方。学校前边是田山重忠的宅邸，自校园一部至东侧，是赖朝的宅邸。从赖朝的墓向南俯瞰，即是这一带。如今变成住宅区，幕府遗迹荡然无存。赖朝的墓也像照片上一样，大仓山的树荫既小且暗，苔藓丛生，茑萝遍地。一代英雄沉眠地，质朴而惨淡。

草木飘摇秋霜消，山风拂苔空寂寥。

此乃《方丈记》作者鸭长明所吟咏。其东邻为大江广元墓。

源义朝、实朝，还有政子等，连墓所都寻不见了。

由赖朝墓出大道，迎面就是镰仓宫的大塔宫。后醍醐天皇的第三皇子护良亲王，建武中兴之后，因足利尊氏的谗言，被送往镰仓，打入土牢而遭弑杀。这座社殿后边的岩屋，传说就是土牢。明治二年，皇上敕命建立古式镰仓宫。其陵墓位于相隔二百米的东边小山上。

八幡宫后面的建长寺，同圆觉寺一样，都是镰仓具有代表性的古刹。是北条时赖为迎接中国僧人道隆而建筑的。

1. 一种骑射练习，圆形马场中央放一犬，一边追赶一边从马背上引弓射之。盛行于镰仓、室町时代，明治时渐衰。

那时，适合武家的新宗教禅宗正在兴起。圆觉寺于元寇翌年时宗所建，幽深简净的寺境，使人想起往昔。建长寺的柏树和槙树，据说有七百年树龄。古代寺院建筑，大都毁坏殆尽，老树寂寂，古都之趣矣。漫步于镰仓山谷古寺，你会心静神安。

踏访镰仓阿尔卑斯山峰一端的入口，就是建长寺。自天园开始，可以看见追滨的飞机场和横须贺海面。海军飞机每天飞来镰仓天空演习。飞越我家上空的人员和飞机，全都飞向中国。镰仓是个海军将校很多的城市。

当时在都城镰仓，日莲宗也为新宗教而战斗。辻说法[1]遗址等日莲遗迹很多。弟子建造的寺院中，种植海棠花的妙本寺和安国寺等最有名。海水浴场由比滨一带，有各种历史遗存。将军参拜伊豆、箱根二社时，曾在这里洗浴，是为海水浴之鼻祖。“虽为御佛，实为美男。”与谢野晶子女士讴歌的大佛，是北条时赖时代建造的阿弥陀佛。身高三丈七尺五寸，面长八尺，眼长四尺，耳长六尺五寸，口径三尺三寸，大拇指周长三尺余，重二万五千贯。金光闪闪的长谷大观音像，同样长度为三丈三寸。

---

1. 指对往来行人进行传教活动。

由比滨之西，是义贞攻入镰仓的稻村崎，接下去还有“沉舟[1]”的七里滨、义经“腰越状”的腰越、日莲发难的片濑和江之岛等古迹。

昭和十四年（一九三九）七月

1. 明治四十三年（1910），逗子开成中学校学生十二人所乘小船在海上沉没，全员遇难。后人作歌祭之。歌曰：“雪白的富士山，碧绿的江之岛。如今泪洒大海，纪念永不归的十二英魂。”

哀愁

近来，妻子在练习声乐（已成定例），眼下还在客厅里不停地唱歌。因为歌声是走动的，估计是她在大扫除吧。一出手就唱得这么好。妻子的嗓音真不错嘛，我感到惊讶。青春女性甜美的歌声令人身心欢愉。——带着如此美好的心境醒来，歌声依旧声声可闻。

当我明白过来那不是妻子的声音，是在不少日子之后。

我躺在被窝里呼叫家人，询问那歌声是来自家里的收音机还是附近的留声机。妻子在餐厅里回答：

“是海边的海水浴场在放唱片。每天都是如此，你怎么不知道呢？”

我只有苦笑，但依然保持愉快的心绪，听了老大一会儿。不久，转换成那首老调子的流行歌，遂即扫了兴，起来了。

正午已过。

我听见歌声时或许已经半睡半醒了，是不绝的歌声把我吵醒的。可我的头脑一直认为那歌声是在家里。因此，我似乎在梦中听到妻子练习声乐。

我一直在做关于妻子的梦。

我每天的习惯是，伏案工作到凌晨四时，然后躺在被窝里看一两个小时的书，打开挡雨窗，放入晨风睡觉。眼下正是盛暑时节，白日梦醒，实在难熬。

今天早晨听到歌声，心情舒畅，随之起身了。这是一种幸福的心境。在幸福的美好情绪中，想到自己不就是格外幸福的人吗？

我的梦作为音乐之梦是极其幼稚的梦。至于文学，是无法做出这样的梦的。我经常梦见读了点什么、写了点什么，但醒来之后很少为自己的梦而感到惊讶。吴清源曾对我说过，他在梦中梦见一个妙招，醒来下棋时用上了这一手。梦中写作的我，比起现实中写作的我，似乎更富有灵性。这使我梦醒后甚感惊奇。我一方面因心中依然有可供汲取的泉水而感到慰藉；一方面又因自己基本上不能把握生之源流而充满哀伤。梦中写作虽然荒诞无稽，但也不能断定丝毫看不到赤裸的灵魂飞翔。很显然，凝聚在生活中的悲惨和丑怪在梦里缠绕在一起。

倘若我对音乐稍有亲近，海水浴场的流行歌表演尽管在梦中出现，也不会因之而心情愉悦起来。我不懂音乐。我活到这么大年纪，应该考虑一下是否要在不懂音乐之美中度过一生了。我也曾想过，为了通晓音乐，付出再大的牺牲都可以。这话有点太过分了，不过，我痛感单凭趣味和爱好品尝的美是有限的，接触一种美是命运的邂逅，短暂的一生所懂得的美也是极微量的。我也时常思忖，一个艺术家一生创造的美能达到何种限度呢？

例如，画商拿来一幅画，我要是感到同它有缘，那是幸福。但是，我无法深刻理解那幅画的美，也是挺尴尬的事。而且，也要为这幅画考虑，能否遇到这样一位内行的人，他能将这幅画所具有的美，毫无保留地全部汲取？这样一想，就会陷入一种无凭无据的迷惘之中。

当然，高价的名画是不会送到我们这里来的；而且，我也不会巧遇为我所会心的画。但在自家所看到的绘画，只有浦上玉堂以及思琴等留在心中。两幅都是小品，但很不容易买到。

我也不懂美术，一如我不懂音乐。我并不认为我没有理解美术的素质和能力，我只想强调我未能看到更多好的东西和耻于教养不足。我很久以前就发觉自己这种始终不以为意的愚执了。

纵然我没有掌握姊妹艺术，其实我的职业领域文学情况也与之近似。我自己既熟悉又安心操持的就是写小说这一行。

即便小说，因不同于时代和民族，理解得也不充分。至于诗歌，就是对同一时代一国之内的知己密友的作品，也很难准确把握，所以我从未写过评论诗歌的文章。如此回顾起来，小说就看得很远很透吗？这也是个疑问。所谓普遍观察，任何人都做不到。论其小说，只能说我的眼光既不广也不深。

年近半百，如此的慨叹，伴随我的只是冷酷的恐怖。

当然，这不是现在才开始的慨叹。我很早就意识到自己的缺陷，同时也找到了遁词。就是说，自己因为熟悉艺术这一行，不很清楚的事也自然会弄个明白。倘若观察同艺术无关的自然、人生，不明白也就只好不明白了。于是，我稍稍懂得了对事物弄不明白那也是一种幸福。

这种遁词当然是幼稚的，不辨是非。这种说法倘若用在那些强调越明白就越不明白的人身上，或许还有某些意义，但对于徘徊于懵懂之前、手足无措的我来说，只能是遁词。我虽然于不懂艺术的事物中感觉不到幸福，却可以在不懂自然与人生的事物中感到幸福，这是事实。这种说法固然具有随意的飞跃，但却是事实。而且，我作为作家，有时于不安和不足之中，感受到生之安然与满足。很难说这是丧失意志的微弱的哀叹。

我一直认为，日本人没有力量感受真正的悲剧与不幸。战争期间，尤其是战败之后，这种看法越来越坚定了。没有感受的力量，也就等于没有感受的本体。

战败后时代的我，只好回归日本自古以来的悲哀之中。我对战后的世相、风俗，一概不予置信。我不相信现实中一切东西。

我或许远远脱离了现代小说的根底——写实主义，似乎本来就是如此。最近，我读罢织田作之助氏的《土曜夫人》，开始校对自己的作品《虹》，我惊叹于相似的地方很多。这不是来自同一悲哀的源流吗？《土曜夫人》含有一种追逼自我的力量，乱花荫里掩藏着作者悲戚的心灵。这种悲戚与我悼念作者之死的悲戚，合流在一起了。

战争期间，我坐在来往于东京的电车或灯火管制的寝床上，阅读《湖月抄本源氏物语》。我忽然想到，在灯光暗淡、晃动不止的电车上，阅读如此细小的文字，对眼睛十分不利。当时又时时夹杂着对于时势反抗的讽刺。在横须贺线战争色彩逐渐浓烈的时候，阅读这种王朝时代的恋爱故事，似乎有点儿滑稽可笑，但没有一个乘客感觉到我的时代错误。我甚至有一种玩笑的想法，途中万一遇到空袭而受伤，结实的日本纸还能用来包扎伤口呢。

于是，我阅读这则漫长的故事直至二十二三帖，将近一半时，日本投降了。《源氏》奇妙的阅读方式，给我留下深刻的印象。我在电车上，发觉自己时时恍惚陶醉于《源氏》之中，感到非常惊奇。当时，战争受害者和疏散者，犹如捆绑在一起的行李，一边躲避空袭，一边在焦臭的废墟上无规则地朝前移动。单是这样的电车和我如此不协调固然令人惊讶，而千年前的文学和我的协调更加使人不解。

我很早从初中时代就啃读《源氏》，给了我很大影响。其后，零零星星也读过，但从未像这一次那般投入，那般亲近。也许得力于以往那种使用假名字母的木版本吧，试着同小号铅字印刷的版本对照着阅读，确实感到味道不同。当然也有战争的因素起作用。

然而，更直接的原因是《源氏》和我同在心灵的激流里漂荡，在那种环境里忘掉了一切。我回溯日本，也警觉自身。我在那样的电车上摊开线装书这件事，未免有些骄矜和造作。我的那种表现招致了意想不到的结果。

那时候，我接到不少生活于异境的军人的慰问信，其中也有素昧平生之士。行文大体相同，他们偶然读了我的作品，为乡愁所恼，向我表达谢意和好感来了。据说我的作品使他们想起了日本。这些乡愁，我在《源氏物语》中也感觉到了。

有时，我甚至这样想过，是《源氏物语》灭了藤原氏，也灭了平氏、北条氏、足利氏和德川氏。至少可以说，上述诸氏的灭亡同这则故事并非无缘。

如今将话题岔开，这次战争期间和失败之后，心灵的流水中蕴蓄着《源氏物语》般的哀伤的日本人绝不在少数。

《土曜夫人》的悲戚，《源氏物语》的哀伤，此种悲戚和哀伤之中，日本风格的慰藉与救赎获得缓解，其悲戚与哀伤的真实面目，不可与西洋风格赤裸裸相对峙。我既未曾经历过西洋式的悲痛与苦恼，也不曾在日本见到过西洋式的虚无与颓废。

浦上玉堂与思琴的小品之所以能留在我心中，仍然是因为具有这种悲伤的调子。

玉堂的是一幅秋夕的杂木林中群鸦会聚的绘画。虽然同思琴一样，也将红色用于表现悲戚，但色彩淡薄，暗淡，杂木林的红叶和夕暮天空融合一体，暮色苍茫，整个画面笼罩着悲凉与寂寥。这是日本晚秋真正的寥落之象。杂木林和乌鸦之外，不着一物。眼前一棵大树，稍稍精心绘之。处处都是寻常树林的写生，几乎没有南画之癖，自然之趣渗入观者之内心。树林对面似乎有水的感觉。清澄的秋日，日本温湿的空气润泽着纸面，那是因为使人联想到夜露的清冷。这幅画画着一个旅人，夕暮黄昏，寂寂独行于秋日的原野、山端，满身旅愁。没有《冻云筛雪图》那般冷艳，当然也不见稚弱。如果说《冻云筛雪图》表达的是冬日的威严，那么这幅树林群鸦图表达的则是秋令的威严。尽管秋日绘画中的哀愁与寂寥多少带有感伤的调子，而日本的自然确乎如此，这是无法改变的事实。这或许是抱琴浪游的玉堂晚年之作吧。查了年谱一看，原来是他四十岁左右时的绘画。四十岁就能画出这样的秀作，令我感慨。看起来，依然带有青春画作的色调。或许我不懂得画的缘故。假若我保有这样的绘画，于秋夜深沉、工作烦累之余，拿出来欣赏，我将会悲伤寂寥到无法忍受的地步。然而，这并不意味着心灵受创、意志消沉，而只是从远方遥望我的命运的河流。(《冻云筛雪图》于此文写作之后进入我手中。实物不像照相那般威严。)

思琴画的是一幅少女的容颜，大小相当于两只手掌。那是悲惨、微贱，因哭泣而扭曲的病恹恹的面孔，看上去那悲哀颇为深沉，充满浓烈的爱。一张清纯而可爱的脸孔历历浮现在眼前。

玉堂的画，我看得不多，思琴的画，我只见到这一幅，而且极小，不知是何时所作。但凭这幅小品评论思琴，未免失之武断，但思琴这幅画确实是触发心灵之作，在我看来，这幅画很好地传达出思琴的感情，就像以前贫穷时代的画作，自然有别于玉堂秋林的悲冷。思琴笔下少女的悲悯也格外使我感到亲切。

思琴的绘画，去年十二月似乎在巴黎的画廊里陈列过，唤起各方的评论。“面对思琴的作品，谁也不会冷淡视之。青年画家们看了他的作品按捺不住激动，这是很自然的事。这幅画是这种令人无法忍耐的悲壮感的自白，正像它所表达的那样。云云。”(沙鲁尔·艾斯提恩努的通信，青柳瑞穗氏译，《欧罗巴》第二期。) 但我认为，那种所谓无法忍耐的悲戚，不是什么凄然、壮烈。很明显，思琴并非同号称艺术血统的凡·高、陀思妥耶夫斯基等令人肃然起敬的大艺术家一脉相承。我看到许多关于思琴的评论，说他焦躁、狂热、偏激、野蛮、残忍、恐怖、神秘、孤独、苦恼、忧郁、混乱、腐败、疾病缠身，等等，这些都是难以避免的夸大的形容词。面对这幅绘画，我感到一切都是虚空。

绘制这幅少女面颜的思琴，固然心情颓唐，但却融合于素朴的哀愁之中。虽说属于末世，但切实的爱怜中蕴含着一丝温情。寂寞的孤独谈不上异教的神秘，只能使人感到对肉体的眷恋。一只眼瞎了，一边耳朵聋了，鼻子歪了，口角斜了……思琴在那张面孔上，使用了血色，使得少女留恋地活着。如果像众多的评论所说的那样，思琴制作了很多异样的强烈的绘画，那么这张少女的脸，或许就是思琴灵魂素直的滴沥和可爱的展现。

但是，我并不想将这幅小品买下，不是因为乍一看画面龌龊，而是因为我所从事的这种显眼的工作，这幅画似乎加入了我悲情的河流。玉堂的秋景和思琴的少女的悲愁，是文学性的、抒情的，但作为绘画，并不是我最喜欢的。如果能买到西洋画，我依然想要裸女画。

玉堂和思琴的作品都在附近的画商绿荫亭展出过，我借到家里来看了。接连邂逅两幅在心间留下哀愁的绘画，或许并非偶然。

我始终没有提及音乐，我太疲倦了。姑且从我为野上彰、藤田圭雄两位人士的童谣集《云和郁金香》撰写的序文中摘引几句话，其余以后再谈。

“悲怆的摇篮曲渗入我的灵魂，永恒的儿童歌护卫我的身心。”

日本的军歌也带着悲哀的音调。古歌的旋律堆积着哀愁的形骸。新时代诗人的声音，立即消融于风土的湿气中了。

昭和二十二年（一九四七）十月

关于美

看了大相扑夏场的千秋乐[1]回来，进入工作室，随即看到书桌上摆放的希腊陶器和六朝陶俑。最近，从京都带来一件陶器，同陶俑排列在一起。这两件陶器，分别是一千五百年以前和两千年以前的偶人。两者都是从古墓中发掘的，而且皆属没有上彩釉的素烧偶人。希腊的陶俑是左手拿着环的女子，高约二十厘米；六朝那一件是个文官，男性，高约二十五厘米：双方都是小巧玲珑的立像。

夜里，面前放着这两件典雅的古代偶人，想起白天现实

1. 大相扑比赛终场，根据胜场次数决出优胜者，并举办发奖式和接受表彰。

中看到的相扑力士魁伟的体躯，忽然产生一种异样的感觉。我把陶俑从京都带来，脑子里因而浮现出“都踊”女子的姿影。京都的舞妓，东京的相扑力士，今天都在我们之间存在着。“国技”，甚至被说成“国色”。舞妓和力士，其体格也是两个极端，职业性的裸体及服饰也是两个极端。力士与舞妓，从常识性的生理和伦理上看，都是病态的、丑恶的；但我们多数人却对此感到了美，或者出于狂热，要求保留遗物似的发髻和垂带。要是没有这种传统的发髻和垂带，会显得既怪且丑。想想，真是很奇妙。这虽然说的是身体和姿态，但我们的心灵和思想也有不少类似的情况。

体重四十六贯[1]的横纲[2]东富士，和十点五贯的我这个作家，同时生活在日本，各自为自己的事业而奋进，想想还是蛮有意思的。体会和哀伤都是无限的。此时的我再写这篇文章时，为了驱赶困倦，用田能村竹田的手制茶碗饮玉露。茶托是中国古代锡制品。煎茶之家华月庵祖传的茶器。玉露茶和美国咖啡共饮。小茶壶上刻着竹田“竹窗满月点苦茶”的诗句。茶碗上也写了什么。文政八年，竹田四十九岁时制作。

---

1. 日本古代重量单位，一贯约合三千克到四千克。

2. 相扑力士的最高级别。其次是大关、关胁。

不过，我对茶器作者和日本风格玉露茶的制作方法，一向淡漠，只顾饮茶罢了。战败之后喝美国咖啡，想想有点大逆不道，什么也不想，只管喝就是了。我继续遥望桌上一千多年和两千年前的东西方偶人。

我由罗丹的青铜雕制的手，想到亡友横光利一君的手；由侍童[1]的能面想到了横光君的脸孔。两者似乎近似。我的这种心理活动说明什么呢？今天观看大相扑回来再看古代偶人，又想起力士和舞妓的身姿。其间，我又看了京都舞踊。相扑力士和舞妓的体格与风俗是否反人性，姑且不论，当时我只是服从传统习惯而看了。然而，我一旦发现现实存在的两个极端，就会产生异样的感觉。古希腊的青铜偶人和古代中国的陶俑，并列于日本我的书桌之上，想想就觉得有些异样。既是生之欢乐，又是生之恐怖。

但这件青铜雕刻很难认定是两千年前的希腊姑娘，这件是写实性的，六朝的陶俑是象征性的。从这两个小小偶人身上，可以感受到东西方漫长的交流。而今，我只把这两件偶人作为现代之物加以谛视。我以为作为当今的东西也很美丽。这样一来，我的书桌上，我们的美已经活了一两千年以上，

1. 原文为“喝食”（katushiki），一边讲解食谱一边伺候众僧饮食的庙童。

也许还要继续活上一两千年吧。相扑和舞妓被扭曲的美，使得我们如此执着和依依难舍，这才是我们的悲哀。

昭和二十五年（一九五〇）十二月

春

每年，春天一来临，我就做梦。

山地、原野各种草木发芽了，各色花儿绽放了。树木发芽也是很有次序的。还有，绿叶的颜色和形状也因树木而不同。不用说，嫩叶的颜色不限于青绿。你要是乘东海道火车做一次春之旅，就请仔细瞧瞧远州槙树的新芽，以及关原一带柿树的嫩叶吧。即使红叶树和枫树的新叶，也是风情万种。还有，原野上那些我叫不出名字的不起眼的小花也很多。

我曾一度亲眼仔细观察过草木遍山的春景，打算准确地写到文章里。我注视过山间树木的各种花儿。然而，在我尚未边走边看、认真进行写生的时候，春天的绿叶和鲜花慌忙发生了变化。心想，来年再说吧。每年必定做这样的梦。或许是日本作家的缘故，梦中的我，看到了花木葳蕤、绿叶遍布的山野美景。我以为梦见了故乡的山峦。但是，那样秀丽的故乡地上哪儿去找？我只是梦见理想中的故乡的春天罢了。

昭和三十年（一九五五）三月

罗马假日

昨夜十时前，我送松冈小姐去TWA[1]空港，临别赠言时，我说："回到日本就是地狱。"松冈小姐回答我："我对地狱已经习惯了。"总之，我在罗马为松冈小姐送行是不可思议的。松冈前往埃及、印度（或黎巴嫩）、香港等地访问笔会组织，而我这个月末就要回巴黎。在巴黎如果可能，还想再次会见莫里亚克氏，同国际笔会会长安德烈·祥瑟氏会谈，或许能再次确定一下在教科文会议上所做的关于日本文学翻译的讲话。国际笔会东京大会的重要事项，有关欧洲的部分，首先

1. 美国环球航空公司。

于昨日完结了。(当然，松冈小姐出力不少。)

今天早晨，七时半起床（来欧洲后，实行早起早睡），打开百叶窗。初夏的朝阳照射进房里，小鸟们清晨的鸣啭传入屋内。(如今的罗马，藤花和杜鹃花正在盛开。) 悠悠然泡完晨浴，下楼到餐厅用餐。

这儿的早饭通常是果汁或水果，外加面包和咖啡。看不到有人像我一样，早晨吃鸡蛋和火腿。邻桌上不知是哪国人，五十多岁的两个女子，一个看样子是患小儿麻痹症，使用细长的银制吸管吮吸咖啡，身边的女子将面包撕成小块，抹上黄油递给她，她好不容易才接住，用自己的手送进嘴里。我不忍心再看她，但身体不能自由行动时，也得学会如何到外国旅行。

餐厅的壁画是一幅有松树的风景画。我把侍者领到那儿，问他是什么树。“树！”他回答。是树不错，我再问他，这树叫什么名字。他说不知道，叫我去问司务长。于是，找来上了年纪的司务长，看来司务长不知道如何用英语说出树的名字。司务长告诉我，这树的叫Roman pine[1]，在罗马随处可见。真的不奇怪，的确各地方都有。到达罗马，一眼就看到这种

1. Roman Pine，意大利松，俗称罗马松。高大挺拔，顶端分叉呈伞状。

树。大概就是从松树之国日本来的吧。谈起日本松，叶子较少，树枝上有蘑菇形的东西展开着，显得有些异样。一直住到昨天下午的私人小旅馆前面，也有一排漂亮的松荫街道树。

出了餐厅，在上楼的电梯里，那位操作电梯的职员很可爱。我试着给他五十里拉小费，他用日语回答“感谢”。而且又用生硬的英语说“现在是五楼”。将要走出电梯时，他又作了揖，说了个日语词儿“请吧”。或许是日本大使馆介绍的缘故吧。我回到房间，请侍女洗衣服之后，来到日光强烈的露台上，利用自动对焦拍照片。这时，对面三四个房间的露台上，侍者们争着跟我打招呼、做手势，表示要为我拍照。我把相机递过去。从侍者窥视取景框的位置上看，在自动对焦的角度只能照出我的上半身。第一次使用佳能相机，第一次拍彩照，我的照片洗出来全都很怪。

松冈小姐的也为T.S.艾略特和莫里亚克照了相。罗马的日本大使馆客厅的橱窗里，也装饰着日本相机。

这家旅馆即使开电梯的人员，也知道我是日本人。例如，听说离开慕尼黑那天早晨，旅馆的女侍问松冈是西班牙人还是美国人。(柜台上当然是知道的。)没有人知道自己的国籍不是最快乐的事吗？学生时代以来这样的快乐没有了。如今的东京，连个喷嚏都打不出来。我不懂英语，参加笔会或关于翻译的谈话颇为困难；鸡尾酒会和打电话也一样头疼。不过，仅是这一点也没有什么不自由。路边的石阶尽管有个浅浅的凹坑，其实谁也不在乎。直至今日不都走过来了吗？哥本哈根、巴黎、伦敦、慕尼黑、罗马等都市，住在哪里都很好，都可以快乐地生活。

昨天在私人小旅馆的老板娘除了意大利语，还会说法语，但不会说英语。我在擦拭枕头柜铺的玻璃板时，滑落下来打碎了。我把她叫到房间里来，翻开日法词典，找出“擦拭”和“玻璃店”两个词儿给她看。她只是“喂喂”地应着。据说结算单上已经标明了玻璃的费用。(我没看结算单，松冈小姐看了。)

在罗马，我一人购物时，若用美元支付，就先让对方写出价钱，然后由我算出当时的优惠价，一般都会再便宜一些。但我把这一切都交给了习惯于外国旅行的松冈小姐，自己图个轻松。

还有，初次欧洲之旅，实际上会见的外国人很多，打从来到欧洲之后，虽说胖了，但或许因为疲惫，写这么短的文章竟然睡着了，真是没办法。在这之前，每晚只是写点儿日记之类的通信，写了一半就睡了。短短的罗马访问，白天里写这类东西，参观的时间太稀少了。

来到罗马，首先感到惊讶的是万神殿。做向导的是海尔曼·凯斯坦。他是德国作家，待在罗马四年了。在日本，小松太郎氏翻译出版过他的作品。因为慕尼黑的埃里希·凯斯特纳为我们购买机票，昨日下午一时他就到旅馆来接我们，招待我们草草吃了午饭，喝了茶。

一时半，出外吃午饭，发出这封航空信，睡午觉，然后继续写作。四月二十日、二十一日、二十二日，从礼拜六到礼拜一，都是复活节假日，我们为要办的事发愁。今天（二十五日，礼拜四），不知是罗马的什么假日。

昭和三十二年（一九五七）四月

新春随想

世界佳人

国际笔会正在进行期间，听到救护车的警笛，心中不由一惊。波兰的鲁吉奈库氏在开幕式那天受伤了，所以这次又担心起来，不会是外国客人又出事了吧。远来的客人没有时间消除乘飞机的疲劳和紧张心情，又不熟悉东京的情况。法航包机抵达羽田机场时，我前往迎接，当我看到走出机舱的客人个个疲倦的样子，心中忖度着，刚到八月底，很多人都穿上冬装了，觉得很奇怪。我还是一身麻布便装，羽织外褂也很不合礼貌。罗西弗考公爵夫人在《巴黎评论》十一月号发表的《日本十日》文章中说我的衣服为“高雅而富品味的黑衣”。比起这种演出效果来，我为出席会议准备的那双炎夏全日靴从此脱不掉了，一连数日穿着，染上了脚气，很难再穿下去了。所以，会议进行中一旦有空儿，赶快回旅馆光脚过上一会儿。

罗西弗考夫人的《日本十日》列入的日程活动安排十分精确（我不懂法语，查对了地名、人名。日本人的名字都很正确），长达九页，加了十四条脚注。这篇文章的要点，我问了河盛好藏氏，都是赞扬日本的。比如，南禅寺野村别邸的夜宴，场面优美、高雅，无可形容。夫人把京都说成是典雅的藤原之都，并一一对照了紫式部的《源氏物语》（完成于一〇〇四年——夫人注）。美国的伊丽莎白·威宁夫人《源氏物语》读了十三遍。不用说，她们读的都是亚瑟·威利氏的英译本。出席笔会大会的外国文学家中，读过《源氏物语》的人不在少数。去年四月，伦敦国际笔会执行委员会，我和松冈洋子小姐出席了。会后，英国笔会举行的招待晚宴上，我的邻座是一位缺齿而性格偏激的老人，有人介绍说他就是亚瑟·威利氏。我立即通过一种奇怪的方式同他搭话。我说出片段的英语，威利氏说出对应的日语，此外加笔谈。那种笔谈中夹杂着日本字和简单的英文。威利氏汉文、日文自然都懂得，我的英语写比说稍好一点儿。在罗马航空公司以及提包商店，用笔谈很起作用。巴黎的旅馆，我把要洗的衣服交给侍女，问她何时能洗好。对于法语，我一句也不会说，我请侍女写下来，查找词典，才知道是星期六的意思。我同威利氏的对话也啰里啰唆，不成体统，但坚持讲下去了。这个过程中，菜也上完了。有人一直看着我们这种奇怪的谈话方式。威利氏的《源氏物语》，作为普通版，似乎加入教科文组织的日本文学翻译计划之中了。千年前的《源氏物语》，我们的明治、大正和昭和时代，还没有一部小说能胜过它。

威宁夫人作为皇太子启蒙教师来日时，我没有见到过，在笔会大会上一见面，就觉得她是一位静和、谦恭和真诚的女士。表情中可见一抹落寞。由于皇太子的关系，日本笔会邀请她作为贵宾（guest of honor，各国两名代表，开会期间食宿费均由日方支付）出席会议。包括皇太子在内，夫人在日本有许多好朋友，即使没有笔会团体邀请，她也能获得私人朋友的厚遇。听说在东京开会期间，她按照大会日程出席会议，没有缺席一次。她严格尽到了笔会大会邀她来日的义务。小泉信三氏招待夫人也是大会结束以后的事。会后，威宁夫人在日本继续住了一个多月。有一天，我乘横须贺线，在电车上碰见了她。夫人从座席上走过来，对我说："我想跟您聊聊，可以吗？"没有翻译，我感到很困难。夫人应邀到北镰仓斋藤利助氏家里饮茶，正当回来的途中。她说，笔会大会非常成功，她很高兴，并表示深深的谢意。夫人读过我的《雪国》，她似乎看我不大爱说话，就和蔼地走回自己的座席了。

我对罗西弗考公爵夫人，也碍于情面，羞于谈吐。那时，她在法国众多文学家的陪伴下，应邀出席法国驻日大使馆晚餐会，作为笔会大会主办国的会长，我被安排坐在法国大使附近的座席上，大使两边是安德烈·祥瑟氏及其夫人，祥瑟氏下边是罗西弗考夫人，再下边就是我。一句话也没有说。芹泽光治良氏和小松清氏也来了，但他们坐在另一桌上。亲切的祥瑟夫人看我很拘谨，不时送来温和的微笑。其间，公爵夫人主动问我："您会说英语吗？"我回答："不会。"夫人又接着说："怪不得，上回我邀请您到我巴黎的家中做客，您没有来。"那次，山田菊子女史到香榭丽舍酒店请我出席公爵夫人家的沙龙时，我已经去戛纳电影节了。回到巴黎，看到山田女史留给我的信。然而，我又急速离开巴黎赶往哥本哈根，紧接着踏上了归国之途。我把情况对夫人讲了，为自己的失礼而道歉。为了表白这番意思，费了九牛二虎之力。晚宴之后，夫人通过小松清氏翻译，对我说："下回再来巴黎吧。"大会期间，鉴于对夫人有失礼仪，读了《日本十日》一文，感到非常高兴。

鲁吉奈库氏的受伤使我胆战心惊，但总不能一直沉沦于这样的坏心情中。九月二日，棘手的匈牙利问题[1]得以和平解决，执委会戏剧性地结束之后，大家正要走出产经国际大厦，鲁吉奈库氏头部和身体撞在一块大玻璃上了。不是进出口玻

1. 1956年，匈牙利发生武装暴动，波及首都布达佩斯及近郊各地，苏军介入镇压，史称匈牙利事件。

璃门，鲁吉奈库氏身后也没有人推压或撞击。他似乎正在同本国的波兰代表兴奋地交谈，没有注意到眼前的大玻璃。听说他大量流血而倒地，我很担心，真不知他受了怎样的重伤。叫来救护车，搬送到圣路加病院。那家医院通用英语，所以请懂英语的大田氏陪侍身旁。因为马上有外务大臣的招待宴会，听说我要前去探望病人，松冈洋子把我劝止了。日本笔会立即送去了鲜花。当天晚上，我托银座的千疋屋送去果篮。千疋屋打来电话，说受伤者已回帝国饭店，我才松了一口气。第二天一早，大会开始前，我顺路到饭店看他。鲁吉奈库氏折起上半身坐在床上，对我行礼。他头上缠着绷带，手臂和腿脚似乎也受伤了，但不需要住院治疗。翌日，他表示要赠给我一把波兰民间工艺品裁纸刀和雕花小盒子，还有小桌子。这些东西已经托人送到笔会办公室去了。一件就足够了，竟然送了三件，这表明他心情很高兴，也是我接到外国客人所赠礼品中最难得的礼物。鲁吉奈库氏感谢我方对他亲切的应急处置。他自然没能出席会议，但东京日程告以结束的九月六日，日本笔会举办的晚宴上，鲁吉奈库氏额头上贴一小块纱布出现了。我们大家都很高兴。产经大厦的大玻璃本来是应该赔偿的，但大厦方面反而怀着歉意，送给鲁吉奈库氏一份慰问金，并立即更换了一块新玻璃。

昭和三十三年（一九五八）一月

犬年

犬年话犬。去年春天欧洲之旅，也和狗混得很熟。到达伦敦后，国际笔会秘书长戴维特·卡巴召集星期天午餐会。我应邀去他家，一走进屋子，一只狗立即跑到我身旁与我亲近。卡巴夫妇看了，非常惊奇。这只狗名曰恰吉，属于派克逆子种。九月，日本举办国际笔会期间，我本来想问问卡巴夫妇，他们来了，家里的恰吉怎么办。后来竟然忘记了。写信时，打算也给恰吉捎个好。

又是星期天早晨，我去哥本哈根，不出所料，遛狗的人很多。松冈洋子小姐在旅馆休息，我独自一人，凭借三两句英语，聊起了狗的事。一位自豪的老妇，不给狗拴链子、叫它自由训练走步。那狗也跑到我的跟前来了。其原因在于我的每件衣服，都浸满了镰仓家犬的气味儿。离日前，有线电公司[1]的人托我去看看伦敦爱犬展览会，但我没有去。不过我随时随地留心观察所接触的犬。然而，那个星期天公园里只看到一只形体漂亮的小型贵宾犬[2]，由一位心情极坏的老人牵

1. 原文为wire club。

2. Poodle，小型卷毛狗，即所谓贵宾犬。

在手里。劣犬和杂种犬不少。我只能看到英国产良犬照片以及日本进口的实物，但从伦敦的犬们那里反而感受到一种快乐和温馨。这种感觉不仅限于狗。

我在戛纳饭店大厅遇到的狗，也使我难以忘怀。那是电影界上演日本影片《米》那天傍晚，大厅里有一个花团锦簇的东西在移动。它钻过人与人腿脚之间的空隙，突然直奔我走来，前腿搭在我的膝头，那副高兴的样子，几乎要抱住我。作为小型犬，它属于身躯稍大的贵宾犬的一种。一位手握细细金属链子、企图将狗拉回去的女子，看到此种情景吓了一跳，连连向我道歉。我对她说，我家里有六只狗。那女子问我认识不认识田付龙子女士。我说，名字知道，也读过她的书。现在，她生病了，而且是重病。但我没有告诉她是癌症。女子满脸担心，她说："田付女士是我丈夫的朋友。请代我向田付女士问好。"她给了我一张名片。归国后，我忙于筹备笔会大会，答应转给田付女士的名片耽搁了。三拖延两拖延，田付女士去世了。

对于狗，不一定非要使用英语、法语，我家里养了一只从美国乘飞机来的英国犬。人无法像狗一样很快熟悉外国和外国人，我去欧洲，首先想到的是，送给自己最重要的礼物便是在这些国家住下来，过上一段日子。从戛纳经尼斯到摩纳哥，独自一人兜风的时候，看到途中大大小小古旧的旅馆，真想静静地待上一两个月呢。在巴黎，松冈小姐同国际笔会大会安德烈·祥瑟会长相约在罗马见面。我们到罗马饭店拜访，祥瑟氏对我们说，斯坦因·贝库到佛罗伦萨去了，听说在佛罗伦萨能找到好工作，过上好日子。当时我也想在佛罗伦萨落户，写点儿文章什么的。当然，正如梅原氏绘制佛罗伦萨风景画一样，我不会把意大利人写进小说里。

在欧洲经常会忘记身在外国。多亏有熟悉外国的松冈洋子小姐陪伴，不仅如此，或许因为生来就有的放浪癖，自身感到很不安。有时会莫名其妙地想起日本来。例如，一边在老维克剧场观看《威尼斯商人》，一边回忆起我们学生时代的英语教育，还有在日的英国人。一边在威斯敏斯特广场修道院[1]倾听唱诗班演唱圣歌，一边心中浮现尾形乾山十二月色纸绘，遂即联想起日本的美来。鹅毛大雪落纷纷，石寺夜寒欲断魂。

我幻想着，新的一年再到某个国家走走。素无相识的外国旅行，可谓无比的解放与休憩。国际笔会大会结束后，我的形象在国内广为人知，走到哪里都不自在。不过，由于笔会大会得以结交了各国众多的文学家，到了外国，总得跟那里的人们打个招呼。去年，在东京迎接客人时，对于那些曾

---

1. 威斯敏斯特宫，位于伦敦中心泰晤士河河畔，现为英国国会所在地，又称为国会大厦。

一度见过面的作家们，其亲密程度就是不一样。今后，我不管到哪个国家去，之所以有机会介绍日本文学和翻译的有关情况，都是因为召开国际笔会大会的缘故。正如我的《雪国》那种不成体统的小说，竟然也在瑞典出版，进而还被翻译为俄语、捷克语和越南语等语种，对此甚感意外。美国的施特劳斯氏说，就连《雪国》也翻译出版了，所以其他任何一部日本文学作品都可以出版。真有意思！今年被翻译成外文的日本小说看来会逐渐增加。

昭和三十三年（一九五八）一月

古都

相隔三年，在家里迎来新年元旦。去年元旦，是在东大医院度过的。前年的元旦，是在京都度过的。年年都从收音机里静听京都古寺的钟声，因此每年都很想就近倾听一回。前年岁暮二十九日去京都，三十日和除夕那天，一个人无目的地在京都溜达，因为年末，哪里都看不到一个游人的身影。平素，受到游人搅扰的名胜古迹，看起来也显得不同了。三十日，我去嵯峨野，在岚山吃午饭。“吉兆”“杜鹃”年末关门，登上一家名为“千鸟”的店铺，这里的游客也是出奇地少，光是准备午饭就耗费将近三个小时。我不慌不忙坐在被炉一旁，越过山脚林木空隙，一边眺望河流和岚山，一边听侍女悠闲地聊天。听她说，夜间后面山里，被狐狸迷住的汉子，走进河水里了，天明时才被发现。

岚山，从前大冬天我也去过一次。樱花烂漫的岚山，红叶遍布的岚山，气韵因人多而分散，静寂的冬季前来一看，便可明白岚山之美。河水也显得清冷、透明。从岚山转到苔寺，只看见庭院内有两个年轻女子结伴而行。夕暮，寒气砭肤。最近，染织作坊的龙村店主也去看过，据他说，往昔湖水底下就是京城，应该是寒冷的。寒冷的京都于如此的严冬里走上一遭儿，虽然游人稀少，但却能沉浸在古代都城的馨香之中。去年十一月在这里住过一周，十二月来过两次，那次是应藤田圭雄君之邀来京都的。那是十二月，两人前往幡枝的圆通寺，由寒冷的御殿眺望叡山。当时还从醍醐前往日野的法戒寺，阿弥堂大门专为我一人开放。寒气迫人，印象深刻。清水寺，十二月去看过，也和岚山一样，深知其美景无限。

十一月时，还去过奈良。在京都、奈良看到晚霞和落日，立即想起“来迎”二字，这是很早以前的事了。在药师寺时，天色已晚，出门行于林木之间，圆月随我而动。唐招提寺的夕晖中，只有建筑，而无人影。这里的小池里也宿着圆月，令我难忘。在京都，于二尊院后山，拜谒三条西实隆极其小型的陵墓，也使我怀想不已。日本战败的那些年月，我为往昔承久、应仁战乱之世“新古今”文化和东山文化的兴衰所吸引，看了一些参考书，阅读了藤原定家的日记《明月记》和实隆的日记《实隆公记》等，打算将这些战乱中文化的哀伤写入小说。定家、实隆自然是小说中的人物。慵懒的我，战后十五年间，都没有进行过材料调查。我或许没有时间完成这样的写作了。直到现在，当我路过定家和实隆墓时，悔恨之情依然存在。拜谒明惠上人的高山寺也是如此。

前年岁末，在京都没有会见什么人，难得一个人走进阿染小姐的酒吧，偶遇初濑川松太郎氏，我对他说，我是来听除夕钟声的。于是，他和阿染两个人为我物色听钟的场所。我本想独自一人静闻钟鸣，但初濑川与阿染还是伴同我一起听钟了。他们还为我叫来了两个舞妓。在钟麟阁的房子里，一如名字所示，知恩院的大钟就在邻近，作为听钟场所，有点儿过于靠近了。不过对我来说，实为一次难得的忘年会。钟鸣之际，元旦来临。祇园神社举行苍术祭。我离开酒吧，穿过四条大道的人流，回到都饭店[1]，乘坐元旦鸽牌高速巴士返回镰仓。舞妓、侍女以及鸽牌公司乘务员小姐，我都一律送了一点儿压岁

1. 都饭店和京都饭店是两家不同的饭店。前者在市内，后者在京都站南口。国内中文书籍多将二者混为一谈。

钱。这是元旦那天的乐事。

我去京都，一般都是乘坐鸽牌巴士，乘务员小姐也都熟悉了。去年十一月，隔了好久再乘，大多都是新面孔，老司机对我说，很多人都结婚了。此外，京都市里也大变样了，令我惊奇。作为古代都城的京都，很快就被破坏殆尽，就像战后不堪一顾的地方城镇。这时候，我也走进京都人之间。这是多么不可思议的事啊！京都没有被焚毁，如今的繁华地段，新旧混杂，斑驳陆离，在我眼里就像战前，不，更像大正地震前的浅草等地，不断诱发我泛起如此奇妙的乡愁。生于京都和大阪之间农村的我，是个对京都、大阪一概毫不知情的土包子，沿着东海道来到京都，方觉得这里才是山川风物柔美的故乡。奈良、京都，虽然都是日本的旧都，但奈良没有古老的街衢，在那些依旧保有古都街衢的城镇中，我最想去的是京都，目下更是如此。看了京都，如可能，还想再去外国看看。这就是我新的一年的愿望。

参观京都，本想写点儿什么，但也不想强逼自己。写出来的不是小说也没有关系。用小说的形态构思小说，本不是我的强项，也不想向这方面努力。再说，我既不认为追逐西洋文学的新动向就是新，也不认为追逐时代的新动向就是新。我只想到京都等古老城镇随便走一走。去年十二月十五日，伊贺的柘植举办横光利一文学杯揭幕式，我当时出席揭幕式之前，作为心理准备，我重新阅读了一些横光君的作品以及诸家有关横光君的记述。据草野心平氏回忆，横光君死前三月余，他在给草野氏的信中末尾写道：“请原谅，请原谅。我想写诗，我想写诗。”当时我正在由京都开往柘植的火车上，横光君的话深深打动了我。横光君的忌日是岁暮的除夕。有一年，我在他的忌日那天去他家里，同石冢友二君谈论高浜虚子氏的俳句。那是贴在镰仓车站上的一首送旧迎新的俳句，我们一致认为是杰作：

去岁到今年，时光一贯如棍棒。

昭和三十五年（一九六〇）一月

岸惠子小姐的婚礼

近来，多家周刊杂志几乎同时刊载有马稻子小姐订婚的传闻。仅就订婚一事，在我看来，虽然作者不抱什么恶意，但多数都是调侃戏谑的文字。对于这件事，有马小姐和中村锦之助君都不置一词，这就使得那些写手越发凭借臆测和想象，任意添油加醋起来。不管怎么说，这种喧嚣一时的报道，当事者们是很难忍受的。我和有马小姐相识日久，我不能将这些报道看作与己无关的他人趣事，或者作为当红女星的花边新闻津津有味地阅读。在这类报道之中，有的文章关系到有马小姐以前被报刊当作酒桌上“助兴”的材料反复宣扬的事件，以及就有马小姐的性格等方面联想发挥而写成。

小说家的作风也是如此。假若将人的性格作为定评写出来，那就是以先入为主的观点看待人众。我虽然不曾向那些对自己做出定评的东西发出抗议，但几乎都是抱着不服气的态度。恐怕谁都是如此吧。但话又说回来，那些定评也并非全都是错误信息；至于有马小姐的性格之说，也不是无根无据的歪曲。即便如此，人的所有的性格，并不是那么容易把握住和简单说明白的。很少有像有马小姐那样的女明星，其性格很容易抒写，其原因在于有马小姐日常的言动毫无顾忌地表现了自己的性格；在于她从不对自己的性格遮遮掩掩。但是，单凭这些就论断为有马小姐性格的全部，那实在是靠不住的。

我不想在这里谈论有马小姐的性格，有马小姐订婚的传闻倒使我联想起岸惠子的婚礼，打算在这里写一写。因为碰巧我在巴黎，婚礼上有缘作为新娘子娘家的保证人。新郎相皮君的保证人是乔治·德尤迈尔的公子。岸小姐去法国拍摄《雪国》，出发晚了，是我先去的，会见了相皮君。在外国担当国际结婚的证婚人（或许不宜叫这名字，近似保证人的意思），一生之中绝无仅有。我一向不擅于记忆，但对这件事不会遗忘。

岸惠子同相皮君结婚以后，曾回过日本两次，第一次是三年前，第二次是今年。三年前秋天，我患胆结石症，在东大医院住了好几个月，没时间和岸小姐充分会面。她到医院探病那天，我向医院请假，回镰仓家里住了一个晚上。胡萝卜须俱乐部为岸小姐召开送别会，我由医院前往出席。因为我还在住院，所以想早点儿回去，有马小姐说要送我到医院。我说：“那怎么行，你不能离开这里。”硬是把她劝止住了。那天我很感奇怪，为何电影女星来得很少，要是有马再离席而去，会使送别会黯然无光。有马小姐说过，那天试映会上，自己演出的部分大多给剪掉，她有点儿泄气，所以在场不在场无所谓。由于我的阻止，她才留下来。

今年秋，岸小姐完成影片《弟弟》的拍摄之后回巴黎，胡萝卜须为她举行送别会兼庆祝会，我从纪尾井町的福田家前往出席。五月初，我赴美之前，听说相皮君继岸惠子之后来日本拍摄佐尔格事件[1]，当时我想，从美国回来后在日本还能再次见到相皮君。我在巴黎，曾经三次往访相皮君的公寓住宅，他还请我到西餐馆用餐。这回我想趁这次好机会同他在日本见面，没料到，八月二十日我从美国回来，相皮君早已返回法国了。

这一次，岸惠子是作为法国籍人接待的。对于她在日本的演出费等，都是按照外籍人员的标准支付的（何况扎伊拉问题刚刚过去）。岸惠子为着相皮君的入境手续过于繁杂而叫苦连天，四处奔走。再说，对于相皮君合作导演的电影，日

1. 1941年，德国驻日大使馆顾问佐尔格（Richard Sorge）及尾崎秀实以盗取日本政治经济情报嫌疑罪遭日本逮捕而处死，史称佐尔格事件。

本方面似乎反应冷淡。岸惠子为此深感苦恼。不过她还是在《弟弟》的演出中大展实力。这无疑使岸惠子在日本获得一些慰藉。众多电影评论家都一致承认她是六十年代演技最为杰出的电影演员。可以说，倔强好胜的岸惠子在日本受尽冷遇之后，凯旋。

我仅仅在胡萝卜须俱乐部欢送岸惠子的鸡尾酒会上见过她一面，没有机会和岸惠子长谈。会场位于产经会馆二楼。我回去时，有马稻子小姐为我送行。外面下着雨，夜晚空车很少，有马小姐站在沛然而降的大雨中，为我捕捉出租车。我过意不去，自己也站到雨中去了。有马小姐不住劝我说，这样会感冒的，叫我回到里面等着。有马小姐也是一身晚礼服，这里始终没有空车通过。有马小姐只好托胡萝卜须俱乐部给家里打电话，叫来自己的车子。我经不起雨淋，第二天就因为受凉而卧床不起了。福田家的侍女说，发现我半夜里到冷水池洗澡的迹象。我吃了安眠药，懵懵懂懂之中，难免做了糊涂事，到了早晨就全忘记了。

有马小姐待人亲切，头一回最使我感动的就是为我叫车。那是多年前的事了，我同有马小姐在横须贺线电车上偶然相遇，她过来跟我打招呼，然后回到自己的座位上。我想到有马小姐的座席那里看看，但想到我与她交往还未到如此亲近的程度，又没有共同的话题，坐在那样的美女身边，有些难为情。在新桥下车时，有马小姐来到我这里，为我拎皮包。

我吓了一跳，因为去写作，包里装满了书籍和纸类，相当沉重。有马小姐帮我提到出站口，叫了一辆出租车。我以为她要乘车，谁知她把我的皮包放进车厢，自己立即退了出来。有马小姐为我做着这一切，丝毫也不显得是故意做作，而且又是电影明星，完全出乎我的想象之外。我从有马小姐那里感到亲切的情谊。

我认识岸惠子小姐比认识有马小姐早得多。初次见面时，她还不是电影明星，而是一位立志当作家的少女。胡萝卜须俱乐部的若槻繁君，以前加入过我们镰仓文库编辑部，镰仓文库破产后，转职到《向日葵》杂志做编辑，和我有过交往。这位若槻君经常向我提起，说他有个亲戚，是个想写小说的姑娘，希望我能见见她。这位少女就是岸惠子。当时她已进入大船电影制片厂，但尚未成名。作为电影演员，岸惠子演过什么电影，我不十分清楚。不记得那是多少年之前，岸惠子二十岁光景或不到一点儿，跟着若槻君一起来了。当时我正在纪尾井町福田家写作，眼前的岸惠子新鲜靓丽，天真稚气。我想，这女孩儿若是写小说，一定会出现一位美女作家。我只是和若槻君交谈，居然没有同岸惠子说话。他们两人走出福田家时，玄关洒过水的脚踏石板上，岸惠子的裙裾拖曳在地上。我不由一惊：裙子湿了！岸惠子穿的是轻柔而薄质的开裾连衣裙。漂亮的裙裾擦在石板上，我当时的感觉好似鲜花浸水，留在心中。这就是我对岸惠子最初的印象，至今回想起来，仍历历在目。

听说岸惠子小姐只写了一篇小说，当时我正在《雪国》外景地汤泽温泉。纽约克诺普夫出版社出版过谷崎氏、大佛氏、三岛氏以及我的《雪国》英文译本，该社总编西特罗斯夫妇来日时，谈起《雪国》正在拍摄之中，他们想去汤泽看看，并约上译者塞登斯特卡。我们在东宝电影公司山内君的照料下一起出发了。到达后的当天晚上，举行欢迎宴会。席上还来了三四个粗俗的当地艺妓，粗门大嗓唱起歌来，使我颇为困窘。“雪国”的艺妓都是这个样子吗？我很失望。这么说，我写《雪国》之后，羞于露面，再也没有去过汤泽。这二十年间，作为滑雪场而繁荣的汤泽，彻底变样了。滑雪场山脚下，自车站至高半旅馆，铁路沿线接待滑雪客的廉价旅社鳞次栉比。《雪国》那时代，没有一家这样的旅馆。“高半”也扩建了，大门弄得怪模怪样。丰田导演指示按照往昔的大门进行改装，唯有我写作《雪国》的房子周围，按原样保留下来。我们到达那天，从车站乘雪橇沿着滑雪场山脚前往旅馆。翌日的散步是按西特罗斯的愿望，沿旧道而行。旧道边的田园风格的房舍没有改变。从屋顶卸下的积雪同道路清除的积雪都堆积在一起，几乎接近房子的檐端了。尽管如此，西特罗斯夫人也能在积雪厚重的道路上稳步前进。

西特罗斯说，岸惠子小姐的手指尤其漂亮。素指纤纤，瘦健而修长。我比岸惠子小姐先去巴黎，会见了相皮君，谈起岸小姐太瘦弱了，相皮君说惠子还是瘦一些好，不可太胖。岸惠子小姐跟我说，她一旦拍完《雪国》，就去巴黎同相皮君结婚。可是丰田导演过于执着，再加上天气的影响，摄影一再延迟。丰田导演反复对她说："这里不是巴黎，是《雪国》，你是驹子！"我们去汤泽第二天下午，正遇上召集当地孩子拍摄赶鸟的场面，这是雪国原野美丽的风景。看完后回到旅馆房间，岸惠子小姐打来电话，告诉我《平凡》杂志的记者从东京带来高质量的肉，准备做烤肉，邀请我一道享用。我不认识《平凡》的人，婉言谢绝了。那天夜晚，岸惠子来我房里闲聊，谈了两个多小时。岸惠子如此悠闲地同我说话，前前后后只有那一次。岸惠子小姐诉说了她同相皮君订婚之后，遭受了周围人的白眼，而相皮君巴黎的朋友们听到他们订婚的消息，似乎都为他们祝贺。

我在《雪国》拍完之前，过了三月二十日，就随松冈洋子小姐去欧洲了。那一年，为筹集召开东京笔会大会，我们到伦敦出席国际笔会执行会议，讨论有关问题。从巴黎去伦敦，再回到巴黎，紧接着再去慕尼黑和罗马。因为岸惠子小姐要我到巴黎同相皮君见见面，出发前，我托小松清君给相皮君打了电话。相皮君很高兴，他对小清君说，惠子的信中提到过我，他认识，巴望尽快见到我，希望我尽量多带些日本人来，他请我们吃饭。

对方希望尽量多带几个日本人，究竟谁去好呢？我犹豫了。小松君对我说，芹泽光治良君的女公子可以啊，于是就这么决定了。我在我和松冈下榻的库莱阿利兹饭店等候芹泽君的女儿。晚上，我们前往相皮君居住的公寓，那地方距离饭店所在地香榭丽舍大道不很远。就在日本大使公邸斜对面，是个好地方。相皮君说，为了迎娶惠子，他将这座公寓装饰一新。听说这次装饰是相皮君的电影装置家一手设计的。(如今，相皮君夫妇仍然住在这里。我想起来了，岸惠子小姐在巴黎的照片刊登在妇女杂志和周刊杂志以后，我来看过这座房子。) 设计不拘一格，走进大门，沿着细长的走廊前行（走廊中途有用人室和厨房等。这是后来才知道的），走下台阶，就是大厅。大厅右面高高耸立着漂亮的半圆形书橱，既是房屋的装饰，又是里外的隔挡。书橱后面是起居室、卧室等房间。相皮君还让我们看了卧室，寝床及其他家具都是簇新的。我们倒是在新娘子惠子到来之前看到了这里。大厅（沙龙）的墙壁上挂满了一系列复制的浮世绘画作，装饰着偶人以及其他日本制造的小玩意儿。

相皮君同我们一见如故，十分热情。他生来好客，在迎候惠子期间，看来很喜欢会见来巴黎的岸惠子的亲朋好友。书橱里摆着许多文学和美术书籍，他抽出限定发行、印制精美的塞尚画集和凡·高画集，表示要送给我其中任意一册。我略一思忖，决定要塞尚的。(后来，小松清君又带我到安德烈·马尔罗氏家，主人送我一册达·芬奇研究画集。这两册画集是我在巴黎的最好纪念。）相皮君问我们喜欢吃什么菜，我们都希望吃纯粹的法国菜。看样子，相皮君是那家饭馆的老主顾了，为我们做一道蜗牛菜。我第一次吃蜗牛，他教我用左手拿特制的钳子（？）卡住外壳，用右手拿小叉子掏蜗牛肉吃。我手指不灵活，全座人只有我怎么也卡不住蜗牛的外壳。自己也觉得滑稽，先放声笑了。那笑声止也止不住。周围餐桌上的食客们被我的笑声吸引，大家看着我也都笑了。我倒没觉得难为情，反而很高兴。

——那年春天的欧洲之旅，使我开怀大笑的事，除了吃蜗牛之外，还有两次。住在伦敦饭店时，想去理发，到一楼理发铺一看，门口写着“理发请预约”。访问人家，同人见面自然要事先约定，理个头发也要预约，太过分了吧。我平时散漫惯了，对于预约之类事格外反感。到高级餐馆用膳或观赏歌剧演出，也是说去就去，没有座位也不在乎，最后总是有办法解决。（欧洲和美国之旅，就我所知，理发铺子要预约的只有伦敦饭店一家。）理发，预约个鬼！半夜里我独自一人用保险剃刀剃头发，前头和两侧还可以，但后面对着镜子一照，低处还残留着头发，不能见人。因为没有对着镜子刮削。我自己看着脑袋后面，笑出眼泪来了。第二天一早，我给松冈洋子小姐打电话求救，我又笑个不停。松冈来到我的房间，她一时愣惊呆了，抱怨我不该这么干。她很无奈，只好将头发一律剃到原来的高度，使之好歹成形。我一直记挂着我后脑勺，走在大街上看男士们的头，不少人都把后面的头发剪得很高。或许这里不像日本的理发师那般灵巧、仔细，手艺还不够娴熟利索吧。想到自己的脑袋没什么好笑，也就安心了。再说，也没有谁会专门留意别人的发型。还有一次大笑是在罗马饭店的柜台上。从巴黎转到慕尼黑再到罗马，正遇上那里的复活节。全罗马所有的酒店都找不到一间空房。我们只得停宿在私人小旅馆里。在小旅馆过了一周，其间，日本大使馆的人为我们订了饭店的房间。我转移到饭店的那天晚上，松冈小姐去了埃及。翌日清早，我要上街，把钥匙交给柜台，柜台人员问我："有什么行李需要交搬运工搬运吗？"我满脸诧异，于是他又问："您是今日离店吧？"于是我大笑，笑声不止。柜台人员以为我只住一个晚上。这件事不如用保险刀剃脑袋以及吃蜗牛卡不住外壳那般滑稽可笑，但我不明白，当时为何笑成那个样子呢？

吃罢蜗牛，相皮君到店门口买了一份晚报回来，他看了报之后说，今日白天，弗朗索瓦兹·萨冈[1]因车祸受重伤，生

1. Francoise Sagan (1935–2004)，法国著名才女作家。1954年，年仅十八岁的她写出了小说《你好，忧愁》，一举夺得当年法国的"批评家奖"。这本关于少年、爱情和孤独的小说，在随后五年之内被翻译成二十二种语言，在全球的销量高达五百万册，还被改编成电影，成为轰动一时的文化事件和出版现象。

命垂危。这条消息是作为头等新闻刊出的。我通过小松君的翻译知道了内容。我也读过萨冈的处女作《你好，忧愁》的日译本，我们都很震惊。

萨冈会因这次车祸失去生命吗？大家沉默不语。我读了《你好，忧愁》日译本，并不觉得像世界评论界所说的那样，是一部值得惊异的作品。然而，眼下切实感觉到，作为“天才少女”的死，就是《你好，忧愁》这部作品作者的死。(这是一九五七年四月的事，萨冈第二部作品《一种微笑》虽然是一九五六年写的，但当时我在离开日本之前，这部书似乎还未出版。萨冈离开巴黎而出事的那条道路，也是我乘车经过的道路。我的记忆虽然有点儿模糊，但萨冈的跑车翻倒了，晚刊上好像还登了照片。——后来才知道，萨冈九死一生。)

相皮君似乎同萨冈不相识，我们随即离开车祸这个话题，恢复了开朗的情绪。店里的饭菜很好吃。出了店乘上车，相皮君就连续呼喊“惠子，惠子”，一副兴高采烈的样子。春夜良宵，街道树的嫩叶丛中一泓喷水十分美丽，至今依然映在我的眼帘里。为了拍摄我的原作，惠子来巴黎晚了，为此我向相皮君道歉。不光因为性格严谨、不够通融的丰田导演，也因为雪中外景地的变化而迁延时日。一旦下雪，场地就会变形，不能作为先前拍摄的同一场所继续使用。化雪的时候也一样。因而，受到雪国天候的影响非常大。相皮君自己以前在瑞典拍摄过雪的外景，他说，这一点他十分清楚。接着，相皮君对我说："这本来是个秘密，还是对您说了吧，惠子三十日凌晨三时抵达巴黎。"我当然是第一次听说。相皮君把我送回宾馆，再把芹泽君的女儿送回去，然后再送小松君。过了十点，快到十一点了。后来听说，相皮君一头钻进小松君住宿的料理店牡丹屋，谈了两个多小时。那是个快乐的夜晚。据说芹泽君的女儿也很愉快。

我和松冈绕道慕尼黑前往罗马。岸惠子有相皮君在等着她，不过在巴黎，她没有一位日本人朋友，所以我打算到机场接她，我叫松冈也一起去。罗马复活节假日漫长，又加上午休也长，晚上关门又早，在实际停留的日子里，没时间充分参观美术馆等，至少要去佛罗伦萨看看。多少有些流连，但还是决定二十九日返回巴黎。回国的日子也定下来了。东京一直没有联络，国际笔会大会的经费筹集究竟进行到何种程度，情况一概不明。我不能如此休闲地住下去。松冈去了埃及之后，我必须亲自去航空公司购票。法航虽然有一个略通日语的混血儿，但总是不得要领。于是我又去了SAS航空公司[1]。那里倒是办起事来亲切、熟练。随即预订了五月十一日自哥本哈根至东京的卧铺票。关键地方用笔谈，以免出错。

1. SAS (Scandinavian Airlines System)，北欧航空公司，亦称斯堪的纳维亚航空公司，成立于1946年8月1日，总部设于瑞典。

二十九的飞机，想不到在日内瓦要换乘一次。换乘的飞机晚点一个半小时，只有我一个人去问工作人员为何晚点，西洋人乘客全都毫不介意，处之泰然。决不着急，这是我去外国旅行的体会之一，但我还是去问了。飞机飞越阿尔卑斯山时，座舱内的人都一起挤在一侧的窗口呼喊："门布朗[1]，门布朗！"我坐着朝那里眺望。有人将一只手搭在我的肩头上，告诉我："门布朗，门布朗！"从飞机上望风景，皆不可观。

回到香榭丽舍饭店的第二天早晨，我开始拉肚子，情况很严重。前天，我跟随日本驻罗马大使馆人员前往郊外的奇波利公园，当时喉咙干渴，手捧着喝了几口瀑布水。有人对我说："哦，那水不能喝。"这座庭园因具有各种数不清的奇形怪状的瀑布而闻名。我以为瀑布水是干净的，其实很脏。安设的某种装置，控制水流时涨时落，把水给污染了。或许就是那水作的怪，或者飞越阿尔卑斯上空时，肚子着凉的缘故吧。我什么也不吃，静静地躺在床上。

佐藤敬君来了，我躺卧着同他说话。佐藤君醉心于艺术，他滔滔不绝地谈了一通。他说，日本的绘画风格自古皆是抽象的，若能像最近以来，美术品进一步趋于抽象，日本画家

1. Mont Blanc，勃朗峰，阿尔卑斯山主峰，位于法国、意大利交界处。

就会如鱼得水，自由自在。当今法国画家们也都在大讲“抽象美术”“日本”等话题。——其后，沙龙五月[1]开幕当天，小松清君不用说了，我与佐藤君也应邀出席。主要会员都一一做了介绍。(我不懂法语，无法交谈。) 不过，大部分展品令人失望，几乎没有什么触及灵魂的作品。轻薄，缺乏厚重。似乎没有大天才。有的绘画受书道和狩野派影响。日本画家的展品也很多。佐藤敬君的绘画，以前在他的画室里拜见过，用笔精心细致，颇见厚重与敏锐。几乎都是抽象派展品，唯独获须高德君始终一贯的写实画作，似乎与会场不太相符。

佐藤君一席长谈回去之后，小松清君来电话，请我去喝粥。我来西方，全然不再想吃日本米饭、大酱汤和腌咸菜。而熟悉外国旅行的松冈洋子小姐却对此情有独钟，使我甚感可笑。只有这时，我才深深感念小松君的一番热情。傍晚去牡丹屋，他给我做了大米稀饭，前来学习音乐的日本姑娘，送给我腌梅干。贵重的梅干，只剩一粒了。姑娘告诉我，我送给她的樱草（？），在我出差意大利期间，茎秆长了，花朵开了。据说法国姑娘也这么说过。我和佐藤敬君、小松清君从画商那里回来，走过塞纳河岸，在路边不知花了五十元还是一百元买

1. Salon de Mai，巴黎沙龙五月画展。

了一束樱草，送给两位姑娘之后，双方都开了花。这件事使我觉得很亲切。小松君问我今晚去不去迎接岸小姐，我回答“去”。他说，只要我去，他就去。我想到惠子小姐为了同相皮君结婚，千里迢迢只身来巴黎，这是多么令人感伤的事。

从牡丹屋回到饭店，我钻进被窝，等待迎接凌晨三点的班机。腹泻停止了。半夜里，小松君打来电话，说今晚上让他们两个单独多待上些时候吧。我回答：“就照你说的办吧。”虽说接机，其实也就是站在机场大楼外的角落，等岸小姐出来，见上一面就回去了。小松君善解人意，我听从他的安排。

第二天上午，我到日本大使馆办什么事情（大概是去戛纳电影节的事），走进日本大使馆文化部（？）。大门敞开着，看到岸小姐和相皮君从回廊上迎面走过来。看样子，他们是来拜访大使馆的，刚刚走出古垣大使的房间。没想到在这里遇到岸小姐他们，岸小姐也肯定没想到我会在这里。我从椅子上站起身来，惠子小姐连忙走进来，两个人一握手，她就扑簌扑簌流下了眼泪。她泪流不止，我的眼睛也浸满泪水。惠子哭成泪人儿了，使得文化部两个人都转过脸去，不忍心再看她。相皮君也惊呆了，站在门口一动不动。（后来，岸小姐来日本时，大家谈起这件事，惠子说：“我真是个好哭的人啊。”）岸小姐长途旅行后，不能睡眠，所以才会流出那么多眼泪吧。岸小姐收住眼泪对我说，相皮君打算请我一道吃午饭。惠子今早刚到这里，我就去了相皮君的公寓。不一会儿，一位矮小的老人走了进来。岸小姐介绍说，他就是相皮君的父亲。说完，就到对过去了。我用不地道的英语向老人表示祝贺，还夸赞了几句惠子小姐，说她是全日本最漂亮、最贤惠的姑娘之一。惠子走回来，做父亲的说道："我可不懂英语啊。"但岸小姐却说："他说不懂其实是懂得的。"

相皮君的母亲来得晚一些。听说她得了一种"可怕的病"。没问是什么病，所以不知道，但见她眼窝发黑，很像一个病人。父母都是有名的音乐教师。父亲也是第一次来这座公寓。儿子为娶媳妇装修房屋，做爸爸的从不来看一眼，尽管在西方，也叫我很难理解。餐桌上除了相皮君一家四口，加上我一共五个人，还有一个侍女。岸小姐闲不住，立即行动起来，为我沏了一杯日本茶。这杯茶尤其香。听说这是岸小姐来巴黎后吃的第一顿饭。惠子换上了蓝底碎白花窄袖和服。相皮君对我说："惠子很尊重您，这一点我很清楚。所以，就请您做我们的婚礼中介者（保证人）吧。"我说："还是古垣大使最合适。"仔细想想，日本人和法国人结婚，婚礼保证人必须由大使担当下来。结果，看到我这个旅游者似乎蛮可靠的，便决定由我来充当证婚人了。我问相皮君参加婚礼要穿什么衣服，他回答说，黑色或藏蓝色系的衣服就行了。我说我带有晚礼服，他说那就很好。这些谈话都经过岸小姐的翻译。

婚礼当天，古垣大使说他开车来接我一道去。于是，我被请到大使公邸，古垣氏看我身穿晚礼服，说道：“好郑重的打扮啊！”大使一身便装。乘上古垣夫妇的轿车，说是在郊外路上要花一个半小时。听说那里像轻井泽，但地势没有轻井泽那么高，是杂木林中的一座村庄（或许是小镇，但给人的感觉是村子）。婚礼就在村公所里举行。那是乔治·德尤迈尔父子居住的村庄，相皮君同德尤迈尔很要好，在他的帮助下选了这里。或许也为了躲开报社记者吧。可到底还是来了几家记者和摄影组。大家知道，那些照片也寄到日本来，刊登在当时的妇女杂志上了。

村公所是一座窄小而粗劣的建筑，似乎同日本乡间古老的村公所没什么两样。门口挤满好多人，不能走动。村公所前面是一排大杂院，孩子们从楼上窗口探出身子，惠子小姐抵达时，他们齐声欢呼，招手：“布拉保，相皮君夫人！”大家对这个东洋媳妇儿，既不好奇，也无讽刺，而是欢呼祝贺，令我十分感动。婚礼进行得极为简单。村长上台宣读誓词（？），接着好像表达一番祝福，我已经记不清楚了。古垣大使似乎说过，讲得太好了。村长，蔼然长者，一副村中老夫子的形象。他读誓词时，一个劲儿抖动着身子，看样子很激动。继村长之后，乔治·德尤迈尔献祝词。接着，新郎新娘双方在大纪念册上签字。相皮君署名下边，德尤迈尔的儿子署名。惠子小姐署名之下，该是我署名。婚礼保证人的任务，只是署个名而已。我用汉字签名，标明罗马字发音。我以为，用汉字署名似乎很少见。岸小姐写的是罗马字。她签过字之后，婚礼就算结束了。

婚礼之后，在德尤迈尔家中庭园举办喜宴，宴会之后有游园会。房舍类似山地小屋，庭院稍微宽广，各种鲜花，颜色艳丽。水泥铺地的小泉水池里也有鲜花开放，我甚感奇怪，仔细一瞧，原来水底摆放着花盆。泉水中不时腾起可爱的喷水，那是经细长的橡皮管引到这里，再经巧手组合而成。岸小姐今早到达时对我说，德尤迈尔全家人为今天的庆祝会整理庭园，整整忙活了一个月，从巴黎运来两卡车鲜花。惠子今早到达这里时，德尤迈尔全家人一起光着脚，在院子里干活儿。庭园的花草布置，费尽了主人的心血，草坪的鲜花等也是为今日栽种的。

结婚典礼上，惠子小姐身穿素白色婚纱，这是在三越商店做好后带来的。在婚宴游园会上，她换上美丽的长袖和服出现。我本来以为岸小姐一人来巴黎，没想到还有美容师同行，今天也在为惠子精心打扮。新郎相皮君穿着寻常的衣服，大出我的意料之外。浅蓝色的西服底子点缀着不很显眼的细白点。这套西装，我屡见不鲜，一点儿没变。男宾们也都各随所好，毫不讲究。我呢，一身晚礼服，脚蹬漆面皮鞋。古垣大使"好郑重的打扮"，说的就是这番意思啊。不过，我来西方，独自穿着不同的服装，几乎没有多少人在意。

院子里的客人五十人至百人之间吧。小松清君和日本大使馆的松井公使以及官员们也都出席了。古垣大使约我跟他一道回去，那时已是下午三点多了。

古垣大使的轿车停在相当远的地方，位于乔治·德尤迈尔家附近。父亲德尤迈尔的宅邸相当豪华。我们上车时，看见惠子一路上慌慌张张向这里跑来，身上穿着新换的长袖和服，一双与之相配的草履，跑起来十分吃力。岸小姐希望我留下来，她说游园会马上变得更加热闹，黄昏后放烟火，彻夜跳舞直到天明，还说已经为我在附近的旅馆预订了房间。我被新娘子一身婚服亲自跑来的一腔真情感动了。相皮君也跟在惠子之后来到停车的地方。我一时犯了犹豫，不知如何是好。喝酒、唱歌、跳舞，我一样都不会，法语更是一窍不通。虽说这些都没关系，但日本人都回去了，我留下来，新娘子就得始终惦记着我。再说，我乘坐大使的轿车来，要是单独留下，对古垣君来说也是失礼的行为。岸小姐似乎总觉得很遗憾。——后来，我和小松君访问巴黎的公寓，岸小姐说到，婚礼之夜，他们在鲜花盛开的庭院里跳舞，快乐非常，我要是在场该有多好啊！

——我最初的欧洲之旅的过程中，有岸惠子小姐的婚礼，还应邀做了保证人，这些事成了我美好的回忆。

岸小姐第一次在香榭丽舍大道独自购买的手提包，送给了我的女儿。

岸小姐以前说过“立志当作家”，据说直到现在只写过一部小说。这是她进入大船电影公司时候的作品，六十页，以同台演员望月优子（美惠子）为模特儿写成的。题目叫作“梯子”。我以为这书名太俗气。我问她带没带到巴黎来，她说带来了，不过她没给我看。

惠子在巴黎时也说过，今后有时间还想写小说。惠子小姐聪明伶俐，内含热情，有着非凡[1]的一面，所以我认为总有一天，她会专心写小说的。然而，她夫君相皮君很好客，正像电视节目《明星的一千零一夜》中所看到的，惠子本人也以日本的一名“外交官”的姿态出现。她在巴黎工作十分繁忙，拍完《弟弟》之后，依旧过着女演员的生活。真不知她何时能静下心来投入写作。

去年夏，为了拍摄《佐尔格 》，相皮君来日本，不巧我正在美国，没有见到他。

阿伊拉·莫里斯夫妇来访我家，忘记是哪一年了。莫里斯氏国籍是美国，长住法兰西，夫妻皆作家。为了抚慰原子弹受害者，他们在广岛独自兴办“休憩之家”，也希望能在长崎再建一座。今年，阿伊拉氏向美欧文学家呼吁援助。在日本笔会的斡旋下，将作家们题字作画的色纸，赠给“休憩之家”，

1. 原文英语eccentric，奇特、非凡、乖戾等意思。

聊助一臂之力。最近将要送到广岛去。公子伊万·莫里斯，同日本芭蕾舞演员结婚，久居日本，以翻译三岛君的《金阁寺》而知名。他受聘担任哥伦比亚大学教师而赴美了。

我在庭院的草坪里铺上席子迎接阿伊拉夫妇，悠闲地交谈着。我问他们，在什么场合下才穿晚礼服。莫里斯回答：下午七点之前，穿这类服装的人，包括饭馆跑堂的、赌场的保安，还有火葬场的老板等。我听了大笑不止。岸惠子小姐的婚礼正是七点之前举行的。然而，没有哪个法国人注意我的一身晚礼服姿态。为此，我至今感动不已。我一向不在乎什么，假如我听从惠子小姐的规劝留下来，七点以后进入夜晚，一身晚礼服也就不成问题了，不是吗？

感谢《风景》编辑部，答应连载我这篇悠闲散漫的文章，长达九个多月。其间，岸惠子小姐因《弟弟》演技超群，集电影女演员所有奖项于一身。她还在巴黎主演了让·科克托的舞台剧。

昭和三十六年（一九六一）——九月

有马稻子

《浪花恋爱物语》中的有马稻子小姐美艳无比，演技拔群。她与舞台搭档锦之助君恋爱、订婚，是很自然的事。我所亲近的女演员只有有马一人，故而我为她高兴。以往，有马小姐的所谓“任性”或“负气”，被周刊报纸大肆宣扬，一时令人心烦意乱。如此受到伤害的女演员只有她一个。其实，我所熟识的有马小姐，同这些宣传迥然相异。我眼里的有马小姐，心胸开朗，平易近人。这些不仅因为有马是美人，或者同我关系密切的缘故。

前些时候，岸惠子、久我美子和有马稻子三人相聚，举行结婚座谈会，我在一边旁听。岸小姐不住述说有马小姐是贤妻良母，这可是对朋友颇为相知的话语。席间，娇弱可爱的有马小姐，使我多少产生悲悯之情。有人提出这样的问题:

“婚后还能不能继续拍电影？”当然不仅限于这些。也有人说，有马订婚后，完全变了一个人。久我小姐最近也要订婚，我以为这是一件快乐的事情。有马小姐对于结婚、组织家庭，似乎颇为向往，并且为此而努力。有马小姐的身世以及婚姻等，我以前曾听她详细叙述过。我当时十分感动，认为她是一个讲真话的人。

我已经记不清有马小姐与我何时相识，大概是胡萝卜须俱乐部成立以后吧。总之，我第一次听到她在影片里的对白，觉得很喜欢。我看她演的电影，只为了欣赏她的嗓音。还有，我觉得，真实的有马比电影的有马更加动人。我以为，过于艳丽反而很难演好电影。当然，此后的有马小姐，作为演员还是取得了长足的进步。眼下她结婚之后，说不定会停止演员生涯，那将是多么可惜的事啊！但要说有马小姐天生就适合当电影演员，那说法也是多少令人怀疑的。在日本，电影女演员的生活（对不起）并非多么重要，一切服从新的命运的安排为妙。我之所以喜欢有马，不仅仅因为她是电影明星。

无可置疑，有马小姐是一位绝代佳人。对面相望，光彩照人，确实是一副明朗的容颜。即便扮演悲剧角色，瞬间里也会窥见一线阳光。虽说艳美灼人，我也不曾困窘难耐，明光异彩，增我愉悦。我和有马小姐老幼差别很大，也没有工作上的联络，有这样一位美人为友，也是一种慰藉。不错，有马小姐确乎自以为是，倔强固执，任性而为。不过，这样的女人，必定有全然相反的一面。我所接触的有马，正是这一反面：热情如火、平易近人、诚笃正直。我经常听到她谈起果断决定一件事情，十分惊讶，心想，作为女演员也可以说出这样的话来吗？我对有马小姐最大的希望是，结婚以后继续保持开朗与正直的品格。

昭和三十六年（一九六一）十月

古都

一

住在京都，走在京都，吃在京都（关西），书写关于京都的文章，这个愿望一年比一年变得急切起来，不知活着的时候能否实现。一旦移居京都，目睹京都被破坏得越来越不像京都，或许那就只有悲叹、哀伤和痛苦。

一方面是残留下来的古都，一方面几乎看不到人们重新建造“京都”这座城市的意图。当然，保护京都，不光是京都独自负有的责任，也是国家的责任、国民的责任。

二

电影《古都》，成岛东一郎氏摄影，画面优美。到了外国，或许外国人也会觉得美丽吧。中村登导演没有将《古都》拍摄成京都人的京都，就是说，没有使人从京都内部看待京都的生活，而是从外部远眺京都，可以说是旁观者眼里的京都。这是深知原作的解读，反而给电影带来成功。不过，中村氏没有拍成旅游者的电影或观赏京都名胜的电影，虽然也拍了一些名胜古迹。

原作《古都》最终成了一部破坏性的小说。在北杉山村，游人增加了，给当地居民带来麻烦。其后，又去看了两三次，杉树被砍光了，好似一只拔毛鸡。然而，这确实是长成良材的树木必然的命运。

三

喜爱树木的我，看到有人伐树，自己的身子似乎也感到疼痛。当地周边的铁丝网荆棘刺入树干，树液如蜡泪垂流。那是树木的泪水，我以为。

我生长在京都和大阪之间的山野寒村，东京驶来的火车进入近江路，一眼看到富有京都风情的赤松山，“啊”的一声渗入胸间。京都这样的城市，哪怕砍伐一棵树，也应再三斟酌，斧锯下留情。我经常在心中嘀咕，勿伐木，多种树。

意大利人蒂契君（日本文学研究家、翻译家）来日期间，问他对日本最深的印象是什么。“绿树很多。”他回答。说得好。观赏西洋绘画可知，光线的强弱决定西洋绿色的亮度(轻井泽等地近似)，然而，我到欧美转悠了一圈儿，没有一个国家的森林像日本这般优雅、纤细和微妙。

四

今春，写完了一出“东舞”的台本——《古都舞曲》。时代当是应仁之乱的东山时期。此种估计大体不差。那时确实是战乱“残酷物语”的世界，同时又是“文艺复兴”的时期。不过，将“东舞”改成“残酷物语”很难，只能写成一部散漫、低调的台本。

将东山时代写进小说，是我多年的夙愿。居于乱世保护古文化，振兴新文化，扩展地方文化，民众奋起等，这些都属于“残酷物语”。战败时期，我读了室町时代的东西。我也想写承久之乱时的京都。后鸟羽院、藤原定家、明惠上人的时代，《新古今》的时代。自少年时代起，我所接触的日本传统是古都文学，很少是江户文学。

回顾历史，没有一处地方像古都京都那样，反反复复，重叠发生那么多“残酷物语”。战祸也是如此。就这样，避免这次战争之灾，作为唯一的古都保留下来，成为各种意义上的巨大的象征。想到今日京都的存在，切不可忘记千年间经过多少灾祸及“残酷”，才得以保存下来啊！

昭和三十八年（一九六三）四月

巴黎乡愁

巴黎，六月十四日，星期天，晚上八点。机舱是天堂。喷气客机在天上飞翔。然而，不是说这些，我是说，一旦坐上飞机，再没有比这时候更加身不由己的了。自己所能做的，只是要点儿喝的东西。心绪茫然，窗外看到的只有天空、云朵，干脆不看。对于我来说，机上不再属于哪个国家哪个地区，同乘的外国人都与我无关，一切都是一个人。这在地面上是没有过的。舍掉自己的意志，最大的不自由将我解放到最大的自由之中。从羽田到檀香山，从洛杉矶到纽约，从纽约到巴黎，我请求收起邻座的扶手，借来毛毯和枕头，躺下来睡觉。

六七年前，我由巴黎返回东京，小松清君送我到机场。临分别时，我迂阔地对他说：

“回去就是忧愁之世，最好是飞机掉下来。”

小松君满怀信心，他断然地说：

“川端先生乘坐的飞机，绝对不会掉下来！”

我被他的话打动了。我相信小松君是我绝对的知己。小松君看到我当初说服莫里亚克，同安德烈·马尔罗连续聊了两个多小时（这些全都仰仗小松君出色的翻译），看到我在外国唯唯诺诺，厚着脸皮，求爷爷告奶奶，看到我的厄运压顶而来，他才突然那样对我说的吧？每当想起故人，我就想起他的这句话。我感觉仿佛是神告。“友爱”一词，强大无比。

眼下，九时半。窗外的巴黎渐渐黑下来了。我一个人茫然无目的地出去吃饭。夜间寒凉，带着大衣出门。走进附近横街里的酒吧，考虑到这时候，在这里能找到一家会集许多法国人的小吃店，倒是很好了。要了红茶和一份饭菜，花费三百五十日元，味道不错。这一份饭菜吃不完。看不懂的菜单之中，最没把握的就用手指点菜。一顿晚饭花销不到午餐的二十分之一。周围食客说的法国语，一概不懂。坐在我邻座的后进来的一对年轻夫妇，夫人离席时不小心碰掉了我搭在膝头的大衣，她从地板上拾起滑落的大衣，又朝我投以温存的微笑。我只顾茫然呆坐着，留神一看，十一点钟了。我本想叫一辆出租车，在大街上转悠一小时，考虑到夜气会加剧神经痛，便返回饭店了。室内二十一摄氏度。

刚才，在巴黎想起小松君来，唤起一股乡愁。乡愁之于我很宝贵。外国旅行，很少有乡愁惠顾。不论哪国哪地，大都过而即忘。自己在这里，但自己不在任何地方。没有时间和地点。摆脱和自由，这就是旅行的好处。而且，或许凭着我的独自漂泊、浪迹天涯的性格，偶尔变得可怕起来。但越是可怕，越要强迫自己坚持下去。

决不急躁行事，决不规定日程，即使规定也不受限制，这就是我外国旅行的要谛。眼下，我找出离开东京前编排的日程，六月八日，从纽约出发，经里斯本、马德里到伦敦，第二天早晨，再从伦敦前往奥斯陆，预计于笔会大会召开前五六日抵达那里。昨天（十三日晨），从纽约刚到巴黎。一到巴黎，我再也懒得离开了。去不去笔会大会，做不做北欧之旅，如今很难确定。谁也不想见，什么也不想看，哪儿也不想去，只想一个人待着。这就是此次旅行我想告诉人们的。今天，完全是一个人过的。凌晨两点多了。饭店里寂悄无声。睡觉。

十五日早晨，天气很好。萩原大使夫人打电话来，问我要不要去凡尔赛宫看看。八点半起床。听说宫殿的绿树很美，然而我还是谢绝了（为了继续写作这篇蹩脚的通讯）。十一点左右，前往大使馆。没想到走错路了，到了大使公邸。正好遇到将要出门的大使夫人，她就把我送到了办公室。植村甲午郎氏正在同大使会见，我等了一会儿。我托付大使为我代办两件事：一是决定拜访巴黎两家出版社的时间，二是确认奥斯陆饭店的预约日期。我来巴黎只为了这两件事情。还有，请使馆给朝吹登水子小姐打个电话。据说高见顺君作品法语译文读了“令人生厌”，朝吹小姐昨晚才给“教科文”的凯约瓦氏写了一封长信，劝他继续将“令人生厌”的翻译继续下去。朝吹小姐立即打电话给凯约瓦，决定今日四时，我和朝吹两个人前往他家拜会。凯约瓦担任“教科文”日本文学翻译工作，因为笔会的事，同我很熟。

这次旅行，我所感到的乡愁，纽约两次，巴黎一次。抵达巴黎当天，初次见面的日本姑娘（泛美世界航空公司[1]职员），伙同公寓室友招待我吃晚饭，实在是出乎意料。她到我饭店接我，裙子都淋湿了，为了购买浇在浅腌鲑鱼上的酱油，冒雨走了很远的路。她同叫来帮忙的另一位姑娘，两人精心准备了四种菜肴，鱼子酱、腌海带、烤紫菜和梅干等，一应俱全。我的座席上配着一双漆筷，餐桌上装饰着美丽的鲜花。我瞅着面前的花朵，渐渐地，乡愁浸满了心间。这是一间收拾得井井有条的房间。窗户外头，正是荻须高德描绘的巴黎。晚餐临近结束，她的三个朋友到乡下兜风归来路过这里，随之决定一起到蒙玛丽特歌谣酒场走一趟。引路的也不很清楚，沿着山丘上的石板路登了好久，我简直累坏了，第二天一直

1. 英文原名为Pan American World Airways，简称Pan Am。

睡到下午两点。下了场雷雨，我浑然不知。

纽约，乡愁之一。从老人院回来已经过了夜间两点钟了。乘上一辆出租车，司机是个女的。路上只有我一人之后，我主动跟她搭起话来。

“好机灵的狗啊！你在上夜班吗？”

蹲在司机右侧、一直望着窗外的狗，转过头朝我靠来。我抚摸狗的头，摆弄狗的耳朵。女司机对我不太客气地说：“她（指狗）很爱她的耳朵。”她突然改变了语调，“她只认识我一个人。她很shy[1]。”女人不愿意狗对我亲近，这本是自然的事。我重新背靠座席，望着中年女子倦怠的肩头上古旧的上衣，望着面向车窗的狗，联想到深更半夜，她和狗还在继续劳作，不知怎的，这又唤起了我的乡愁。

还有一次是在古根海姆美术馆[2]的凡·高展上，观赏《高更的椅子》的时候。这幅画既不暗淡，也不狂乱。忘记了这幅画是在他们异常的别离之前画的还是别离之后画的。如今，我也不想去查对。我只是从这张椅子绘画中，感应到凡·高

---

1. 英文，“害羞”之意。

2. 英文原文为Guggenheim Museum，所罗门·R.古根海姆（Solomon R.Guggenheim）基金会旗下所有博物馆的总称，是世界上最著名的私人现代艺术博物馆之一，也是全球性的一家以连锁方式经营的艺术场馆。

与高更离别后非同一般的悲伤之情。粗糙的椅子上的烛火和壁灯，这两片火光意味着什么呢？是凡·高和高更，还是灵魂深沉的叹息或憧憬？这些都不去管它。我凝视这幅绘画，胸间溢满泪水，涌起一股乡愁。除了《有乌鸦的麦田》之外，还有许多狂乱的绘画，悲怆的绘画，但此时，只有这幅《高更的椅子》吸引着我。

——今天已经十六日了。明天出席大使馆招待会，先要到克拉利奇饭店去理发。无意之间染了发。女人稍微一接触，就觉得神清气爽。但有一件挺滑稽的事，为了赶在笔会大会开幕前夕抵达奥斯陆，必须乘坐星期六或星期天的飞机，可是怎么也订不上这两天的机票。中途在哥本哈根换乘的机票倒是有，那就先到哥本哈根再想办说吧。假若住一宿，等赫鲁晓夫先生到达哥城，恐怕连只剩一间空房的旅馆也找不到了。被赫鲁晓夫先生给耍了。

（十八日追记——我同凯约瓦氏以及阿尔班·米歇尔公司，就日本文学翻译问题做了充分的讲演。二十三日前往奥斯陆。我还见到了岸惠子女士的女儿麻衣子小姐。不匆忙的话，在岸惠子家里还有可能见到加贺真理子小姐。）

昭和三十九年（一九六四）七月

秋之野

秋之野上铃声响，
不见行人在何方。

秋天的原野响着巡礼的铃声，然而，看不见巡礼的姿影。是隐蔽于树木之间，还是遮掩在芒草丛里呢？那里的树叶变色了，也许正在簌簌凋零了吧？那里的芒草的尾花泛白了，或者已经枯萎飘散了吧？抑或那些巡礼者，早已去了看不见的远方，只有铃声如"远音传响"的晚钟，在秋风里时断时续、如梦如幻了吧？不，不是"不见人"，而是从一开始就没想到看见巡礼的姿影，只要耳边传来巡礼者叮咚的铃声就够了，不是吗？"今天又有巡礼者通过呢。"就连这么点儿思绪也没有了……

类似这种模棱两可的解释真叫人羞愧。其实，“野上铃声”的“野”与“铃”发音为no-beru，不过是玩弄一下字眼儿罢了，一方面使“野上铃声”和“秋之野”在季节上贴合；一方面配上“不见摇铃的行人”，字数也大体相当。我把这首即兴的俳句用毛笔大字写在纸上。书斋里铺开全幅的书简纸，端溪砚里也研好了墨。诺贝尔文学奖公布那天半夜之后，我一个人关在书斋。我要是坐在客厅和茶室，或者到处转悠，我就无法甩掉那些蜂拥而来的“新闻记者”，我就会陷入没完没了的照相和一个接一个的追问之中。亲友们不忍心看到这一点，就把我赶进里头的书斋，躲藏起来。美联社抢先打电话通知了我评奖结果，从接到他们的电话直到深更半夜，我都独自一人闷在书斋，这段时间，我如临大敌，诚惶诚恐。然而，我没有惊慌失措，六神无主。至少，我自己感觉是这样。呼吸、脉搏，和寻常一样。“算啦，就到这里吧”，我对记者们有些生气，只有这时候我才感觉心跳加快。当然，也不是说我可以不顾及家中的骚乱，独自待在书斋里看书，我还没有沉着到这种地步。首先，那副姿态即便没人看见，也只是装腔作势，摆摆架子罢了。因此，我就写字。尽管写下的只是一句戏作，书法可以使我统一身心，静思凝神。

特地憋足气力，一心求好，这是书法的邪道。身边人就有这样的好例子，山水楼主人、宫田游记山人[1]作“合目之书”，是闭着眼睛写的，达到了无心寡欲之境。而且，积长年习练之工巧。近来，我得到许多山人之书，观之皆作如是想。但是，我并不打算立志修成此种境界。等活到八十岁，万一有幸得此长寿，我到那时候再做努力吧。眼下还只能使出浑身解数，不怕捉襟见肘、画虎类犬。虽然如此，也还是不合章法，闭门造车，草率成篇。假如能获得诺贝尔文学奖，那就在我死前一年颁发给我好了。对于一个作家，这样最合适，但偏偏不能凑巧。所以，只得在心底里祝愿：“哦，那小子拿到了，太好啦。”世人淡然一笑，随后一风吹过。——这样才好。我不会把诺贝尔奖获奖作家的奖章和纪念章挂在胸前。我的英文译者塞登斯特卡氏首先打来电话说：“先生，没想到吧？很惊讶吧？我也很吃惊。”对于我来说，这是最符合真实的问候，我就像他说的一样。“他们就是那种作风，中了奖我也不打算向对方表示什么。”听到我这话，塞登又说道：“这就是表示，也还是高兴。”他还告诉我，前天晚上，他到大仓饭店来，同我的妻子以及一位出色地帮助处理家中纷乱的妇女，还有我的女儿，一起去GOGO舞厅和六本木寿司店的时

1. 宫田武义（1891–1992），书道家、收藏家，广岛人，名武义，号游记山人。曾三度到上海东亚同文书院学习，广泛搜集中国美术精品。

候，也没有想到，太让人惊奇了。塞登并非怀疑我的作品是否够获诺贝尔奖的资格，他和原作者我一样，都是出乎意料，感到十分惊讶。塞登氏曾经半公开宣称，除了日本古典文学之外，在现代作家中只翻译我一个人的著作。他读我的书，所以很了解我。这也许出于塞登氏的顽固和偏执吧。

听到获奖消息当时，我就向塞登氏提出，希望一道去斯德哥尔摩参加授奖式，塞登氏欣然接受了我的邀请。我约请塞登氏只担任我在授奖式上讲演的文字翻译和口译，其余的口译，请巴黎的岸惠子小姐担当。公布获奖之后，我在接待络绎不绝的来访客人的间隙，偷空儿到镰仓街上散步，走了一段很远的路程。恰巧这时，巴黎的岸小姐打来祝贺电话，她说明天再打来，于是我就在家里候着她的国际电话。前一天散步回来后，一听说有惠子小姐的电话，我就立即想到请她做我的口译。我向她提出后，她很高兴，在电话里马上就决定下来了。她还说，自己在巴黎举行婚礼，见面时请我做她的证婚人。还说，相皮君也想跟我说几句话。不用说，这位相皮君的法国话，我一句也听不懂。

我和塞登等人在GOGO舞厅待了不到一小时，安田善一先生兄弟前来会面，确实是一次“感动的会见”。诺贝尔奖公布的当天，我从白天起就为安田先生新建的大楼题字。写了简明的献词：“兹将这座大楼献给父亲安田兴一　善一”，再注明年月，添加上“川端康成书”几个字。雕刻在一米见方的大理石上，需要相当大的字，书简纸的横幅是不够的。我从今年初夏开始，为川越市作岩崎胜平墓表，为宫崎县若山牧水纪念馆写牌子，为高知县上林晓诞生地写文学碑，十月十七日又开始为新宿安田先生的大楼作献词，我不知道一天能完成，还是要花两三天时间才行。书简纸时而渗墨，时而干涩，字写得不好也可以藏拙，但是不适合刻在石头上。从东大学习美术史那时起我们结识四十年了，为了安田先生，为了他祭奠先考的一颗忠诚的心，为了这座纪念碑式的崭新而优美的建筑，我也想献上一幅好字。写了一天，不知是第几张了，刚写了开头五个字，被叫去吃晚饭，接着打算回到书斋继续写，刚一坐下，随着走廊上跑来的脚步声，说是有电话告诉中奖了。夜半过后被赶进书斋，但不可能再写大理石的刻字，于是就随意写下"秋野铃声"这首俳句。

十月二十八日，终于结束了废寝忘食的十二天，从繁忙中逃脱出来，想去会见东京古美术商和参观画廊。为了写完那幅字，我一人住在东京一家饭店，第二天早晨六点起床，就坐到桌子前边了。但头天晚上因为会见塞登氏，没来得及到那两家店里，今天想去，所以坐不安稳。先给一家商店的老板家里挂电话，上午九点赶在老板上班之前，我先到达那家商店，于是，我欣然拜读了日莲上人的信，对一休禅师的和歌也豁然贯通。那首和歌题名《心》，歌曰：

向西走，

向西走，

只要一心不乱，

纵有十恶难违。

“向西走”本是指到西方净土寻求极乐往生，今天我的解释是，摆脱此种“念佛”的意味，回归本心、本性和本愿。这和从前看到这首歌轴时不一样。如今我之所以茅塞顿开，也许是托诺贝尔文学奖的福，或者说这首歌启迪了我，教我从中奖的拘禁中解脱出来吧？

昭和四十三年（一九六八）十二月

我在美丽的日本

春日樱花夏杜鹃，朗朗秋月雪冬寒。

这是道元禅师（一二〇〇—一二五三）的一首题为《本来之面目》的和歌。

出云伴我冬月风，霜雪浸身彻骨冷。

这是明惠上人（一一七三—一二三二）的一首和歌。有人求我题字，曾书以赠之。

明惠的这首歌，附有堪称“歌物语”的漫长而详尽的序文，阐明这首歌的意旨。

元仁元年（一二二四）十二月十二日夜，天阴月暗，入花宫殿坐禅。比及中夜，出观[1]之后，自峰房归下房时，月出云间，光映雪上。山谷狼吼，而以月为友，毫不惧怕。入下房后，再观之，月光复昙，隐隐入云中。闻后夜钟声，又登峰房时，月复出没于云间。抵峰欲入禅堂时，月复追云而来，似乎欲躲入对面之峰。人不知月伴我行乎？见之作此歌。

接着：

但见山端明月倾，此时已到峰禅堂。
月随我入峰顶堂，夜夜为友照寝床。

明惠是彻夜关在禅堂内，还是黎明之前再回到禅堂的呢？

观禅之暇睁眼望，见残月之光映窗前。我身在暗处见此，又觉澄静之心融于月光之中了。

无边清澄之心的光芒，是我之光还是月之光呢？

有人称西行为“樱之诗人”，与此相对，称明惠为“月之

1. 和尚闭关修行愿满之后则为出观。

歌人”。

> 明月明月啊，明月明月明月啊，明月明月啊。明月明月明月啊，明月明月明月啊。

这首歌只是一连串感叹的声音。即使自夜半至拂晓的《冬月三首》，也以“咏歌实不以为歌”之趣（西行语），率直、纯真地与月对话，以三十一文字表达较之“以月为友”更加亲密之情。我见月即为月；月为我见，月亦为我。没入自然，同自然合而为一。故而，残月或许将黎明前坐在黑暗禅堂里僧人的“澄静之心”的光明，当作是残月自身的光明了。

《伴我冬月》这首歌，正如长序中所述，是明惠进入山顶禅堂后，将思索宗教与哲学之心同月实行微妙的相应相交而吟出。我之所以借此为人题字，或许是因为将这首歌作为诚实亲切、温驯多情的歌儿接受下来了。入云出云，照亮我往返禅堂之足，不再使我惊骇于狼吼之“冬月”啊，不觉得风儿侵身、霜雪寒凉乎？我将此看作自然对人类的温暖、深沉与细致的关爱的歌，和蔼可亲的日本人的心灵之歌题赠予人。

以研究波提切利闻名于世、对古今东西美术博学多识的矢代幸雄博士，将“日本美术的特质”之一，归结为“雪月花时最思友”这句诗语。见到雪的美丽，见到月的美丽，亦即亲眼看到四时之美时，获得邂逅美的幸福时，则思友愈切，愿与之共享此乐。就是说，美的感动，强烈诱发怀人之思。这一“友人”亦可广义地理解为“人类”。还有，表现“月、雪、花”四季变化之美的语言，在日本，表现山川草木、森罗万象，以及自然界的一切，包括人的感情在内的美的语言，皆属于传统。而且，日本的茶道，也以“雪月花时最思友”为其根本的精神，茶会也就是“感时之会”，于好时节召集好朋友相会一处。——因之，我的小说《千羽鹤》被理解为日本茶道的精神与形态美，是错误的。那是我对如今世上俗恶之茶道保有怀疑与警惕，甚至加以否定的作品。

春日樱花夏杜鹃，朗朗秋月雪冬寒。

道元这首歌，也是吟咏四季之美的歌。自古以来的日本人将春夏秋冬中最喜爱的自然景物的代表，随意列出四种来，寻常、老套、平凡，可以说再没有比这更不像和歌的和歌了。可是再举一首另一位古人类似的一首歌，即僧良宽（一七五八—一八三一）的辞世歌：

安留遗品在俗世，春花秋叶山杜鹃。

这首歌和道元的歌一样，与其说是将寻常事物用寻常语言毫不经意地说出，不如说是随心所欲，于连缀重叠之中，传达出日本的真髓。何况是良宽的辞世歌。

烟霭迷离知春永，竟日与子弄手球。

风清月朗融融夜，彻曙共舞惜残年。

不是与世两分离，只因独爱逍遥游。

这些和歌与作者的生活，居于草庵之中，身裹粗衣，徘徊于野道，与儿童嬉戏，与农夫交谈，对于宗教与文学的深意，不适用难懂的语言，而是以“亲切浅显”的无垢的言行表达出来。良宽的诗歌与书风，超脱江户后期，十八世纪末至十九世纪初，日本近世之俗习，达到古代高雅之境。即使在现代，书与诗歌备受人们喜爱的良宽，此人的辞世，没有留下任何可以称作遗物的东西，他也不想留下任何东西。自己死后，大自然依旧美丽，或许这就是自己留给这个世界的遗物吧？这首歌，非但饱含着日本自古以来的精神要素，同时也能窥知良宽的宗教之思想。

久久盼君君不至，今日相见何所思。

良宽还有一首表达爱情的歌，我也很喜欢。六十八岁老衰的良宽，同二十九岁的年轻女尼贞心相遇，陶醉于美好的爱恋之中。这首歌，既可作为邂逅永恒女性的喜庆之诗；亦可看作久等不至、如今飘然而来的欢乐之歌。“今日相见何所思”，充满率直的真情。

良宽死于七十四岁。他生在与我的小说《雪国》同一个雪国越后，那地方面临自西伯利亚越过日本海吹来的寒风，亦即“里日本”的北国，今日的新潟县。他一生都是在雪国度过的。他日渐老衰，知死期将临，而心性澄澈，一派明净。可以想象，这位诗僧“临终的眼”，似乎依然映照着辞世歌中所表达的雪国自然之美。

我写过一篇题为《临终的眼》的随笔。文中“临终的眼”这个词儿，是从芥川龙之介（一八九二—一九二七）自杀的遗书中摘引来的。这是全篇文章里最能打动我的心的一个词语。使得“所谓活力”“动物性力量”，“次第消失”。

> 我如今居住在冰一般透明的、有着病态神经的世界。（中略）但问题是，我何时能断然自杀呢？大自然在我眼里，比寻常更加美丽。既热爱自然之美，又一心企图自杀，你一定在嘲笑我的这一矛盾心理吧？不过，自然之美，只会映照在我的临终者的眼睛里。

一九二七年，芥川三十五岁时自杀了。我在《临终的眼》

这篇文章里说过：

“不论如何厌离现世，自杀都不是理智的姿态。即便德行很高，自杀者也远离于大圣之域。”

对于芥川和战后的太宰治（一九〇九—一九四八）等人的自杀，我既不赞美，亦无共感。但还有一位英年早逝的朋友，日本先锋派画家之一，久已考虑自杀。“他平日的口头禅就是，死是最高的艺术，死就是生。”（《临终的眼》）我推测，这个人生在佛教寺院、毕业于佛教学校，他对死的看法，不同于西方人对死亡的看法。“但凡有头脑之人，谁也不想自杀。”由此，我胸中想起一事，即那位一休禅师（一三九四—一四八一）曾两次企图自杀。

这里，我将一休冠以“那位”二字，是因为他作为童话中的顿智和尚，在孩子中很有名。他那无碍奔放的非同寻常的故事广为流传。“童儿登膝摸胡须，一休手中鸟啄食。”看起来，他是一个极为无心无思、平易近人的和尚，实际上他是一位严谨峻厉、善于思考的禅僧。相传为天皇之圣胤的一休，六岁入寺，初现少年诗人之端倪，同时又为宗教和人生的根本问题而苦恼——“若有神，则救我；若无神，则沉我于湖底，肥鱼腹。”他曾试图以身投湖而被制止。后来，因为一休所在的大德寺一个和尚自杀，牵连数人投狱，一休深感其责，“肩头沉重”，入山绝食，决心一死。

一休将那本诗集亲自命名为《狂云集》，并以“狂云”为

号。《狂云集》及其续集中，作为日本中世的汉诗，尤其是禅僧之诗中，可以见到那些无与类比、令人胆战心惊的恋爱诗，甚至有表达闺房秘事的艳诗。一休食鱼，饮酒，近女色，超越禅宗戒律与禁制，将自己从中解放出来，由此而同当时宗教的形骸相逆反，于当时因战乱所崩坏的世道人心中，矢志确立人的实际存在、生命本然的复活。

一休所在的京都紫野大德寺，至今仍是茶道的本山。一休的墨迹悬挂于茶室而被人们所宝爱。我也收藏着一休两幅墨迹，其中一幅写着这样一行字："入佛界易，入魔界难。"我被这句话所打动，自己也经常提笔书写下来。这句话的寓意可做多种解释，要想进一步深入探讨，则境界无限。"入佛界易"之后再加以"入魔界难"几个字的一休禅师，永远活在我心中。那些终极探求真、善、美的艺术家里，也有"入魔界难"的感慨、恐惧与祈求的心愿，或显露于表面，或深藏于内里，此乃命运之必然。失去"魔界"，则没有"佛界"。而且入魔界更加困难，意志薄弱的人根本做不到。

逢佛杀佛，逢祖杀祖

这是广为人知的禅语。若将佛教宗派分为他力本愿与自力本愿，自力的禅宗也会有如此激烈严峻的语言。他力本愿真宗的亲鸾（一一七三——二六二）所说的"善人往生，况恶人乎？”和一休的“佛界”“魔界”既有通达之心，亦有相异之途。这位亲鸾还说过“弟子无一人”“逢佛杀佛，逢祖杀祖”。“弟子无一人”，抑或也是艺术严烈之命运吧。

禅宗没有偶像崇拜。禅寺虽然也有佛像，但修行场所、坐禅思索之堂则没有佛像、佛画，不备经文，瞑目，长时间坐着，无言，不动，随之进入无念无想之境。灭“我”成“无”。这个“无”字，不是西洋风格的虚无，相反，是万有自在来往的空，是无涯无边无尽藏的心灵的宇宙。禅也有师指导，与师问答而受启发，习学禅的古典，这是当然的；但思索之主，始终是自己，开悟也必须凭借自己之力而实现。而且，直观强于论理，内在的觉醒与悟道比学习其他更为重要。真理“不立文字”，在于言外。以求维摩居士“默如雷”之极致。中国禅宗的始祖达摩大师所言“面壁九年”，是一直面对洞窟的岩壁而坐，沉默思考，最后达到开悟。禅之坐禅，即来自这位达摩的坐禅传说。

问则言不问则不言，达摩大师心中自有主张。（一休）

一休另有一首道歌：

若问心灵为何物，恰似画中松风声。

这也是东方绘画的精神。东方画的空间、余白、省笔，也成为此种水墨画的中心。“能画一枝风有声”（金冬心）是也。

道元禅师也有“君不见，竹声悟道，桃花明心”这句话。日本的花道、插花的名家池坊专应（一五三二——一五五四），在他的口传中有“仅以小水尺树，现江山数程之胜机（趣旨），于暂时顷刻间，催发千变万化之佳兴，堪称仙家之妙术也”。日本的庭园，也象征广大的自然。西洋庭园的建造讲究均衡，两相比较，日本的庭园大都建造得很不均衡。不均衡比均衡多，或许象征广大的缘故吧。当然，此种不均衡是以日本人纤细微妙的感性而保持平衡。日本的造园复杂、多趣、绵密，因而也就更加困难，再没有比此种造园法更难的了。所谓“枯山水”，就是紧紧将岩石和石子堆积组合的造园法。通过“石头的组合”，在那里建立从未有过的山、河，还有翻卷着巨浪的大海洋。这种极端的凝缩，就成了日本的盆栽、盆石。“山水”这个词儿，包括山与水，也就是自然之景色、山水画，也就是风景画、庭园等意思，直到“古朴优雅”“寂寞寒酸”等意思。可是，“和敬清寂”的茶道所崇尚的“侘寂”“闲寂”，不用说，自然隐藏着丰富的心灵。极为狭小和简素的茶室，反而满储着无边的广阔与无限的优丽。

利休也说过，要使一朵花比百朵花更加艳丽，满开的花不可做插花。今天的日本茶道，茶室的壁龛里大都是一朵花，而且多数是蓓蕾。冬季有冬季的花，例如，名为“白玉”“侘助”

的山茶花。于众多品种的山茶中挑选小朵、色白者，只限于一枝蓓蕾。无色之白，最为清丽，同时具有最多之色。而且，这枝蓓蕾一定要含露，并用几滴水润湿花瓣。五月，将牡丹花置于青瓷花瓶，作为茶室装点最显豪华。此牡丹花依然是一枝白色蓓蕾，而且也应含露才行。不仅花瓣淋水，还要预先将插花用的瓷瓶用水濡湿。这种例子也不少见。

日本的插花瓷瓶中，品位最高、价钱最贵的古伊贺（约十五六世纪）濡于水中则如美人苏醒，艳丽生色。伊贺瓷用强火烧制，其焚物（燃料）的草灰和炊烟降落下来，沾在花瓶上，流离下来，随着热度的减弱，凝结为釉药。并非由陶工手制，而是出于窑中自然之技艺，方生出五彩之缤纷，堪称“窑变”。伊贺瓷的涩滞、粗犷和强劲，一旦含有水汽，则光艳照人，与花露相呼吸。预先将茶碗置于水中，使之濡润，成为做茶道的一项规矩。池坊专应所说的“山野水边天然姿”(口传)，当作自我流派的新的花道之精神。破器枯枝亦可有“花”。于此，有花则有悟。“古人皆插花而悟道。”因禅宗的影响，日本人的审美之心方见觉醒。这也是生活在长久内乱的荒废之中的日本人心灵的展现。

日本最古的和歌物语集以及包括众多短篇小说的《伊势物语》(成书于十世纪）之中，有一段在原行平插花招客的故事：

好事者养花于瓮中，其花中有艳冶之藤花。花蔓长及三尺六寸也。

所谓花朵长垂之藤，何等妖艳，甚至令人难以置信。我有时感觉到此种藤花是平安文化的象征。藤花，按日本人的说法，代表女性的优雅，垂首盛开，摇曳于微风之中，轻柔谨严，婉转动人。其婀娜之姿，隐现于初夏绿色之中，楚楚可怜。其花蔓长达三尺六寸，真是奇艳无比啊。日本善于吸收唐代文化，并加以日本风格的消融吸收，于千年之前确立了日本的美，这也像妖艳的藤花辗然盛开，堪称异样的奇迹。和歌方面，最初的敕撰和歌集《古今集》（九〇五），小说方面《伊势物语》、紫式部（生卒年不详，一般推定为九七八—一〇一四）的《源氏物语》、清少纳言（生卒年不详，或推定为九六六年生，最后存世的资料为一〇一七年）的《枕草子》等，是日本古典文学至高无上的名作，创造了日本美的传统，与其说影响，不如说统治了以后八百年间的文学。尤其是《源氏物语》，贯通古今，为日本最负权威的小说，直到现在，未有其他小说与之相比。十世纪的时候，就能写出如此具有近代风的长篇小说，作为世界之奇迹，为海外所广泛知晓。少年时代的我，读起古文来似懂非懂，我所阅读的众多平安文学中，《源氏物语》深深渗入我的内心。继《源氏物语》之后，日本小说创作，悉皆向往这部名著，竞相模仿、改编，此种风气延续数百年之久。和歌不用说了，从美术工艺到造园，《源氏物语》成为最深最广的美的食粮。

紫式部和清少纳言，还有和泉式部（九七九一？）、赤染卫门（约九五七一一〇四一）等著名歌人，都是在宫中供职的女性。平安文化一般都出自她们之手，是女性的文化。《源氏物语》和《枕草子》的时代，是此种文化最兴盛的时期，也就是从烂熟的顶峰向颓废倾倒的时代，虽然荡漾着荣华绝顶的哀愁，但由此使人看到了日本王朝文化灿烂的盛时。

不久，王朝衰弱，政权由公卿移向武士，镰仓时代（一一九二一一三三三）开始。武家政治一直延续到明治元年（一八六八），约七百年。然而，天皇制和王朝文化并未湮灭，镰仓初期的敕撰和歌集《新古今集》（一二〇五），进一步推进平安时代的《古今集》技巧作歌法，虽然具有玩弄语言之弊端，但重妖艳、幽玄、余情，增添感觉的幻想，同于近代的象征诗。西行法师（一一一八一一一九〇）就是这两个时代，即平安与镰仓相连接时代的代表歌人。

床上相思见君难，明知是梦何必醒。

梦中屡见情郎面，醒后无法看一眼。

这是《古今集》中小野小町的歌，既是梦中之歌，又是率直的现实之叹。接着，经过《古今集》之后，进一步变成了微妙的写生：

群雀声声鸣竹梢，斜阳尽在秋色里。

庭院秋风侵身凉，夕照东墙影自消。

镰仓末永福门院（一二七一—一三四二）的御歌，是日本纤细的哀愁的象征，我感到与自己十分亲近。

吟出“春日樱花夏杜鹃，朗朗秋月雪冬寒”的道元禅师，以及写出《伴我冬月》之歌的明惠上人，大致都是《新古今集》时代的人。明惠与西行以和歌赠答，也经常谈论和歌。

> 西行法师常来交谈，曰：凡读我歌者，会觉得与寻常迥然各异。樱花、杜鹃、月、雪等，虽然寄兴于万物，但所有这些都是虚妄的，遮蔽了眼睛，充满着两耳。所读出的语句尽皆非真言乎？咏花并不认为是真花，咏月则不认为是实际之月。只是如此地随缘随兴，且咏且歌。犹如彩虹，悬留于虚空，五彩缤纷。又像阳光灿烂，照亮虚空。然而，虚空本不明耀，且为无色之物。我于此虚空之心灵上虽饰以种种色彩，但未留下踪迹。此歌乃如来真形体也。
>
> （摘自弟子洗海《明惠传》）

日本或东洋“虚空”以及“无”，于此也都说得很好。有的评论家说我的作品就是“虚无”。西洋流的所谓“虚无主义”这个词儿并不准确。心灵的根本迥然各异。道元的四季歌，虽然也以《本来之面目》为题，但一边歌颂四季之美，一边强烈表达了禅宗的法理。

昭和四十三年（一九六八）十二月

夕之野

“心”字写得很大，下面的歌散为五行。第五行是“纵有十思难违”最后一个字母，占整个一行。款识分写于和歌两侧，右面是“赠紫之纯藏主”，左面是“四条唯阿弥陀佛书之”。钤印两方，右为“一休”，左为“国影”。据田山方南先生解释（载《古美术》二十号，昭和四十二年十二月发行），“四条”似乎指游行寺派时宗的四条道场金莲寺，一休受该寺一个叫唯阿弥陀佛的人之托而书就。如果“唯阿弥陀佛”是人名，那么就是一遍上人流派的念佛僧本人的名字，一休不拘泥于自己的禅宗，写下了这首称扬对方念佛思想的和歌。

以前我看到“心字和歌”的挂幅时，为“心”这个大字的沉静高远所吸引，因为我当时也忝列杂志《心》的同人，但对于“西方净土、极乐往生、一心念佛”的和歌并不注意。

然而，十月二十八日再次看到这个挂幅的一瞬间，这首歌的意思便了然于心了。

向西走，
向西走，
只要一心不乱，
纵有十思难违。

这是念佛歌，同时又是禅歌，意思是“只要内心方正无邪，不论有何想法皆不会违扰道义”。就是说，本根坚实融通，任其想些什么做些什么，都不为过。本性不移，他皆可狂！只求圆融无碍，根深蒂固！

我一旦开悟，就被这首“心字和歌”猝然攫住了。于是，我感到了昨天自己的一种不自由。昨天在银座画廊有幸提前看到了准备展出的绘画，无论是马奈画的女人像，还是日本人喜欢的莫奈笔下的风景，还有德拉克洛瓦的侧面妇女像的宝石般的小点儿，都使我精神振奋不已。老板还把马奈在画稿纸正反两面所描绘的墨线图借给我，说“带回家慢慢欣赏吧”。我拿着画路过一家熟悉的洋货店，经理说有一件大衣叫我务必试穿一下，披上一看，尺寸正合身。面黑内红，我自然对红色的里子犹豫起来。店里人撺掇说，这可是伊丽莎白女王和女王的母后御用商店制作的，是英国王室风格的式样，里面的胭脂红也是王室的高雅之色，对于过了“还历[1]”将近十年的我，红色里子最为难得。对此，我这个有些轻佻和浮华的人动心了，可是同行的妻子皱着眉制止了我。朋友的女儿也很感兴趣，极力怂恿，结果，我还是打消了这个念头，因为我害怕朋友看到我被诺贝尔文学奖冲昏了头脑。假如没有这个奖，我很可能买下这件吊着美丽的胭脂红里子的大衣。能够随意解说一休“心”字之歌的我，却囿于这个奖项，未能毅然买下这件红里子大衣，昨天的自己真是太可鄙了。“十思难违”的自由，不能因获个什么奖而丢弃啊！

我说过，如果能拿到这个奖，最好是在我死的前一年。我之所以这么说，就是因为我想到会遇上这类事情（当然，我不敢保证今年不是我死的前一年）。不用说，作家应该是个无赖子、流浪汉，荣誉和地位都是障碍。太多的不遇使得艺术家的意志薄弱，不耐劳苦，说不定就连才能也会萎缩，但反过来，声誉也很容易变为才能衰亡的根本。受命运支配的我一直难于和命运抗衡，今后还会受到它的关顾。我的故乡茨木市，这回发布名誉市民令，想把我推为第一号。市长和市议会的人日前到我镰仓家里来告诉我这件事情。当今时兴

1. 干支每隔60年循环一遍，故虚岁61岁重新开始。

的文学碑，听说在我毕业的高中（当时是初中）学校和我的村庄故家前面也要建立起来。辞退已经很困难，很麻烦。我跟他们说，既然是个小说家，肯定会有“不光彩”的言行，肯定敢于写下一些离经叛道的作品。没有这些，小说家就会死灭。所以总有一天，人们会觉得还是取消“名誉市民”的称号为好，这样的事迟早会发生。我反复强调这一点，市里的人们就是不同意。中奖是当年一年中的事，因为是文学奖，能够理解作家的无德行为，而“名誉市民”是持续一生的资格，心理上的压力更大。我希望能摆脱一切“名誉”，给我自由。

本来，我一到外国，就如鱼得水，自由自在。可是，这种自由似乎也早已失掉了。今天，是十一月二十四日，星期天，傍晚，我在六本木下车，被五六个外国人抓住，又是握手，又是祝贺，嘴里咕咕哝哝叫着“川，川”。我以为是美利坚合众国的大使馆官员，听着听着，才知道他们是多米尼加共和国大使馆的官员及其夫人们。我说要到多米尼加大使馆办事，他们这才放开紧紧握着的手。今天早晨，在饭店的药铺里，碰到瑞典大使的儿媳妇，跟她在一起的老妇人有一册英译本，我给她签了名。这位大使的儿媳妇是新闻记者，到镰仓家里来过两三趟，所以很熟悉。今早她特地给我引见了她的两个可爱的孩子，一男一女，似乎都在上幼儿园，他们高兴地同我握了手。从这个月十二日起，我到京都玩了一周，兼办一些光悦会的事情。那时候，参加世界博览会的各国首席代表都住在“都饭店”，马耳他总理给我介绍一位很稀奇的读者，说他把我的书的译本全都买下来读完了。我还以为他是法国代表，一看名片，方知是葡萄牙代表。听说发布我得奖消息的第二天，大仓饭店的书店里还剩下一些塔托尔[1]版的我的书的译本，售完之后，当天又有二百多外国人跑来买书。各国报社得到书之后，根本来不及找人阅读，西班牙报纸干脆把我的大幅头像登了上去。

秋之野上铃声响，
不见行人在何方。

寂寥而悲凉的句子！较之写下这首戏作那天夜里的思绪，诺贝尔文学奖给予我的还要更深一层。接受外国人祝贺，为他们签名，没完没了，弄得我战战兢兢。接着“野上铃声”的戏作又写了下面的一首戏作：

夕阳辉耀野原阔，
钟漏远闻秋已深。

---

1. Tuttle-Mori Agency,Inc.，日本最大的海外版权代理公司。

这里的“野”和“钟”也一起读作no-beru。但是，“铃声行人”这首巡礼的俳句，写的是我少年时代故乡的景色。其中，也包含着我的一种愿望：我的日本风格的作品也像这秋野巡礼的铃声。看不到巡礼者的身影没关系。巡礼的铃声是哀伤的，寂寥的。那些踏上巡礼之途的人的心底里，不知道栖息着什么妖魔鬼怪呢！日本的秋天，原野上晚霞辉映，远钟传响，声声渗入人的心胸，长存不息，自己的作品也该是这样的啊！我把这种心愿纳入这首戏作俳句之中了。我自身也许早就变成深秋的晚霞了。

先头一羽穿云至，
漠漠秋空群鹤翔。

写下前一首俳句两三天后，听到电视新闻里报道，鹤群由北国来到日本的时候，先有一只鹤最早飞来。我要是能从北国获得诺贝尔文学奖，那么，可以得到这项奖赏的作家，日本自然还有好几位。对不起，我先走一步了。就是这么一首奇怪的俳句。——同一休“心字和歌”一道儿，日莲写给四条金吾女官的信，也被我借来，带回了旅馆……

昭和四十四年（一九六九）一月

美的存在与发现

我在卡哈拉·希尔顿饭店住了将近两个月。有多少个早晨，我坐在伸向海滩的阳台的餐厅里，望着角落长台上的一堆玻璃杯在朝阳下熠熠生辉的美丽景象啊！玻璃杯居然会这般光耀动人，这是我在别的地方未曾看见过的。在法国南部海岸的尼斯或戛纳，在南意大利索伦托半岛的海滨，都未曾看见过，尽管那里的太阳一样明媚，那里的海色一样艳丽。卡哈拉·希尔顿饭店的玻璃杯的闪光，将作为一个鲜明的象征，终生铭刻在我的心里，使我永远记住被称为“常夏的乐园”的夏威夷或檀香山光辉的太阳、明朗的天空、艳丽的海色、碧绿的树林。

这一堆玻璃杯，虽然像出征的队伍一般整齐地排列着，但都是底朝上倒扣在那儿，有的叠放了两层，大大小小，挤挤碰碰地聚集在一起。这些杯子并非整体都能映到朝阳，只是那倒扣着的杯底的圆弧发出闪闪的白光，像宝石一般耀目生辉。杯子的数目不知有多少，恐怕足有两三百只，这些杯子也并非都在底边圆弧的同一地方发出同样的光芒。不过，相当多的杯子在底边的圆弧上都有一个明亮的光点，像星星一般。这一排排杯子散射着一列列光亮，看上去着实动人。

正当那玻璃杯底边的光亮令我赏心悦目的时候，杯体上映着的一片朝晖，也渐次进入了我的眼帘。它不像杯底那样强烈，是一片隐约而柔和的光。在阳光灿烂的夏威夷，使用“隐约”这个日本式的词儿，也许不尽相称。然而，这杯体上的光线毕竟和底边的那一点光亮不同，它顺着和缓的坡度向玻璃表面扩大开来。这两种光虽然各不相干，但都是那般清莹、美丽。夏威夷丰盈而明媚的太阳，也许得济于清爽而澄洁的大气吧。当我看到屋角餐桌上备用的那堆玻璃杯上朝阳的光辉，大有一番感受之后，为了歇息一下眼睛，便朝阳台餐厅望去。客桌上的玻璃杯已经盛进了水或冰，那玻璃杯体连同里边的水或冰，都映射着早晨的太阳，显得十分深沉，晃动着各种微妙的光亮。这种光亮依然是清莹、美丽的，你若不注意就发现不了它。

玻璃杯映着朝阳反射出的美景，看来并不限于夏威夷的檀香山海滨才有吧。法国南部海岸，南意大利海岸，还有日本南部的海滨，抑或都像卡哈拉·希尔顿饭店的阳台餐厅一样，那明媚丰盈的日光也会映射在玻璃杯上的。檀香山光辉的太阳、明朗的空气、艳丽的海色、碧绿的树林，通过玻璃杯这种不屑一顾的寻常用具，使我找到了鲜明的象征。即使不是这样，能够象征夏威夷之美的明显的标记、为其他地方所无法类比的东西当然应有尽有。例如，颜色鲜洁的花朵，姿态婀娜的茂密的树木，此外还有我未曾得以一饱眼福的、仅在一处海面才能观赏到的雨中直立的彩虹，还有那月晕般团团卷裹着月亮的圆形彩虹。这些都是罕见的景色。

但是，我在阳台餐厅里却发现了朝阳映射玻璃杯的美景，确确实实地看到了。这美景是我的初遇。以往，我不曾记得在哪里看见过。然而，不正是这样的邂逅反映着文学，反映着人生吗？这样说或许过于抽象过于夸张了吧？似乎有一点，但也不见得。我至今走过了七十年的人生历程，才在这里初次发现阳台玻璃杯上的这种闪光，并且有所感受。

饭店的人恐怕未曾想到玻璃的闪光会产生如此美的效果，才把杯子堆放在那里的吧。他们也不可能知道我竟然会由此而感觉出美来吧。我自己过分惦念着这种美，心中已成了习惯，老是思忖：“今天早晨会怎么样呢？”再一看那堆玻璃杯，情况就不同了。说得详细一点，刚才我讲到了倒扣着的杯底圆弧的某一点上散射着星星般的光亮，但其后经反复观察，因时间不同，角度不同，那星星般的光亮不止一处，而是好多处都有，也不光在杯底的边缘，就连杯体的表面也闪着星星般的光亮了。那么，底边上仅有的一点星星般的光亮，是我的错觉或幻影吗？不，既有闪射一点星光的时候，也有群星灿烂、较之一点星光更加美丽的时候。然而，对于我来说，那最初看到的一星光亮才算是最美的。在文学里，在人生里，抑或也有这样的情形吧。

我本来应当首先从《源氏物语》讲起的，然而却说出了有关餐厅玻璃杯等许多话来。不过，我嘴上说的是玻璃杯，头脑里不断想着的却是《源氏物语》。也许别人不怎么理解，不怎么相信，但确实是这样。我拉拉杂杂讲了一大堆关于玻璃杯的话，类似这样的事情，在我身上常常发生。它说明了我的文学与人生的愚拙。要是从《源氏物语》开始谈起就好了，可以用简短的语言描写玻璃杯的闪光，或者用俳句和短歌加以吟唱。然而，我在此时此地发现朝阳映射玻璃杯的美景，并运用自己的语言表达我的感受，也能够使我心满意适。当然，在别的地方，别的时间，也会有类似玻璃杯一般的美景，但是与此完全一致的美景，恐怕在别的地方、别的时间再也不会发生，至少我以前未曾见过。这也许可以称为"一期一会"吧。

某处海面直立的彩虹，月晕般卷裹着月亮的圆形彩虹，这些美丽的传闻，都是我在夏威夷从一位从事俳句创作的日本人那里听到的。据说他在夏威夷也想编一本夏威夷岁时记，这罕见的两种彩虹都是夏天的季题，可以写出"海上听风雨”“夜半望飞虹”这样的句子，也许还有更贴切的词儿。在夏威夷据说也有“冬绿”这样的季题，听到这个词儿，我便想起了自己练习写作的俳句：

遍地皆绿，时时皆绿，去岁到今年。

作为描写夏威夷“冬绿”的俳句也许可以说得过去，因为这本来是今年元旦在意大利索伦托半岛写的一首。那时我离开落叶飘零、一派冬枯景象的日本，飞过北极上空，在瑞典住了十天。这里，太阳只低低地贴着地平线爬行了一会儿便沉没了，白昼甚为短暂。此后，又经过同样寒冷的英国、法国，来到意大利南部的索伦托半岛。仲冬时节，我眼里的森林、草木几乎一片青翠，游目骋怀，留下了鲜明的印象。街道树木上的橘子，染上浓浓的朱红色。但是这年冬天，意大利的天气据说很不正常。

元日朝雨至，四处茫茫然，
维苏威火山，白雪不复见。

海上骤雨降，山巅白雪落，
半岛大道上，朗朗阳光多。

元旦乘车游，夕暮方得返，

远望拿波里[1]，灯光时可见。

第二首是乘车翻越山头时写的短歌，一进山，便下起了纷纷扬扬的鹅毛大雪，索伦托半岛发生了异变。

我很惭愧，自己不会写俳句、短歌或诗，但是在这遥远的国度，趁着旅行时的愉快心情，姑且学习写着玩玩。将这些游戏文字记在笔记本上，日后翻阅，也可以回忆起当时的情景来。

吟咏冬绿俳句中的“去岁到今年”，是送走去岁，迎来新年，即忆旧思新的意思。这是新年的季题，我采用这句话，是因为头脑里想起了高滨虚子（一八七四——一九五九）的俳句：

去岁到今年，时光一贯如棍棒。

这位大俳句家，住在镰仓我的宅邸附近。战后，我撰文赞扬虚子的短篇小说《虹》，老先生亲自来到舍下表示感谢，使我很过意不去。他自然穿的是礼服大褂，趿着高齿木屐。

1. 现通译为“那不勒斯”。——编者注

更引人注目的是脖子后面斜插着写有短歌的稿本[1]，这稿本是专为送我的，上面写着他自己作的俳句。我这才知道，原来俳人都有着这样的习惯。

镰仓车站，每逢岁末到新年，总是把城中的文人自创的短歌、俳句悬挂在车站的院子里。有一年岁暮，我在车站看到了虚子的“去岁到今年”这首俳句，不由一震。我对“时光一贯如棍棒”这句十分惊奇，甚为感佩。这是大家之言，我仿佛遭到了禅宗的当头棒喝。据虚子年谱所载，这首俳句写于一九五〇年。

作为《杜鹃》杂志主持人的虚子，看起来写了无数自由自在、无所造作的平淡的俳句，就像寻常闲话一般。但其中也有视野博大无比，令人震惊，意境幽邃的佳句。

虽言白牡丹，微微透红意。
秋菊惨淡枯，何物停上边？
秋季多晴日，迷离散异香。
一年复一年，默然去不返。

---

1. 原文作“短册”，载有诗歌、书法、画的抄本。

“一年复一年”与“去岁到今年”两句有共通的地方。有一年新年，我在随笔中引用了阑更的句子：

元日，但愿此心长存于世。

有一位朋友嘱我将这首俳句写在新年挂联上。细审此诗，或高或低，或俗或纯，总有些寻常说教的口吻。因有此种顾虑，只写了这一句便犯起踌躇，随即增写了他人的几首。

美哉兮美哉，岁暮夜空高。——一茶

去岁到今年，时光一贯如棍棒。——虚子

元日，但愿此心长存于世。——阑更

新天舞千鹤，渺渺如梦幻。——康成

我的这首俳句当然是跟朋友逗趣的，聊作笑谈。

小林一茶（一七六三—一八二七）的这首俳句，是我在镰仓一位古字画商那里发现的，记得上面还写有“一茶自笔”的字样。我没有考证这首俳句是在何时何地写成的。

何处寻故里，大雪五尺深。

一茶的故乡位于信浓的柏原和多雪的越后县境上的野尻湖畔，这首俳句或许是他的回乡之作。因为那里正是户隐、饭纲、妙高诸山的山麓，冬季夜空高寒爽洁，繁星如雨，荧荧生辉，况且又值岁末除夕的夜半。因此，他便在“美哉兮美哉”这种平常的词语里发现了美，并加以创造。

虚子的“时光一贯如棍棒”一句，是大胆无敌的语言，为凡人所不及。其中不正蕴蓄着深邃、博大、坚实的内容吗？“一年复一年”“默然”这些词语，写入俳句是很难处理的。然而，清少纳言的《枕草子》却有着这样一段话：

万物徒然逝不返……悬帆之舟，人之年华。春、夏、秋、冬。

虚子的“默然去不返”使我想起《枕草子》的“徒然逝不返”。清少纳言和高滨虚子把“徒然”“默然”用活了。相隔九百五十余年的两位文人，在语感语意上也许多少有些不同，但我以为这不同毕竟很小。虚子当然是读过《枕草子》的，然而虚子在吟哦这首俳句时，他脑子里是否有“万物徒然逝不返”这句话，或者据此搞过所谓“掉书袋”的事，我不得而知。即便是仿作，也无损这句俳句的意义。这里应当说明，“默然”这个词儿，虚子比清少纳言用得似乎更为恰切。《枕草子》若照我的话来说，它当然也具有《源氏物语》的韵味，两部作品并驾齐驱，这是历史的必然。《源氏物语》的作者紫式部和清少纳言，两人都是光耀古今的天才，命运使她们生活在同一个时代。这个时代培育了这两个天才，并使之发扬光大。她们能够生活在这个美好的时代，也是命运。假如她俩早生五十年或迟生五十年，也许写不出来《源氏物语》和《枕草子》，两人的文才也不会那样高，所取得的成就也不会那样大。这是肯定的，又是可怕的。不管是《源氏物语》或《枕草子》。我首先痛切感到的就是这一点。

日本的物语文学，到了《源氏物语》出现高峰，因而达到了极限；军记文学到了《平家物语》（一二〇一——一二二一年左右成书）出现高峰，因而达到了极限。浮世草子[1]到了井原西鹤（一六四二——一六九三）出现高峰，因而达到了极限；俳谐[2]到了松尾芭蕉（一六四四——一六九四）出现了高峰，因而达到了极限。还有，水墨画到了雪舟（一四二〇——一五〇六）出现高峰，因而达到了极限。宗达、光琳派绘画

1. 江户时期小说的一个类型，反映都市中下层社会生活的庶民文学。

2. 通称具有滑稽意味的诗体文学。

到了俵屋宗达（桃山时代，十六世纪后半—十七世纪初叶）和尾形光琳（元禄时代，十七世纪后半），或者说到了宗达时期已经出现高峰，因而也到了极限。他们的追随者、仿效者尽管不属亚流，但这些继承者和后辈出生不出生、存在不存在都是无可无不可的事，不是吗？也许我这种看法过于严格、过于苛酷了，不过我作为一名文学家，却被这样的想法折磨着，自己生在当今这个时代，寄诸时世之命运，不妨考虑一下自己的命运。

我主要是写小说的，在今天，小说果真是最适合这个时代的艺术和文学吗？倘若如此，不免有这样的疑问：小说的时代不正在离去吗？或者说文学的时代不正在离去吗？纵观今日西洋小说，也会产生这样的疑问。而且，日本移入西洋文学约有百年，这时期的文学就其日本风格来讲，尚未达到王朝时期的紫式部或元禄时期的芭蕉那样高的水平，就开始衰退削弱下去了。或者说，日本文学将来还会有上升期，今后还会产生新的紫式部和新的芭蕉，倘若如此，这倒是值得庆幸的。我总认为，明治以后，随着国家的开化和勃兴，虽然出现了一些大文学家，但许多人在西洋文学的学习和移植上花费了青春和力量，为启蒙事业消耗了半生，而在以东方和日本为基础、进行自我创造方面，却未能达到成熟的境地。他们是时代的牺牲者。他们似乎和芭蕉不同——“不知不易则难于立根基，不知流行则不可树新风”。

芭蕉遭际时代的恩惠，是那个时代发扬和培育了他的才能。他为众多的贤良弟子所敬慕，被世人所承认和尊崇。尽管如此，他在《奥州小道》这部旅行记中一角写着“死于道路，此乃天命”的话。

道上无行人，秋日已黄昏，
当此秋深时，邻人作何事？

芭蕉在最后的旅行中写下了这样的俳句：

旅途抱病日，枯野梦中游。

他就是这样在行旅之中写下这首辞世歌的。

我住在夏威夷饭店的时候，主要阅读了《源氏物语》，顺便阅读了《枕草子》。这是我第一次真正弄明白《源氏物语》和《枕草子》、紫式部和清少纳言的差异。连我自己都很惊奇，我怀疑这是因为自己上了年岁的缘故。但是在深邃、丰富、广阔、博大、严谨等方面，清少纳言远远不及紫式部，我的这种新感受至今不动摇。关于这些，过去也十分明了，从前也有人说过，但是对于我却是新发现，或者说变得更加确定无疑了。那么，紫式部和清少纳言的差异，用一句话如何说呢？紫式部有一颗流贯到芭蕉的日本的心；清少纳言所具有的只是别一种日本的心。一言带过，旁人也许会对我这话产生疑问和误解，或提出反驳，那也只好悉听尊便了。

根据我的经验，对待自己的作品也罢，对待今人古人的作品也罢，其鉴赏、评价常随时世而转变。有大转变，也有小转变。始终一贯坚持相同论点的文艺批评家，要么是伟人，要么是傻瓜。也许过了些时候，我又把清少纳言同紫式部相提并论，这种可能不是绝对没有。我在少年时代不明事理，只是顺手拿起《源氏物语》和《枕草子》读着。当我放下《源氏物语》转向《枕草子》的时候，顿时觉得赏心悦目起来。《枕草子》优美，鲜明，光彩焕发，明快有力而富有情致。作家的美感和感觉通过新鲜而锐敏的叙述流贯全篇，联想的翅膀载我飞向九天之外。也许因为这个，有的评论家认为我的文风与其说是从《源氏物语》毋宁说是从《枕草子》中受到了影响。后世的连歌和俳谐，在语言表现上，和《枕草子》也许有比《源氏物语》更多共通的地方。不过，后世文学所仰慕学习的当然不是《枕草子》，而是《源氏物语》。

> 诸多物语中的这一部物语，殊为优秀难得，真乃古今无与类比。先前的旧式物语，论物行文不见作者深心。大凡动人之情节，总是写得既不细又不深，后来的物语……着意效法此物语之样式而甚劣于此物语。唯有此物语殊有深意，通篇皆用心写成，且不说所有文辞精

粹可喜，就连那春夏秋冬四时天候之景象，草木之状态，也都显得文采斐然。男男女女，人们的心理情绪都写得迥然不同，各得其所。……如睹现世之人，皆可推而想之。纵有朦胧之笔，而无不及义也。

本居宣长（一七三〇——一八〇一）在《源氏物语中的玉小梳》一文里这样写道。他是《源氏物语》的美的最伟大的发现者。

> 抒写人情之妙笔，为国内国外，古今后世所不可比拟也。

宣长所说的“古今后世”，不仅指过去，还预言到未来。这“后世”的说法看来是由于宣长过分激动，但不幸的是，正为宣长所言中了。从那时直到今天，日本未曾出现过一部比得上《源氏物语》的小说。我说“不幸”并非为了玩弄辞藻，也不只是我一个人有这样的看法。紫式部作为民族的一分子，在九百五十年或一千年之前写了《源氏物语》，我期望着可以同紫式部相媲美的文学家早些出现。

印度的诗圣泰戈尔（一八六一——一九四一），在访问日本的讲演中指出：“一切民族都具有在世界上表现本民族自身的义务。假如没有任何表现，那可以说是民族的罪恶，比死还要坏，人类历史是不会原谅的。一个民族，必须展示存在于自身的最高尚的东西。一个民族应该是宽容大度的，它的丰富而高洁的灵魂要承担这样的责任：跨越眼前的利害，向另一个世界输送本国文化精神的宴飨。”他还说：“日本产生了形式完美的文化，它具有从美中发现真理、从真理中发现美的敏锐的洞察力。”远古的《源氏物语》至今依然比我们更为有效地履行着泰戈尔所说的“民族的义务”，将来或许继续履行着这样的义务。这是可喜的，但又是可悲的。

泰戈尔说，日本“具有从美中发现真理、从真理中发现美的敏锐的洞察力。我认为，使日本重新觉悟到这一点，正是像我这样的外国来访者的责任。日本树立着一种纯正、明确和完善的东西，一个外国人比你们本身更容易理解到这种东西究竟是什么。这对全人类来说，无疑是很宝贵的。在众多的民族里，唯有日本产生了这样的东西，这并非决定于日本民族具有的单纯的适应性，而是从它内部的灵魂深处产生出来的”。(高良富子译)

泰戈尔的这段话，是他在首次访问日本时的讲演中说的。那是大正五年（一九一六），在应庆义塾大学，讲演的题目是“日本之精神”。那年，我还是旧制学校的一名中学生，至今仍然记得我在报上看到的他的那幅特大照片上的样子。这位诗人有着蓬松的长发、长胡须，穿着宽大的印度服，身材高大，目光明亮而深邃，是一位圣哲的风貌。白发柔软地纷披在前额上，鬓角的毛发像下巴的胡须一样长，一直长遍两腮，同下巴的胡须连成一片。那副脸庞就像东方古代的仙人，给少年时代的我留下鲜明的印象。泰戈尔的诗文有一部分是用浅易的英文写成的，中学生也看得懂。因此，我也多少读了一些。

泰戈尔一行由神户港登陆，乘火车到东京去。据说后来他告诉朋友:“当抵达静冈车站时，一个僧侣团体焚香合十迎接我。这时我才想起是到了日本，高兴得流出了眼泪。”这里指的是静冈市佛教团体“四誓会”的二十名教徒的出迎队伍(据高良富子的译注)。泰戈尔其后又来过两次，他一共是三访日本。关东大地震的翌年（一九二四)，他到日本来，曾经讲过:“灵魂永恒的自由来自于爱。伟大藏于渺小之中。从形态的羁绊中可以找到无限。”这正是泰戈尔思想的根本。

提起静冈，我正在夏威夷旅馆品味着静冈县的“新茶”——八十八夜采摘的新茶。在日本，立春后第八十八天，今年（一九六九）正值五月二日。这“八十八夜”采摘的新茶，传说是延年益寿、消灾灭病的妙药，自古被看作贵重的吉祥茶。

春来八十八，
漫山遍野绿叶发，
君不见正采茶。
草笠儿，头上罩；

红襻儿，腰间扎。

这样的采茶谣随处都能听到。这是十分亲切的歌，使人有季节变化之感。茶园的村寨里，到了“八十八夜”这时候，村里的姑娘们一大早同时出动，采摘新茶，她们襻着红底蓝条儿的腰带子，戴着草笠儿。

静冈县家乡的一位朋友，嘱托静冈的茶店，通过航空给我寄来了新茶。五月二日新采的，五月九日就邮到了檀香山的旅馆。我小心地沏了一些，立即品尝起这日本五月初的香茶来。这不是茶道所用的“抹茶”或“茶末”，而是煎茶的叶茶。从茶汤而论，有“薄茶”“浓茶”之分，这在今天，仍按各人爱好和时尚不同而加以选择。从礼节上讲，宾客应向主人询问茶的名称。制茶店分别给茶叶标上各种雅号。这同咖啡和红茶大致一样，点出的茶的香气和味道反映着点茶人的品格和心地。江户、明治时代为文人所津津乐道的煎茶道，今日虽然日见衰微，煎茶的做法姑且不论，但在品味和冲泡煎茶等方面，依旧讲求风骨、雅驯和情感。

我是以喜悦的心情泡制新茶的，因此我沉浸在一种圆润而甜软的香味里。檀香山水也好。我在夏威夷品尝着新茶，心中想起了静冈县乡间的茶园。那些茶园布满了山冈，连绵无际。我曾经乘东海道火车经过那一带，我心中浮现的是从车窗里望到的茶园。那也是早晨和黄昏的茶园，朝暾或夕阳倾斜的光线，照射着茶园里一排排茶树，浓荫沉沉地印在地上。茶树低矮而齐整，叶片繁密，肥厚。除了嫩芽之外，叶的颜色裹着一层深绿，碧森森的。行与行之间印着一道黑沉沉的阴影。早晨，那绿色似乎刚刚静静地睁开眼来；傍晚，那绿色仿佛将要静静地睡去。一天黄昏，我向车窗外面一瞧，山冈上的茶园像碧青的羊群沉沉欲睡了。那时新干线尚未建成，乘东海道火车从东京到京都要疾驶三个小时。

东海道新干线也许是世界上最快的火车。乘坐这种快速火车，车窗外的景致完全失掉了情趣。要是乘坐原来的东海道线，凭借原来的速度向车窗外眺望，像静冈县茶园那种诱人眼目的景物还是有一些的。其中，印象最鲜明、最使我感动的是，当从东京始发的列车进入滋贺县时的近江路的风光。

我与近江人，共惜春归去。

就是芭蕉这首俳句里的近江。我每当一踏上春天的近江路，必然想起这首俳句。我惊叹芭蕉对美的发现，仿佛我自身的情感也包含在这首俳句里了。

尽管这样说，我对这首俳句却有着我自身的感受。人们常常会把自己所喜爱的诗歌甚至小说变为自己的东西，置于自己的情感之中，随心所欲加以鉴赏。这倒是最普通的鉴赏方法，全然不顾作者的意图、作品的本质，还有学者和评论

家的研究和评论，游离开去，一无所知。对于古典文学也是如此。作者一搁笔，作品便带着自身的生命走到读者中间去了，它们如何被利用、如何被砍杀，一任它们所遇到的读者，作者是无法追寻的。“一旦离开几案即成故纸。”这是芭蕉的话。然而芭蕉说这句话时的意思，和我引用这句话的意思已经大不相同了。

《近江春归》这首俳句，我竟然忘记是收在《猿蓑》（元禄四年，一六九一年刊行的俳句集）里的了。在这首俳句里，我只感受到“春之近江”或“近江之春”成为这种心情的依据。我心目中的“春之近江”或“近江之春”里，分布着明亮的金黄的油菜地，绵延着绮丽的淡红淡紫的紫云英田，还有春霞叆叇的琵琶湖。近江有着许多油菜地和紫云英田，然而，更使我感叹的是，进入近江时列车外面的风光和我的故乡一模一样。柔和的山峦，繁密的树木，风光纤细而优雅。来到京都的门户，京都已出现在眼前，这里是近畿地方，已经进入畿内了。这里是平安王朝和藤原时代（七九四——一九二）的文学、艺术、《古今集》、《源氏物语》、《枕草子》的故乡。我的故乡是《伊势物语》（十世纪成书）里描写的芥川流域，是风物贫乏的农村，因此，我把坐车花半小时到一小时就可到达的京都当作我的故乡了。

我在檀香山卡哈拉·希尔顿饭店，第一次认真研读了山本健吉（一九〇七年生）在《芭蕉》一书中对“我与近江人，共惜春归去”这首俳句的评释。据说芭蕉写这首俳句不是在沿东海道上行的时候，而是从伊贺来到近江大津的时候。《猿蓑》里标着“惜春望湖水”的题词，也载有“志贺唐崎泛扁舟，人人相谈春之暮”题词的真迹。再者，“近江人”的“人”似乎也有着某种人事上的关系。可是当我从山本健吉的评释里抽出这段颇合我意的话之后，又发现他还写道：

“关于这首俳句，《去来抄》（向井去来，一六五一—一七〇四）上有下面的传说。‘先师曰，尚白（江左尚白，一六五〇—一七二二）难之：近江应为丹波，晚春亦当岁暮。汝以为如何？去来曰：尚白所难非当。湖水朦胧而生惜春之情。今日奉侍尤佳。先师曰：然也，此国古人之爱春绝不亚于京都。去来曰：此一语贯我心中。若岁暮于近江，安能有此感乎？若晚春在丹波，亦难有此种情感。风光感人，诚哉斯言。先师曰：汝去来堪同我共论风雅。殊更悦之。’《枭日记》（各务支考，一六六五—一七三一）元禄十一年七月十二日，‘牡丹亭夜话’条中有同样的记载，最后记着去来的话：‘风流自在其中。’支考也说：‘当知其中之事。’”

风流在于发现存在的美，在于感受发现的美，在于创造感受的美。“风流自在其中”中的“其中”，可以说是至关重要的场景，是上天的惠予，若能知“其中”，则可以说是美之神的馈赠。“我与近江人，共惜春归去。”只不过是一首平明的俳句，但因为场景是“近江”，时候是“晚春”，这里就有着芭蕉对美的发现与感受。其他场景，比如“丹波”，其他时节，比如“岁暮”，就不会像这首俳句富于生命力。如改成“我与近江人，共惜岁已暮”，便没有“我与近江人，共惜春归去”的意趣。长年以来，我抛开芭蕉写作此句的本意，仅凭自己的感受解释这首俳句，但总觉得“春逝”和“近江”在芭蕉的心中是相通的。诸位可以认为我这是强辩或者诡辩。

说到“场景”，就像前面提到的静冈的茶园一样，我心中立即想到《源氏物语》的《宇治十帖》。宇治和静冈是日本茶的两大著名产地。提起静冈的茶园就想起宇治，这是自然而又无任何疑义的联想。然而，我在檀香山饭店阅读《源氏物语》，“宇治”一词就不单单是个地名了。这是《宇治十帖》的宇治，也就是《源氏物语》五十四帖最后的十帖。《源氏物语》第三部的“场景”就只能是宇治。这种联想也是我的望乡之思，多少有些微妙。而且，紫式部将宇治作为这一场景加以描写，使后世的读书人一想起这种场景就只能是宇治，这是作家紫式部的笔力所在。

投身泪河流水湍，
谁设栅栏将我拦。
决心赴死殉故人，
抛别此世不稀罕。

这是“习字”一章里浮舟的歌。“那时，横川住着一位道行高深的僧都。”这位横川的高僧，率领弟子僧众到初濑这地方还愿回来，路过宇治，从宇治川里救起了浮舟。被救之后，她稍稍恢复了神志，习字时写了这首歌。

晚上，到初濑还愿的一个僧人和另一个僧人，对下藤法师说：

“我等手擎灯盏走到没有一个人影的后院，但见一片树林，‘四周一片阴惨惨的’，这时忽然发现一团白色的东西。”

“那是什么？”

于是站定，将灯火燃亮，一看，好像是什么东西打坐于地。

“莫非是狐狸精，真可恶！叫她现出原形来！”

……再走近一些，只见那物长着光艳美丽的长发，依偎在大树根下嘤嘤啜泣。

真是稀奇又古怪，莫非就是狐狸精？于是，他们喊来横川的高僧，也把寺院值宿的人叫来了。

“你是鬼是神？是狐狸精还是树妖？天下第一位得道高僧就在这里，你能隐藏住吗？快快报上姓名来！”

说罢，伸手扯了扯那人的衣服。那人掩住脸面痛哭起来。

是“树妖”还是“古代传说中的那个无目无鼻的鬼”？

僧人想把她的衣服剥下，她便俯地痛哭。

“雨下个不停，倘若就这么放着，她必死无疑。”众僧把她抬到墙根下。

这时，僧都说道：

“确实是个人的样子，眼看着她要绝命而放着不管，也不近情理。池中的游鱼，山上的鸣鹿，眼看被人捕捉而见死不救，该是多么悲惨的事。人命虽然不很长久，然而残生只有一两天也应该加以珍惜。不管是被鬼神所祟，或被人所胁迫和诱骗，总是濒临死于非命的境地，应该受到菩萨的救助。且给她喂些汤水，救她一命，即便最后必死也就罢了。”

就这样，僧人让得救的浮舟躺卧在“无人喧嚷的静谧之处”。僧都的妹妹看到“一个年轻貌美的女子，身穿一件白绫袄子，外边系着红裙，芳香四溢，气韵高雅。于是联想到这位浮舟定是自己死去的女儿转世，倍加爱护体贴”。她说“看到一位梦中的美人儿”，“亲手给浮舟梳头”，她以为这就是“从天而降的仙女”，比“伐竹老翁发现那位竹子姑娘还要神奇”。

要是这样叙述“习字”这一章，恐怕得到天亮。要讲解《宇治十帖》也得花上两三年时间，我在这里只好割爱。由紫式部的美文笔调而联想到“竹子姑娘”，因为她引起了我的注意。《源氏物语》的“赛画”一章说：“物语的鼻祖是伐竹老翁。”后边一提到《竹取物语》就引用这句话。紫式部在“赛画”一章还写道：“这表现竹子姑娘故事的画时时被当作赏玩之物”，“竹子姑娘不为浊世所染，怀抱清高之志”，“竹子姑娘升天而去，是凡人所无法企及的事，谁也不知其中奥妙”。而且“习字”一章中说：“比伐竹老翁发现竹子姑娘还要神奇。”

很久很久以前，有个伐竹老翁，上山伐竹，做成各种竹器。他名叫赞岐造麻吕。他发现竹林中有一根放光的竹子，十分好奇，走近一看，那竹节中亮光闪闪。定睛一瞧，原来是个三寸高的小美人儿。老翁说道："你藏身于我朝夕相守的竹林里，就请做我的女儿吧。"于是他把小人儿捧在手心里带回家中，交给老妻抚养。这小人儿生得美丽动人，因为实在幼小，便被放入竹篮里小心伺候。

我在初中时代第一次读到《竹取物语》（成书于十世纪初）的开头一段文字，感到实在优美。我看见过京都嵯峨野的竹林，看见过较之京都更近些的我家乡附近山崎和向日町一带的生产幼笋的竹林。我想象着竹林闪光的竹节里一定住着竹子姑娘。我这个初中生当时根本不知道《竹取物语》是根据古代的传说故事编成的，我十分信服《竹取物语》的作者对美的发现、感受与创造。自己也试图这样做。这部日本远祖小说的构想，其美妙无以言说，令我心驰神往。少年的我，感到《竹取物语》是一部对圣洁处女顶礼膜拜、赞美永恒女性的书。它令我如醉如痴，也许是这份童心未泯吧，我至今对《源氏物语》中紫式部写的"竹子姑娘不为浊世所染，怀抱清高之志"以及"竹子姑娘升天而去，是凡人所无法企及的事"这些话，不仅仅当作一种修辞而引入自己的文章。我在檀香山重读了今天日本文学研究家的一些评论，他们认为，《竹取物语》恰恰表现了成书时代的人们对于无限、永恒、纯洁的思慕和憧憬。将“三寸”的小美人儿竹子姑娘“放入竹篮里小心伺候”——装进用竹子编成的篮子里养育，在少年的我看来，实在美极了。我想起《万叶集》（成书于八世纪）开卷第一首雄略天皇的《御制歌》：

篮儿呀，你挎着篮儿。
铲儿呀，你拿着铲儿。
山丘上剜菜的女孩儿呀，
快告诉我你家在哪里？
叫什么名字？
这美丽的大和之国，
都是我的领土。
皆听命于我的统治。
我的姓名和家世，
都已经告诉于你。

我想起山丘上剜菜的少女手中的小篮子。我又由飞升月宫的圣洁处女竹子姑娘想到了真间的手儿奈姑娘。众多的男儿追逐她，她谁也不应允，终于投井而死。缅怀葛饰真间的手儿奈，自然使我联想起《万叶集》中的和歌来：

…………

葛饰真间手儿奈，传闻墓冢在这厢，
古树叶茂松根远，莺声芳名永不忘。

反歌二首

来者听我言，葛饰有真间，
少女手儿奈，香消在其间。

葛饰真间湾，玉藻水中摆，
我欲割玉藻，忽忆手儿奈。
——山部赤人（八世纪）

鸡鸣吾妻国，自古传百代。
葛饰真间女，芳名手儿奈。
麻衣着青衿，麻裙放光彩。
香发不用梳，素足香罗带。
锦绫裹窈窕，娇娜我心爱。
容颜赛满月，巧笑似花开。
翩翩少年郎，愿结百年好。
如蛾近灯火，如舟泊港奥。
人生叹几何，一朝付缥缈。
妹卧青冢里，日夜闻波涛。

此桩远古事，至今传未消。

反　歌

葛饰真间井，见之发幽思，

美女手儿奈，前来汲水时。

——高桥虫麻吕（八世纪）

真间的手儿奈似乎是万叶人心目中一位理想的女性。还有一位菟原处女，她一人被两个男人激烈争夺，长叹道：“他俩赴汤蹈火，势不两立，妹子告诉母亲：‘我一卑贱女子，看见这两个男人争斗不息，怕今生今世难以相逢，就相约于黄泉吧。’”说罢就自尽了。菟原处女的传说，也被虫麻吕写进了长歌：

悲叹妹已去，壮士梦血沼，

相随齐观看，情断魂已消。

菟原两壮士，仰天长号啕，

伏地咬牙齿，自悔拔佩刀。

众人跑出来，只见两个壮士也死了。

乡亲们一起商量，为少女建造一座陵墓，以便永世不忘，代代传扬，并将两个壮士陪葬于左右两旁。这故事虽然久远，但听起来仿佛就在眼前，令人泪下。

我在少年时代，从日本古典文学中，首先阅读了散文部分的《源氏物语》和《枕草子》等书籍，后来才读了成书较早的《古事记》（七一二）以及成书较晚的《平家物语》（十三世纪初），还有西鹤（一六四二——一六九三）、近松（一六五三——一七二四）等。和歌方面读了平安时代的《古今集》，首先读的是奈良时代的《万叶集》，与其说是有选择地阅读，不如说是受当时时代潮流的影响。在语言上，《古今集》确实比《万叶集》更好懂，但对于年轻人来说，《万叶集》反而比《古今集》和《新古今集》更易理解，也易于受到感动。

现在想想，这是非常粗浅的看法。散文方面，我读了女性的“妩媚娇柔”，也读了男性的“勇武刚毅”，这是颇有意思的。就是说，我接触了最高水平的东西，这是件好事。从《万叶集》到《古今集》，在这一变化过程中，出现过种种情况。这虽说是粗浅的看法，但从《万叶集》到《古今集》，使我联想到由“绳文”到“弥生”的转变。那是土器、土偶的时代。“绳文”的土器、土偶表现了勇武刚毅，“弥生”的土器、土偶表现了妩媚娇柔。当然，也可以说，“绳文”一直贯穿着五千年之久的历史。

我在这里突然提到绳文，是因为我觉得战后最新发现和感受到的日本美是绳文的美。土器土偶几乎都是从地下发掘的东西，这是存在地下的美的发现。当然绳文的美在战前已为人们所熟知，然而到了战后的今天，这种美才得到肯定和推广。人们重新认识了日本古代民族神奇怪诞和富于坚强生命力的美。

从《源氏物语》的“习字”一章就滑入了联想的斜道，没有回到《源氏物语》上来。横川的僧都在救助浮舟时说过这样的话：

> 池中的游鱼，山上的鸣鹿，眼看被人捕捉而见死不救，该是多么悲惨的事。人命虽然不很长久，然而残生只有一两天也应该加以珍惜。不管是被鬼神所祟，或被人所胁迫和诱骗，总是濒临死于非命的境地，应该受到菩萨的救助。……救她一命，即便最后必死也就罢了。

梅原猛（一九二五年生）对这段话加以解释：“浮舟确是为鬼神所祟，遭人遗弃和欺骗的走投无路的人，除了一死，别无其他生路的人。对于这样的人，佛祖才救助她。这正是大乘佛教的核心。人为鬼神所祟，烦恼无尽，失去了求生之路，只有绝路一条。只有这种走投无路的人，才是佛祖要救助的人。这是大乘佛教的核心，同时也是紫式部的信条。”而且，梅原猛还说，假如横川僧都的原型就是那位横川的惠心僧都，即《往生要集》的作者源信（九四二—一〇一七），那么，紫式部在“《宇治十帖》里就是对当时最大的知识分子源信发出的挑战”。“她敏感地抓住源信的说教和生活的矛盾，对此发出了批判的箭矢。”被佛拯救的人，“不是像源信那样的高僧，而是浮舟那样的女罪人——一个愚蠢的女人。我仿佛听到紫式部这样呼喊”。

紫式部怜惜浮舟，使她悄悄走向清净之界。她虽然写完了《源氏物语》，却留下了袅袅余韵。我在这里所谈的有关《源氏物语》的美还未摸到门径，但我不会忘记美国的日本文学研究家例如爱德华·塞登斯特卡、唐纳德·金、伊万·莫里斯等人。我从他们优秀的《源氏物语》评论中受到很大启发。将《源氏物语》推向世界文学之林的翻译家亚瑟·威利，十年前在一次英国笔会举办的晚餐会上，我同他相邻而坐。我们彼此使用蹩脚的日语和英语交谈，有时用英文和日文笔谈，留下了难忘的印象。我说希望他到日本来，亚瑟·威利回答说，那样就会幻灭的，不能去。

“我认为外国人比日本人更容易理解《源氏物语》的意味。”读到唐纳德·金的这句话，使我大吃一惊。（见一九六六年八月十六日《信浓每日新闻》上的《山麓清谈》）他说：“我涉足日本文学是在读了《源氏物语》英译本并受到深深感动之后。我认为外国人比日本人更容易理解《源氏物语》的意味。原文很难读，不容易懂。现代语译本，包括谷崎润一郎先生所译的在内，已出版许多种。但是为了尽量传达原文的韵味，不得不使用许多现代日语中所没有的词儿。而读英译本就没有这种顾虑。因此，通过英语阅读《源氏物语》，实在感到有一股迫力。我认为，《源氏物语》比十九世纪的欧洲文学，从心理上更接近二十世纪的美国人。因为人物描写十分鲜明生动。……要说《源氏物语》和《金色夜叉》[1]哪一个更古雅，《金色夜叉》要古雅得多。《源氏物语》的人物栩栩如生，在这一点上常读常新，价值不渝。此书和二十世纪的美国相比，在时代和生活上虽然不同，但绝不是一部难以理解的作品。因此，纽约的女子大学甚至把《源氏物语》列入二十世纪文学讲座之中。"

"外国人更容易理解。"唐纳德·金的话和泰戈尔所说的"外国人比你们自己更易于理解"的话不谋而合。我感受到了美的存在和发现的幸福。

一九六九年五月十六日在夏威夷大学希洛分校的公开讲演

昭和四十四年（一九六九）五月

1. 尾崎红叶的长篇小说，描写男主人公的未婚妻被富豪抢夺后，发誓做一个高利贷者向社会复仇的故事。

东山魁夷

美丽的地图

“临场若有神助。”我时常想起一位风景画家朋友的话。所谓“临场”，就是画家发现而要描绘下来或已经面对正在描绘的自然。所谓“神”，就是画家自身的感应，是灵感。自然同画家邂逅，而且生命相互交合，自然与画家融为一体，但光是这一点还无法表现，还要加上神的秘迹。虽说艺术皆应该如此，但实际上却不尽然。在所谓自然这一现场里，还应包括季节、时刻，包括画家的身心情态。一处自然景点，一个画家的身心，严格地说，一旦加以微妙的观察，时时刻刻都在不停地变化。因而，所谓“临场若有神助”，就是自然与画家美丽而幸福的邂逅，实现了“一期一会”，亦即生命中唯一的一次相遇。

我为何要在这里记述这些浅显明白的道理呢？因为在我看来，东山魁夷君的北欧之旅就是与自然那样的邂逅。这也是极为明白的事。但东山魁夷君纵然不到北欧旅行，不画北欧之景，北欧的自然依旧不变，东山君这位日本画家依旧卓然而立，二者各自俨然存在。但是，东山君一旦去北欧旅行，描绘北欧，二者相遇、结缘，产生了东山君的北欧绘画（同时还有游记散文）这样的艺术品。这些作品不用说是北欧的，也是东山君的，是东山君的，也是北欧的。与此同时，其中还有一位美神存在。因为美要借助发现者和创造者之手，才能成为世界之物，给予神助的只能是东山君了。北欧自然风物的存在是东山君的幸福与喜悦，东山君的存在不也是北欧自然的幸福和喜悦吗？东山君的北欧礼物给我们带来幸福与欢乐，这份礼物就是《东山魁夷北欧画集・森林湖泊集》所收入的风景画、《白夜之旅》的游记与素描，还有这册版画《在古镇》、素描和文章等，丰富多彩，令人惊讶，令人难以置信。

开头所说的“临场若有神助”，乃天才之人或千载之偶遇，或期盼之必然。东山君内藏热烈之忧郁，外现静澄之稠密，如此成就，多出自必然之势。东山君对北欧之旅早有憧憬，早有准备。他和北欧的邂逅，是夙愿，是东山君亲自创造的美好的命运。但此种偶然和必然是不可分割的。再说，北欧的自然风物似乎将东山君的准备和预料完全推翻，以鲜洁与深爱映入东山君的眼帘，使得东山君从这片异国的土地上感受到故乡的温情。作品的素材成为优秀的艺术，是因为京都作为心灵的故乡，画家在北欧寻找到最适合的例子。故乡是巡礼的出发点，是遍历的回归地。不，艺术家的生命之旅随时随地存在，然而故乡并非随时随地可以寻觅，也很难一遇。由于东山君对北欧的深爱与喜悦之情之高涨，北欧对于我们，也仿佛成了美丽的故乡。

我以为，在北欧礼品中，最能使得东山君达于高峰的深爱与喜悦之情欢快地展现出来的，当数这册《在古镇》的版画以及素描与文章。可以说，这是对亲切的家人般的馈赠。东山君郑重而强力地向世间发表收获的时候，他一边满怀留恋地回忆旅行的见闻，重温北欧巡礼的感动，收集所爱之物。这是一本精心编集的书。对于东山君众多的北欧作品，即便是这册版画集，之所以没有写过自己的感想与解说，是因为面对东山君北欧礼物般的青春洋溢的作品，尤其首先要虚心以待，这一种荣幸，我不想给它造成障碍。况且，东山君自己的文章也都将一切言之殆尽了。

昭和三十九年（一九六四）十月

东山魁夷《和风景的对话》评

这是一本优美动人的书，读着它，自然的启示、人类的净福，像清泉一般流过胸间。这是风景画家东山魁夷半生的回忆，心灵的遍历，艺术的自白。他试图借此追索和探求美的精神，究明美的本源。他的以个别推及一般的心愿，通过明静、温和、绵密的论述得到了实现。他用散文诗般的文字弹奏着美妙的乐章。

东山君一生富有东西（东方、日本和西方）北南（北欧和南欧，日本的北方和南方）各方面的体验和素养，对文学和音乐抱有执着的爱，这种爱超过他的理解。他的广泛的兴趣，在这本《和风景的对话》中，也得到了丰富而明确的体现。作为一名日本画家、风景画家，自觉服从命运的安排，阐明了自己对日本的美的认识。他一方面将旅行当作人生，当作艺术，把流转无常看成人类的命运；另一方面又将孤独和忧愁埋在心底，对万物抱着肯定的意志，并努力加以贯彻，经常从自然中获取新鲜的感受，始终生活在谦虚、诚实的情爱之中。风景画家东山君的这一品格，在这本书里也奏出了高扬的曲调，使我们备感亲切。这确是一本谈美的好书。

昭和四十二年（一九六七）五月

留住京都的姿影

晚秋青莲院，巨樟嫩叶鲜。

绿荫罩大地，日光三两点。

我不写和歌，说不准是“在晚秋”好，还是“晚秋的”好，也不知道是“绿叶之色广映”好，还是“绿叶之色广照”好，或者说“绿叶广布漏日影”那种拗口的词语更有趣。总之，那时我是站在青莲院门前樟树下面，转悠了一圈儿，然后仰望巨树，留下今日的印象。纵然是“晚秋”，依旧“嫩叶之色”青青，低垂广布的树枝，细叶密集，映射着冬日到来之前正午的太阳。那光线透过叶丛，老树蒙绿，充满青春的活力，随手写下了这首和歌。苍郁的老树干，坚挺强劲的枝条，错综弥漫露出于地表的匍匐妖艳之态，实为我那首不成熟的和歌所不及。季节由“晚秋”向“近冬”移转，京都红叶灿烂至极，同常绿相互映照，正是一派“晚秋”景象。只是今日的我，在这棵熟悉的大樟树上，发现叶色如此鲜丽，非常感动。这种青青叶色，正是东山君所描绘的颜色。

东山君的组画《京洛四季》中有一幅画了这棵“经年老树”大樟树。我是去看东山君所描绘过的樟树的。为了商谈如何为来年春天的东舞写作台本，昨天拜访了西川鲤三郎君，在名古屋住了一宿。但是，为了给画集《京洛四季》写稿，最好还是置身于这座京洛古城，定能亲眼看看东山君绘画的实景。于是，我在名古屋告别妻子，独自一人回到京都，今日观看了樟树。来往名古屋都是乘汽车经过名神高速道路。一路上赤日炎炎，正在沉落。

秋暮夕阳红光里，正中高耸伊吹山。

“秋暮夕阳”好，还是“秋天红”好呢？是“正中高耸”好，还是“正中一座”好呢？我也闹不清楚。由于不熟悉俳谐语言，不管哪一个词儿，都不是我常用的语言。高速公路的正对面，一派晚霞之中，只有一座伊吹山高高耸峙，巍然屹立，其宏伟之姿或许更适合硬度语言的表达。

青莲院门前的大樟树庄严、雄伟；不仅如此，它还优雅，妖艳。我在美国大陆和欧洲大陆也看到和注意过古老的大树，尽管高大得离奇，却不像日本古树那般优艳、纤丽，也缺少高雅和神韵，更没有亲切和细腻。那里的人也不像日本人一样，具有爱名木、名石的传统。青莲院的大樟树，固然同我这个日本人的心灵相通。去年，参加三国町高见顺石碑揭幕式归途中，路过金泽，应邀观赏所谓“三名松”，我被深深打动了。我不敢相信本世纪竟然还有如此美好之物存于世间。日本人花费数百年创造了“一树之美”，并传承下来，并深深根植于心灵之中，是极为可贵的。东山君称之为“经年老树·青莲院的樟树”，在《京洛四季》多幅绘画中，是最富代表性的写生画。看起来，东山君的绘画将我无法尽言的古老巨树之礼赞，做了完美的阐发与补充。

东山君往年有大作《树根》，这幅画仅见于画集，尤其给我留下深刻印象。青莲院樟树树根匍匐蔓延，绘画《树根》中的树根盘缠虬曲，此两种姿态均具有妖魔般的巨大力量，脚踏大地，头顶蓝天，在我看来，其强劲妖冶之美，是自然与人类永无止息的生命的象征。不用说，此种难得一见的姿态，也有着东山君的发现。东山君在以前的北欧之旅汇报系列展中，也画过巨幅的大树。我一向重视古老大树深远的生命内涵，曾经专门到各地寻访过，又在东山君的大树以及树根画中感受到了。仰望着具有数百年甚至一两千年树龄的巨树，坐在树根上，自然不能不想到人的生命的短促。这不是空茫的哀伤，反而是强劲的精神的不朽。此种精神的河水，同母亲大地相亲相依，交融一体，自大树梢头向我流泻而来。我发现晚秋的大樟树的绿叶之色，也是凭借此种精神。“老树一花开”就很好，如今是“老树万花开”。然而，从阳光映射、日影下漏的巨大樟树的绿叶丛中，我又发现比幼小的樟树更为细密的嫩叶，那也许是巨树返老还童吧？

再不然，那也可能是晚秋的大樟树，那种像嫩叶一般鲜丽的绿色，抑或就是京都树木本来的绿色。京都树叶的青，竹叶的青，都不同于东京一带地方。因为我要为东山君的

《京洛四季》撰写文章，故而今年秋天，我特别留心看到了这一点。

时雨霏霏降，红叶光悦墙。

今年，光悦会的茶席上，见到觉觉斋题有“时雨霏霏”名句的茶勺，方晓得“时雨霏霏”这个词儿。因为深感光悦会时节京都的秋景，同这个词儿很相合，所以写了这首戏作性的俳句。可那天是小阳春天气，就连背山也不见一丝雨水，只不过强拉“时雨霏霏”这个词儿装装门面罢了。不过，我是长久地坐在光悦墙正对面的杌子上，一边烤着木柴火，一边同朋友、茶人、茶具店伙计闲聊，午餐时一起吃盒饭。光悦墙前面是胡枝子，后面是红叶，东山君如实地绘入了画面。我一面望着眼前的实景，一面凝望着东山君《秋寂·光悦寺》画面。那面墙的后头，有竹丛，我对妻子低声说：“那正是东山君画里竹子的颜色。”离开光悦寺，访问大河内庄（传次郎氏旧居）时，深入走进野野宫一旁的小路，这里还残留着嵯峨的竹林，也有东山君画里竹子的颜色。从这里的西山走向东边的诗仙堂，虽然山茶花花事已阑珊，但依旧映着美丽的夕阳和落照的余晖。

诗仙堂落霞灿烂，山茶花光映西山。

这里的“夕阳映西山”好，还是“面向晚霞”好呢？我不知哪一句合适。满树白花和古木巨树，没有进入冒牌俳句。东山君在《京洛四季》的《入夏》和《山崎边》两幅画中描写过竹林。今年秋天，我在京都听说过，由于一味开辟住宅用地，山崎、向日町一带的竹林被砍伐，“京都之味”的竹笋产地也渐渐消失了。去年，从大河内山庄的传次郎夫人那里听说，岚山的几千棵松树任其干枯。我每逢到达这里，总是“看都满眼泪”。

几年前，我屡次对东山君说，赶快画下来吧，否则就没有了。趁现在京都还在，务必请描绘下来。我的愿望对东山君绘制《京洛四季》杰出的组画或许起到了一点儿促进作用。这是我的幸运、喜悦，是用言语无法表达尽的。开始我对东山君说这话的时候，我在京都城里游逛，嘴里一直嘀咕“看不见山”“看不到山”，心里深感悲凉。既难看又便宜的西式建筑陆续建筑起来了，从大街上望不见山峦了。一座看不见山的城市，我哀叹，这不是我的京都。如今，我已经习惯于看不见山的京都城了。但是，我今天仍然希望京都的原貌能够得以保持。《京洛四季》里东山君的众多画面，可以为我们担负起留住京都原貌的责任。《京洛四季》组画的诞生，既寄寓着我的夙愿，又存留于东山君日常的厚谊，故而我写了这篇随意的文章。东山君的很多画幅中，除高桐院外，还有其他我所经常造访的风景。尤其是《北山初雪》和《周山街道》，是我的有缘之地。东山君描绘的北山杉树丛，深刻而又亲切地印在我的眼里。还有，撰写此文的都饭店日本式房间，还有滨作的日本食堂是最近才熟悉的，这里的窗户面对东山，也就是比叡山。“东山如熟友，数见不相厌”，这是赖山阳的诗句。

熟友东山现，待得晓雾晴。

是“东山浮现”还是“东山隐隐”呢？不懂俳句的我又闹不明白了。黎明即起的我，每天早晨必定眺望《京洛四季》中的《拂晓 · 比叡山》。《京洛四季》之前的东山君的系列展是北欧，想不到我最近将要去一趟斯德哥尔摩，有幸为露西亚女神节的瑞典小姐点燃桂冠上的蜡烛，这或许来自我和东山君匪浅的缘分吧。东山君的绘画，自北欧之旅中巨大的喜悦回归故乡日本，那种依依难舍的温暖与高雅的清新自由的特色，这回在《京洛四季》中表现得最为鲜明。其间，他还为皇室新宫殿绘制了巨幅壁画，他的画作的精进水平为观众所目睹。

昭和四十四年（一九六九）九月

东山魁夷之我见

我出神地凝望着东山魁夷君的绘画，我沉浸于一种虔敬的心情中已经好些年了。然而，我更进一步深化此种虔敬之思，还是这次为撰写《东山魁夷》这篇序文，昼夜反复翻阅画家的套色样本，以及近百幅照片之后的事。

今年盛夏，我本该去意大利各城市参观古代美术展的，行前必须利用这短暂的时间为这部画集赶写序文，正在我担心辜负了东山君的恩义与信任而感到心烦意乱的时候，不巧身体出现了小毛病，随即取消了外国旅行。但还是动笔晚了，不过我认为这或许是一种幸运吧。我在病床上继续翻阅东山君的绘画，其后无论起卧都在继续着同样的日子。就这样，更加进一步强化了我的虔敬之念。这对于熟悉东山君其人和他的绘画的我来说，是一种十分难得的幸福。

“我对东山君的风景画抱有虔敬的感动，我对作为现代日本风景画家的东山君抱有虔敬的感佩。”而且，我想用“虔敬”这个词儿结束我的序文。所谓虔敬之思，用言语很难说得清楚明白，只能是面对东山君绘画的人的一瞬间的绽放或渗入。如今的我，对于东山君的风景画的虔敬，深深渗入了心灵之中。

谦虚恭谨的东山君或许对于“虔敬”之类带有宗教色彩或神圣化的高调赞词并不喜欢。我也不打算将东山君的风景画说成是宗教画，也不想用这一词语束缚东山君的腿脚。然而，当我半无意识地写出“宗教色彩或神圣化”这句话来一看，我便想到，东山君的绘画在如今的日本，难道不可以当作神圣的风景画看待吗？东山君的风景画在如今的日本，难道不可以当作宗教画看待吗？让我做出这种判断的例子，在这本画集里有的是。

当然，崇高的艺术都应该如此渗入人的灵魂深处，唤醒灵性，不可最后诉诸短时间的美感。正因为受到天才的鬼火般的警示和冲击，我所受到的感动的时间变短了。今日艺术的命数大体都变短了。我相信，东山君的风景画或可成为葆有永恒生命的现代绘画。我继续翻阅这部画集中的近百幅画作（尽管是彩色照片），而今进一步有所惊悟，其中之一就是东山君对于立意、技法和构图的非凡的独创。这是一种真正的非凡，而不是未到成熟之境硬性推出的非凡。这种非凡为爱所亲密滋润，洋溢着慈祥温柔的情感，将澄静的温情传达给观众。就是说，东山君已经沉醉于忘我的境地，将自然的表达和阐发，以及另一方面的个性的强化与圆满，加以整理、融合，成为自己的独创艺术。我实在惊叹于这种静谧、安然与润致的画面，以及内心里无比的独创与大胆的构想。

近年来，爱好东山君风景画的人迅猛增加。爱好加深了敬慕，提高了对画家的尊崇。人们从东山君的风景画里亲身感受到了日本的自然，找出自己作为日本人的心情，沉浸于静谧与安详的慰藉中，体验着清静与慈爱的温暖。我相信，总有一天，东山君的风景画，比起今日将进一步被当作日本自然美的灵魂，东山君将被推举为日本民族古今最受尊崇的风景画家。这不是预言。我所说的虔敬之思，在看过东山君风景画的人们心里，早已存在并深深扎下根子，不是吗？

这部《东山魁夷》画集中的风景画，我连续看了一个月，心中随之浮现出日本古今的各种风景画。东山君的技法、构图是无与伦比的，简直是独一无二的独创。例如，关于新宫殿《黎明潮》的波浪，东山君这样说："我查阅了自古以来众多波涛的表现和水纹图样，但我还是打算绘制不同于任何人的属于我自己的波涛。"（《一条道路》）这句满怀严肃的祈念和强烈自信的语言，东山君完美地实现了。谷川彻三氏也在画集《黎明潮》里写道：

"这确实是至今谁也不曾描绘过的波涛。西洋画里没有这样的波涛。我走访过欧洲各地的美术馆，记得有几幅波涛的名作。那些画面都是以描绘逼真为特色的写实性的作品。东方绘画自古都是用线描法表现波涛的一定样式，其中有的作为装饰性的表现技法至今使我们着迷。但这幅壁画一方面以写实为基础，一方面又超越写实；一方面保持充实的生命感，一方面又完成了独自的装饰性绘画的形式。画面里波涛的表现手法，在日本画的传统中树起一座纪念碑。"

东山君写道：

“由于壁面横向宽阔（宽约十五米，高约五米），描绘波涛可以实现宏大的构图。再说，波涛有动感，具有象征永恒生命感的声响。还希望有岩石。动与静相对照，起到收紧构图的作用。如果只留心于波涛和岩石，这就具备了完成最简捷构图的良好条件。头脑中一旦产生如此的构图，我首先去看海。……寻找波涛和岩石。我有时为波涛和岩石写生，有时只是看看。我本来没打算将这幅壁画绘制成写实性的作品。当初只需要象征性、装饰性的表现就行了。为此，我只想到必须观察大海和岩石，直到我觉悟为止。”

我久久面对大海、河流和瀑布，倾听波涛声、流水声和瀑布降落的声音。一旦进入“无我”的境地，明明是大海、河流、瀑布的音响，却忘记那就是海、河流和瀑布的声音，而成为大自然的声音、广阔世界的声音，到头来，连自己也变成了那种声音。那就是静。东山君的大海、河流与湖泊的声音，不就是这种声音吗？微波不兴的小湖也有声音。树木、房舍也有声音。存在于东山君所有绘画里的温润，并非日本风土的湿度，而是东山君内心的温润。这种温润隐隐荡漾或含蕴着东山君慈爱而细柔的微音。我女儿说，东山君举办北欧风景画展时，《雪原谱》（昭和三十八年）广阔斜面之前的一排排枞树，仿佛是音谱，能听见鸣奏的音乐。

我有幸在东山君的画室里看到创作中的《黎明潮》，也看到了装饰在新宫殿墙面上的壁画。在完成这幅画的昭和四十三年，举办了下图众多幅海和岩石的纪念展，这些图版加上东山君的照片，出版了画集《黎明潮》。这本书使我相当详尽地了解了东山君绘画的创意和态度。不仅如此，在这册画集里，不少画是有作者附言的。再加上《我遍历的山河》(昭和三十二年)、《和风景的对话》(昭和四十二年) 等著作，还有这册《东山魁夷》的后记《一条道路》，这些都是东山君的自传、人生观、美术论，及自作自解的明澈、纯正而沉稳的名文。

他在北欧之旅中，写了纪行文《白夜之旅》(昭和三十八年)，在德国与奥地利之旅中，写了纪行文《马车啊，慢些跑》(昭和四十六年)，这些文章都是充满生动而欢快的喜悦和幸福的美文，是无可类比的外国旅行记。例如，我读了《马车啊，慢些跑》，也想沿着东山君所走过的道路做一次德国之旅呢。

东山君虽然是个谦逊而严谨的人，但在自作自解中，并不随便贬损自己。他用诗一般的语言谈论作画的动机、方法、旨趣与感兴，洋溢着生命的欢欣。这些话真实而恺切，有时揭示了深心的奥秘。因此，人们都被作者的语言所迷魅、被俘虏，要想超越而前进，那是很困难的。例如，他在《森林与湖泊之国》(东山魁夷北欧画展) 里写道：“我要用具有天空与水色两个月亮的风景结束我的画集。”在《两个月亮》(昭和三十八年) 这幅绘画中，画面中央横过一道笔直的湖岸，针叶树几乎不分高低地排列着。而且，比起树木与影像，天空和水面更加广大。正如东山君所言，这些“芬兰随处可见的风景”，反而深藏着超凡而大胆的构想。“美丽的白夜。……虽然早已临近夜半，但却依旧像傍晚一般明亮。澄澈的风景就在我面前。镜子般的水面，不折不扣地映照着针叶树的影子，黑魆魆连绵一片。接近外海的港湾一带，飘荡着白雾。终日鸣啭的小鸟，也都睡着了吧。这是静寂和净福超越一切的夜晚。月亮有两个。清冷而又沉稳的月光。”这“净福”一词中的东山君，也是我的源泉。今年夏天我病了，心情枯寂，惆怅而郁郁不快，我每天阅读东山君的绘画与文章，结果病也好了，身体也健康了。

在这册画集里，我看到了三四幅东山君绘制的银白的月亮飘浮于中天的画面。《两个月亮》中的月亮几乎都是圆的。《冬华》《月唱》《花明》和《月出》等，画面中银白的月亮都是圆的。还有，《冬华》（昭和三十九年）广袤的上空“雾气中放出钝光的太阳”，看上去也像银白的满月，是“梦幻的”。“雾凇中的树木，展现着半圆形的枝条，犹如白珊瑚一般。”太阳的钝光，“面对树木的半圆形，形成半圆的色调定形于银灰色之中”。梦幻般的淡薄的色调，在日展会场里会不会显得太暗弱了呢？东山君曾沉迷于黝黑的《夜，月和雾凇》，“想画的是冬日清澄的静寂感”。“所谓作品的强弱，绝不在于色调、构图和绘制方法，而在于笼罩其中的作者强烈的激情”，“归结于洁白与银灰色的画面之中”。

例如，东山君在日展这样的大会场里，写道：“我来展出，只希望战后在那面墙壁上仅仅保留我的孤独的场面。倘若以斗争为先，我所持有的世界就将崩溃。……处于竞争的作者群里而只看重自己世界的态度，同自己作战，可以说是很不容易的。”东山君的展品，不用说没有“竞争”二字，画面上也没有留下“同自己作战”的词语。然而，一旦来到犹如上班时交通混杂的会场，我就被东山君的“场”吸引了，驻足观看，一颗心一下子沉静下来了。呼吸安然，身心也获得休憩。不过，像我这样的人很少。

作为战后的起步，从东山君那幅《路》(昭和二十五年)的名作上，我想起成为新文化国宝的岸田刘生的《山道的写生》那幅绘画。承蒙画商的好意借给我几日，观赏之中，我想，这不就是虔敬、慈爱的佛画吗？刘生《山道的写生》和东山君《路》放在一起，我还是喜欢《路》。《路》有着不可思议之处。这篇序写了一半，出于认真，我又到东京近代美术馆看了东山君的绘画，最不同的就是这幅《路》。原作《路》远比这册彩印画集里的更加绵远悠长。就是说，路有悠长的距离。但是，回家再看看彩印画集，画面上的路不也同样绵远悠长吗？

近代美术馆的《新收藏作品展示》里，展出了《黎明潮》六分之一和二十分之一的草图、写生以及东宫御所的《日月四季图》的小幅草稿，此外还展出十二幅代表作，也看到了《秋风行画卷》(昭和二十七年)。这幅风景抒情诗画卷，细致而幽婉的笔触，鲜明而纯真的色彩，使得我被作者慈爱的河流和生命的激情所吸引，不由泛起了故乡之思。《残照》也将我拉回到自己少年时代心灵的故乡之中。夕暮的天空邈远无边，山峦襞褶重重。东山君就《残照》这幅绘画写道："我坐在阒无人迹的山顶草原上，眺望着光与影时时刻刻微妙的变化，身处冬日里一眼望尽九十九谷的山上，深深感觉到，天地万物的存在，紧密凝结于活跃于无常之境的宿命之中。"

幼小时候，我住在乡下，出外旅行，也只是徘徊于田埂、河岸、海边，或独自一人长时间待在山顶上，或蜷伏，或躺卧，漫不经心地观望景色。有时睡着了。小学生的我，为观看日出日落，独自登上村后的小山，那究竟处于一种怎样的心境，成年的我不很清楚。然而，《残照》以外东山君的风景画依然诱发着我的怀旧与乡愁。我也不想失去初心，东山君的风景画直接唤醒了我的夙愿。

"以往，我不知有过多少次的旅行，今后，我还是要继续旅行下去。"东山君在《和风景的对话》开篇中写下这样的话。所谓旅行，"是将孤独的自己置于自然之中，以便求得精神的解放、净化和奋发吗？是为了寻觅自然变化中出现的生之明证吗？生命究竟是什么？我在某个时候来到这个世界，不久又要去另外的地方。不存在什么常住之世、常住之地、常住之家。只有流转和无常才是生之明证”。生也好，死也好，还有“目前正这般地活着”，明确地说，“并非靠意志而活着”，“……我的生命被造就出来，同野草一样，同路旁的小石子一样，一旦出生，我便想在这样的命运中奋力生活”。“基于这种认识，总会获得一些救赎。”东山君在《我遍历的山河》《和风景的对话》《一条道路》等文章中亲笔写道，从幼年到青年时期多病，家庭贫困，精神和生活受挫，苦恼、动摇，“艺术上长期而痛苦的摸索，战争的惨祸”，我忍耐着度过这些艰难困苦。“对于我来说，也许正是在这样的遭际中才捕捉到生命的光华。”这固然是“凭靠着坚强的意志”，以及积极的努力，“但更重要的是我对一切存在抱着肯定的态度，这种态度不知不觉形成了我精神生活的根底”。还有，“一种谛念在我心中扎了根……成为我生命的支柱”。

有着“生命的光华”“对一切存在抱着肯定的态度”“净福”等词语的东山君，关于《残照》，他这么说：“天地万物的存在，紧密凝结于活跃于无常之境的宿命之中。”他在谈论《冬华》的时候，说：“作品的强度绝不在于色调、构图和技法，而在于笼罩心头的作者的坚强意志。”但是，《冬华》的色调、构图、技法，都是微妙、优雅的独创，“梦幻”“清澄”“静寂”等，表达了东山君的内心，飘荡着幽玄的气氛。银白的满月般的太阳下面，只有一棵沾满雾凇的半圆的大树。如此的构图，是和《京洛四季》中的《花明》（昭和四十三年）相同的。《花明》只有一棵盛开的夜樱，占领着半圆的画面，天上的满月，笼罩着朦胧的月晕。《冬华》表现冬的严酷，《花明》具有春天的柔情，但在东山君身上，始终是贯穿一致的。那就是装饰性、象征性和构图的匀称等。

构图左右匀称，在东山君的绘画中是颇为常见的，昭和二十年代的《路》，经过《光昏》，到三十年代的《秋翳》《青响》《雪降》《森林的絮语》，四十年代的《月篁》《年暮》等虽然也有，但更为显著的表现则被北欧系列绘画所继承下来，例如《映像》《仰望菲特列堡》《微波》等。京都系列（昭和四十三年）对其也有所继承，例如《夏深》《夕凉》《年暮》等。并且，在这些北欧风景画和京都风景画之中，由于重点绘制了水面上的映像，构图时也考虑到上下匀称。"匀称"这一说法，同我对于风景画的感受虽然不甚符合，但也只好叫"匀称"了。东山君匀称的构图，或许可以窥见东山君一向祈求灵魂的静安与平衡之一端吧。

东山君为何喜欢描绘映在水面上的影像呢？我只能说，那里有映在水面上的风景，而且很美丽。由于水的映照，风景总是伴奏着幻想和象征，表现出微妙的韵律。《两个月亮》澄寂的"净福"，来自静寂水中的映像。尤其是以《映像》为题的绘画，东山君本人也说，"完全一模一样的风景，一旦上下紧密结合，已不再是熟悉的风景，而变成超现实的世界"，而且，"看起来，只是一派清澄而静静呼吸着的风景"。其中，

“能够寻找出北国特有的神秘的世界”。还有，《微波》的倒影确实像微波的样子，不住地晃动，奏出纤细的韵律；京都《夏深》的倒影鲜明；《夕凉》的倒影柔润；《青宵》的小岛映着水面，这幅画给人一种可爱的花朵的感觉。

例如，《早春的鹿囿》《青青湖沼》《白暮》（北欧系列）等绘画中的大树林，都是利用水中倒影，增添了音乐的诗情。东山君题为《树魂》的那幅画，画的也是鹿囿森林里的大树。在《京洛四季》里，有青莲院门前的经年老树。《树根》（昭和三十年）中描绘了“错综的榕树之根”，东山君亦称之为“潜隐于心灵深处的怪奇之物”。树根的姿态的确怪奇错综，呈现妖异之状，但东山君仍然在其粗狂荒暴之中窥见平和的阴柔，静静地表现出“生命力的强大”。三四十年前，我凭借一本日本古老树木的图鉴走访各地。面对五百年或一千年前的巨树，要问我是否只是慨叹人命之短促，那也并非如此。

关于《映像》的构图，东山君说：“一条直线横切画面中央，描绘了实像与虚像的对照。”关于《黄耀》（昭和三十六年）的构图，东山君说：“画面展现着叶片明丽的黄叶树，与黯淡高耸的杉树相对照。”色彩鲜明的对照，将画面左右分开。《映像》匀称，《黄耀》《山谷红叶》等，不就是打破均衡的均衡吗？“三角形的红叶山、薄阴的天空等，利用这种单纯画面的对比与分割的构图”，不也是破格的均衡吗？从《晚照》（昭和二十九年）、《暮潮》（昭和三十四年）等绘画里，也能窥见东山君独创的绘画构思以及技法所带有的荫翳感。

东山君为丹麦的森林树木作写生时，“已经忘记这里是远离日本的异乡”，享受着故乡般的“安谧与静息”，洋溢着生命的泉水，如此的北欧四国之旅，产生了新鲜而富饶的作品。我感到，北欧的自然，仿佛是在为等待东山君这位日本风景画家而存在。然而，如今通观东山君的画作，北欧绘画依旧属于北欧。北欧固然是东山君遍历途中幸运的邂逅，但显而易见，自昭和三十八年北欧风景展以来的将近十年间，北欧一直包裹于东山君这位日本风景画家的心底里。

“北欧旅行归来，”东山君写道，“这回我要凭借生涯中最大的热情，深深体味一下京都。”他完成了《京洛四季》的系列组画。京都是日本人东山君思慕和憧憬的故乡。但是，对于旅人的东山君来说，仍然是遍历之路上的一座驿站。不久，东山君将要去年轻时代留学的德国、奥地利旅行，寻求青春的记忆。因此，东山君不久将变得更加亮丽、年轻，风姿翩翩。只是，东山君的旅行，不是放浪与漂浮，而是去接纳巡礼的故乡，找回初心和忘我的真心实意饱享幸福的旅人。行旅中新鲜的“遍历、乡愁、返里的圆周运动”，“不是自我意识的行为，而是自然的巡游，只能是一面行走，一面思考”。东山君说，通过少年时期对自然的观察，眼前的万象看起来只是“永远描绘着生成、衰灭的圆周”。我认为，只有通过“一切自我放掷”，才能“直接观察到根源性力量的实际存在”，不是吗？

东山君发现京都的自然、风景，并描摹下来。可以说，有了京都的自然、风景，并等待着东山君的到来，双方相会，便产生了绘画。然而，东山君作画的用意、专心和持之以恒，非寻常人可比。这是非常明确的事。各方面拿捏得极为周到。另一方面，时刻变化着的自然的瞬间的美也改变了。例如，《京洛四季》的《北山初雪》，住在北山的几位林业家见了，认为如此令人感动的雪景一年只有一次或两次，而且时间很短。大家齐声赞扬道：“真是给及时抓住了。”描绘月夜竹丛的《月篁》和新宫殿的大壁画，以及《京洛四季》都是“几乎平行”地画的。“波涛的图像还有这幅《月篁》，虽属于对峙的表现，但我以为却深深结为一体了。”他这么说。

《京洛四季》末尾一幅画是《年暮》，是一边俯瞰京都风格的老街上成排的房舍，一边执笔描绘画下来的。雪片飞扬，此外，令人联想到岁暮临近的夜空，一派寂静，笼罩着慈爱之情。东山君在北欧旅行中也描绘过街衢和民居，描绘过古老的家具店和古老的招牌。在德国旅行中，描绘过窗户，表现了朴素的生命的欢乐以及温润的情爱。东山君在德国游记的文章里，这样描写施特德尔美术馆：“越是追求人的深沉的罪愆与深刻而酷烈的苦恼，就越是需要保有一副纯净和优雅的姿态。”我本来只打算对东山君风景画的“虔敬”与“净福”简要地略做描述，不想竟然写得如此冗长。这也是有原因的。为了在东山君的风景中，“为步入者寻得一份静息……”。

昭和四十六年（一九七一）十一月

东山魁夷的《晚钟》

“巨大的寺院，将其姿影沉浸在逆光的黑暗中，耸立于夕影遮蔽的弗莱堡大街之上。

“高高的尖塔，垂直地将缓缓起伏的遥远的地平线截断。

“几道光束，透过镶着金边的云隙漏下来，直接照耀着塔峰。

“我和妻子从街后的城山面对着一派崇高而严峻的风景，无言地伫立不动。”

东山君在德国、奥地利游记《马车啊，慢些跑》以及画集《东山魁夷》后记《一条道路》中写道：“同法国毗邻的国境上的城市弗莱堡，具有哥特式建筑式样的美丽尖塔的大伽蓝，高耸于夕阳之下。”

这幅令人感动的绘画就是《晚钟》。我近来越发感觉到，东山君的风景画，在飘溢着静寂、慈心和温润的气氛里，笼罩着虔敬和净福，这幅《晚钟》尤其明显。尖塔屹立于城镇之上，截断地平线，刺破青天。晚钟的音响自塔尖扩展开去，抑或地面上降下了安息的暮色吧。房舍都很低矮，远景山峦的棱线相当平缓，但也不是偶然的。画面正中的大寺院，尤其是尖塔造得十分庄严。

斜阳掩藏在积云内，飘荡着微妙的暮光，仿佛用纯净的憧憬之色庄严地包裹着尖锐的塔顶。季节是北欧嫩叶扶疏的春天，由于是在东山君笔下，不用说傍晚城镇的色彩，就连石砌的威严的塔也具有柔和之色。

《晚钟》是以大伽蓝为中心的城镇鸟瞰图，由此我想起《京洛四季》组画中的《年暮》。冬雪飘落在京都街道的房舍群上，岁暮即将临近。昭和四十三年，东山君完成新宫殿的大型壁画《黎明潮》，同年，将“京都作为心灵故乡”所描绘的系列组画，举办了“《京洛四季》展”。接着第二年，出发到德国和奥地利旅行。东山君说他在德国“确立了第二故乡”，还说过“我回来了”的话。

东山君美校毕业后，随即在德国留学。四十年后再访，也是再次同青春相会。正如昭和三十七年北欧四国之行硕果累累一样，这次旅行中的创作同样收获甚丰。例如，画集《窗》中绘画的爱与色彩之华丽，不就是对年轻时代深情的回忆吗？

回头再说弗莱堡，位于德国西南端，邻近法国、瑞士国境。就像攀登舒马瓦山山岳地带的大门，中世纪美丽的哥特式城镇，是一座古老的大学城。《晚钟》画面上的石造大伽蓝的尖塔，据说建筑于“一二七〇年至一三〇一年”，堪称德国哥特式建筑美的代表。不过，我们来这里，只是为了欣赏东山君的绘画。

昭和四十六年（一九七一）十一月

东山君的窗

由于人生邂逅的恩惠，我每每有幸为东山魁夷君的画集、版画集，还有文集撰写序文。然而，我首先怀疑的是，我是否合格做这样的事。面对题目一时犯起犹豫。写完后，总觉得未能对东山君的绘画或东山魁夷这位画家做出尽善尽美的描绘，以便给人留下深刻的印象。我总是为此而深感悔恨。我只是一个默然面对东山君的风景画看也看不够的人。或许这就是我所能做到的。我并不奢望凭借我的语言和文章能够完美地描述东山君的绘画以及东山君这位画家。我为之担心、危惧、瞻前顾后，时时记挂着是否有人认为我对东山君已经有所描述了。自己阅读自己的文字时更是如此。因此，反而越发觉得我写的东山君，没有超出平凡的常识，仅仅停留在普通的观点上。

但是，我已做出这样的考虑和说法，就想到美术作品的解说以及评论，多半就是这样的，不是吗？我有好多场合，不太喜欢文艺作品的解说。我爱美术品，但我对撰写美术评论抱着自戒和禁止的态度，尽量以此约束自己。我没有目之所视、手之所玩，然后将感想付诸语言的本领。我也不想为培养这样的能力而失去不使用语言的快乐。我之所以屡屡为东山君的绘画写文章，全是仰仗着东山君的厚谊。东山君的知遇之恩长达十数年，那些岁月，总会有东山君的哪幅绘画悬挂在我家某间屋子的墙壁上。只要不外出旅行，没有一天看不见东山君的绘画。日日亲近，已经司空见惯，一如古今优秀画家的作品。仿佛随时能够发现新的画题。

不久前，我就东山君的德国之旅的近作《晚钟》，写了一篇短文发表在报纸上。德国最美的哥特式建筑、大伽蓝高高的尖塔，耸峙于画面中央，那是弗莱堡城镇黄昏时的暮景。夕阳的光芒从横曳的云层上下漏泄下来，放射着朦胧的金色光亮，平添一层清净与虔敬。尖塔是中心，东山君让我到他家里观看《晚钟》的大幅原作，又把作为草图的写生画借给我拿回家参考。原作在轮廓、色彩、明亮度方面，似乎更加强烈、鲜明。我由此联想到西方净土来迎图。也许这是我日本式的稍稍过多的联想吧。然而，写完那篇短文之后，接连几天在家中观看《晚钟》的草图，尖塔和夕照首先进入眼帘。其余，对于下面暮色苍茫的街道房舍细致入微的描摹，使其美景次第渗入我的心间。从而，我对东山君风景画安谧而宁静的风格留下更加深沉的记忆。

东山君在德国、奥地利游记散文集《马车啊，慢些跑》中写道：“弗莱堡大寺院的尖塔建筑于一二七〇年至一三〇一年，是一座高达一百一十六米、巧妙地保持均衡的建筑。尤其是圆锥形的尖头屋顶，石雕玲珑剔透，简直就像玫瑰窗一般美丽。”东山君一到弗莱堡，立即去附近的法属科尔玛观看了伊森海姆的祭坛画。这幅描绘磔刑的凄惨和降诞的祝福互为表里的祭坛画，使得东山君十分感慨，认为这是“德国绘画史上最高的杰作”，也是“世界绘画史上最高的杰作之一”。他联想到“彻底的追求性、神秘性，‘通过苦恼走向欢欣’的德意志民族的精神”，觉得“这种降诞场的神秘的音乐构想，是真正的法悦的喜悦”。看罢祭坛在回去的路上，自黄昏的山丘眺望弗莱堡城，即是《晚钟》所描绘的景色。东山君也登过这座塔，当时看见一群二十几个孩子，在女教师的督促下，向守塔老人道谢，一道唱歌安慰老人。那种“情景很温馨”，东山君在《马车啊，慢些跑》以及德国、奥地利写生画集《窗》的附录文章中都提到过。

最近，集英社要出版东山君的大型画集，请我撰写序言，担当责编的横川氏硬是要求我用四百字稿纸，全文不少于二十页。我当时对他说，大凡序言，尤其是画集的序言，涉及东山君绘画的解说与评论，我抱着慎言的态度，表示最多写三四页。这期间，横川氏猝然离世，一直热心于画集的他所说的二十页成了对我的遗言。本打算写足二十页，谁知竟然超过了三十页。这么一来，关于东山君似乎膨胀到可以写成一本薄薄的小册子了。假若如此写下去，其中一半只能引用东山君自己的原文。那很容易。写满三十页，使我最感痛苦的是，如何减少引用东山君的原文。东山君对自己，对自己的绘画作品，早就写下了明白晓畅的美文，要是叫别人写起来，总得多少与他有些不同，多少超越他。那是很困难的，至少我无能为力。不过另一方面，过分附和或过分服从于作者本人的语言，那只能是无能加冒险。东山君本人是不干这种危险的事的。

思来想去，踌躇不定，最后我在东山君版画集《在古镇》的序言中，重点围绕北欧自然与东山君这位画家邂逅的幸福而着笔。集英社版大型画集的序言很长，出于无奈，好歹说了些无用的话，但仅有一件事藏在我心里，没有写进文章，那就是东山君的风景画未能流于表面、深藏于内心的缜密的魅力，穿越精神的苦恼与动摇后的寂福与虔敬。即便在回归青春喜悦之态的彩色画集里，例如那座班贝格大教堂的栏杆、《夕阳》前景的树木枝干等优美的装饰风格中，也能看出一种“魔性”的东西来。

昭和四十七年（一九七二）一月

绿萍涨断莲舟路

——散文集《花未眠》译后记

这本川端散文集的文章，分别选自《川端康成全集》（日本新潮社1982年版）26、27、28三本随笔专辑，以及角川文库散文集《我在美丽的日本》，合计48篇。译者仅凭个人所好，就风景、人生、艺术三方面题材，粗略遴选，未必精当，因受篇幅所限，不能将所有中意的篇章全部选入，深感遗憾。但凡选粹之类，说说容易，一旦临场，琳琅满目，流光溢彩，哪篇该选，哪篇不该选，实在难分伯仲，最后弄得眼花缭乱，往往达不到预想的效果。我也是经过阅读、比较，觉得哪一篇都是佳作，最后只能断然截取其中一部分作为代表，其余尽皆割爱或备用将来。读者谅之。

川端康成关于散文随笔的写作，种目繁多，题材各异，但总的主题体现着一种独特的日本美意识和东方美学意趣。这

48篇文章所歌咏的不外乎自然美、人情美和艺术美。早年的川端由于出身孤寒，亲人早逝，世道之严冷、人生之凄苦，使之养成离群索居、沉默寡言的性格。青年时代寄情于第二故乡伊豆半岛，放浪于自然风景之间，向天地万物索取温暖与爱情。他曾在伊豆半岛住过三年，走遍了那里的山山水水，后来即使结婚成家，安居于镰仓长谷，也还是常去伊豆游玩、会友和写作。他把那里作为文学的舞台，写下了短篇名作《伊豆的舞女》。除了伊豆半岛，另外常去的地方就是东京的浅草和京都。一个是江户时代的繁华之地，寄托着数百载历史兴衰；一个是日本千年古都，演绎着说不尽的历代王朝故事。

26卷的全部和27卷的大部分，似乎都属于这方面的题材。作者笔墨所涉及的山水风情、犬鸟动植物，描写细腻，热情洋溢。至于各篇所写内容和行文特色，相信读者朋友自有属于自己的解读与评价，无须译者一一饶舌。

至于27卷后半和28卷的选篇，则重点在于作家的交友与外游，这是川端文学达于烂熟时期所爆出的瑰丽的火花，同他的长短篇小说一样，是盛开于川端文学阆苑中的奇葩。后期散文创作的名篇佳构比比皆是，《哀愁》《花未眠》《岸惠子的婚礼》《有马稻子》《巴黎乡愁》《我在美丽的日本》《美的存在与发现》《东山魁夷》等，不胜枚举。

作者对于音乐的感知，对于绘画艺术中的幻想与虚空的精到的描画与分析；对于花儿不睡眠这一自然界的新发现，还有岸惠子的温存与深情，以及婚后故国旧友的态度转变和法国乡民的热情迎纳，还有惠子被昔日友人冷淡待之之后的委屈与困惑，都有着生动的描述，暗喻着作者的爱怜与不平。有马稻子的美丽形象以及对作者家人一般周到细致的关切与照料，历历如在目前。还有，她在自己参拍的影片镜头被剪掉之后，借故离开现场的那种年轻女性常常爱发点小脾气的表现，作者都做了简洁的提示性描写，这些文字构成了各篇文章最能吸引读者的“文眼”。

散文是情感的文学，没有人情是写不成散文的。川端几乎每一篇散文都是丰沛情感的流泻。他写芥川龙之介，写古贺春江，写东山魁夷，总是通过平静的笔墨一边谈论艺术，一边抒发感情。行文峻厉冷艳，感情真挚灼人。

作者性格沉默寡言，他的文字也是以简劲见长，组词造句时有跳跃，既没有谷崎润一郎那种反反复复的描摹与吟味，更没有三岛由纪夫那种洋洋洒洒的阐述与论证。清丽素洁，庄雅明媚，一如雪园青竹、冬夜枯桐。

要正确理解一个作家的审美情趣，最好阅读他的散文创作。另外，读者还得有充分的知识积累和专业储备，尤其是音乐和绘画之类。

川端康成在《临终的眼》里曾经说：“不论如何厌离现世，自杀都不是理智的姿态。即便德行很高，自杀者也远离大圣之域。”可是，他自己后来不也自杀了吗？看来，人生观是因时代和个人性格的形成而变化着的，谁也无法咬定自己将来会是一个怎样的人生结局。

我寄情于川端文学，由来已久，早在三岛由纪夫之前。二十世纪末应邀来日任教之后，当即蒙老一辈师友长谷川泉、羽鸟彻哉两位先生垂青，专函约请参加1999年在伊豆半岛天城山举办的川端康成诞生一百周年纪念会和学术研讨会，同时邀约我为川端研究文集《世界中的川端康成》写稿。长谷川先生是川端康成研究会会长、著名文艺评论家，羽鸟先生是研究会副会长、成蹊大学教授、著名文艺评论家。大会期间同他们日夕相聚，一起与会，一起游览，一同泡温泉，一同登天城山。这两位先生不幸早逝，自那之后，中日两国的川端研究似乎也风光不再了。

角川文库本《我在美丽的日本》，在合集中仅仅作为辅助选本，将《哀愁》未收录的篇章做适当补充。但由于前后内容较为繁杂，关联照应之中难免次序颠倒，前后龃龉，阅读起来不够顺畅，这一点还请谅解。

总的来说，川端文学的美学追求来源于日本王朝文化的美意识，并循着《源氏物语》这一传统脉络发展下来。作为一名作家，川端康成或因获奖而自觉承受宣传日本传统文化美意识的义务，并借诺贝尔文学奖获奖讲演的机会向世界宣扬日本文化。川端在演说中反复强调的是，四季变化不止的自然美，是日本人精神的原点，同这种自然美融为一体的是日本的宗教、诗歌、美术等。《日本文学的美》，极力推介王朝古典之美，回顾女流文学和女性文化的繁荣时期，其中，特别着眼于《源氏物语》的思考与追慕，全篇胜过一部日本古代文学史。

战后的日本社会和文学界都发生了颠覆性的变化，是日本人所说的“魔界”时期，也是日本文化的反思与彷徨时期——焦躁与寻找，追索与回归。战后，川端写下《山音》《千羽鹤》《湖》《睡美人》等小说，留下遗作《蒲公英》，在徘徊的途中迷失自我，终于踏上了不归之路。

川端康成的目光始终充满哀愁——人生的哀愁，世界的哀愁，文明时代的哀愁。

川端康成，冷面的人生，冷面的文学。

长夜人不寐，枕边花未眠，
饕蚊啖香肌，时雨连江天。

译者

2020年仲秋初稿

2022年初冬修订